Benjamin Vahldiek

**Papa an neuen Ufern
Eine verque(e)re Familien-Comedy**

Roman

Weitere Romane von Benjamin Vahldiek sind
im Engelsdorfer Verlag erschienen:

Das Geheimnis im Märchenpark
ISBN 978-3-96940-231-3 (Festeinband)
ISBN 978-3-96940-331-0 (Softcover)
Auch erhältlich als ungekürztes Hörbuch.

Rätselhafter Besuch im Märchenpark
ISBN 978-3-96940-395-2 (Festeinband)
ISBN 978-3-96940-394-5 (Softcover)

Ferien vom Märchenpark
ISBN 978-3-96940-493-5 (Festeinband)
ISBN 978-3-96940-494-2 (Softcover)

Chaos im Märchenpark
ISBN 978-3-96940-669-4 (Festeinband)
ISBN 978-3-96940-670-0 (Softcover)

Benjamin Vahldiek, Jahrgang 1980, lebt in
Berlin und arbeitet dort als Lehrer.
Neben seiner Märchenpark-Reihe hat er
Texte für Anthologien verfasst.

www.benjaminvahldiek.com

instagram.com/benjaminvahldiek

tiktok.com/@benjaminvahldiek

facebook.com/ben.vahldiek

Benjamin Vahldiek

Papa an neuen Ufern

Eine verque(e)re Familien-Comedy

Roman

Bibliografische Information der Deutschen Nationalbibliothek:

Die Deutsche Nationalbibliothek verzeichnet diese Publikation
in der Deutschen Nationalbibliografie;
detaillierte bibliografische Daten sind im Internet
über http://dnb.dnb.de abrufbar.

Verlag: BoD · Books on Demand GmbH, In de Tarpen 42, 22848 Norderstedt

Druck: Libri Plureos GmbH, Friedensallee 273, 22763 Hamburg

ISBN: 978-3-7583-2883-1

Die Hauptpersonen

Edwin	pensionierter Lehrer
Robert	Edwins neuer Freund, Hotelier
Micha	Edwins Sohn
Niklas	Edwins Enkel, Michas Sohn
Trudi, Rudi	Edwins Eltern, Michas Großeltern
Mona	Michas Ex-Frau, Niklas' Mutter
Dörte	Monas Schwester
Colette	Michas aktuelle »Freundschaft Plus«
Stella	Roberts Tochter
Jonathan	Michas neuer Vorgesetzter
Sharon	Jonathans Frau
Jayden	Jonathans und Sharons Sohn
Willi	Camper

So eine Schnapsidee, ein Buch über seine Familie zu schreiben,
dachte Micha.
Drogen, Prügeleien und viel zu viele nackte Tatsachen!
Welcher Verlag hätte den Mut, es zu veröffentlichen?

Teil 1

Familienfreuden

1

»Heute sage ich es ihm.« Edwin wollte sich durch das Haar fahren, doch rechtzeitig fiel ihm ein, dass er eine Glatze hatte. »Bist du noch da?« Er starrte auf das Display seines Smartphones.

»Wo sollte ich sonst sein?« Roberts Stimme klang heiser – wie immer, wenn er gerade erst aufgewacht war.

»Und warum reagierst du nicht?«

Robert gähnte so laut, dass Edwin das Telefon von seinem Ohr weghielt: Wenn er etwas hasste, war es hemmungsloses Gähnen – dicht gefolgt von durchgesuppten Sandalen, in denen hornhautverkrustete Füße steckten.

»Was soll ich machen?«, fragte Robert. »Schließlich verkündest du mir nicht das erste Mal, deinem Sohn offenbaren zu wollen, dass du nicht mehr auf Quarktaschen stehst.«

»Du bist ordinär!«

»Ich bin ehrlich. Und so müde, dass ich im Stehen einschlafen könnte, wenn ich nicht noch in der Falle liegen würde. Sofern dir nach einem Mann ist, der Goethe rezitiert, ruf mich nach meinem ersten Liter Kaffee zurück!«

Edwin grinste. »Ich mag dein Timbre am frühen Morgen.«

Robert unterdrückte ein erneutes Gähnen. Für das nächste Onlinemeeting mit New York sollte er eine Vertretung besorgen: Er musste nicht mehr überall mitmischen, schon gar nicht bei Konferenzen, die seinen Tag-Nacht-Rhythmus auf den Kopf stellten. »Mein Timbre ... wie das klingt! Ich bin doch keine Operndiva, die Koloraturen schmettert!«

Nun musste Edwin lachen. »Ein Glück. Du hörst dich eher an wie ein unehelicher Sohn von Joe Cocker und Bonnie Tyler.«

Theatralisch seufzte Robert. »Ich bin zu alt, um deren Kind sein zu können.«

Edwin blinzelte: Das dort drüben musste Micha sein – sofern Edwin das ohne seine Brille, die er im Ultraschallreinigungsgerät liegen gelassen hatte, richtig beurteilen konnte. Innerlich fluchte er darüber, das monströse Maschinchen gerade heute mal wieder benutzt zu haben: Es nahm Platz weg, fraß Strom und konnte die Gläser auch nicht gründlicher putzen als er selbst. Doch manche Geschenke musste man in Ehren halten. Die von der verstorbenen Frau zum Beispiel, der Mutter seines Sohnes, der (darüber bestand inzwischen kein Zweifel mehr) auf Edwin zugelaufen kam. »Ich muss auflegen.«

»Falls du dich wirklich überwindest und dein Coming-out hast«, sagte Robert, »lade ich dich heute Abend ins *La Cocotte* ein.«

»Coming-out … ich bin keine sechzehn mehr! Micha lebt nicht hinterm Mond. Ich weiß, dass er nicht vom Stuhl kippt, wenn ich ihm ganz nüchtern sage, was los ist.« Edwin spürte ein Stechen in der Brust. Um ehrlich zu sein, hätte er nichts dagegen gehabt, die Sache beschwipst über die Bühne zu bringen.

»Leg eine andere Platte auf!« Robert machte ein Geräusch zwischen Schnaufen und Ächzen – wahrscheinlich quälte er sich gerade von seinem Matratzenlager hoch, um die Kaffeemaschine anzuschmeißen, noch bevor er aufs Klo ging. »Du wolltest es ihm bereits die letzten beiden Mittwochs sagen.«

»Mittwoche.«

»Hä?«

»Es heißt Mittwoche, nicht Mittwochs.«

»Kannst du dir vorstellen, wie anstrengend es ist, einen ehemaligen Deutschlehrer zum Mann zu haben?«, fragte Robert. »Besonders wenn man damals in der Schule für jeden Aufsatz eine Vier minus bekommen hat?«

»Armer schwarzer Kater!«

Robert schnurrte.

»Reserviere im *Cocotte* schon einmal den Tisch«, sagte Edwin zu Robert, während er Micha zuwinkte, »die Wette wirst du verlieren!«

»Wie würdest du dich verhalten, wenn dein Vater dir mitteilt, dass er schwul ist?«, fragte Robert.

Edwin verdrehte die Augen. »Du willst mir bloß Angst machen, um dich vor dem Abendessen zu drücken. Aber mein Entschluss steht und ich werde keinen Rückzieher machen!«

Als er antwortete, klang Robert ernst. »Ich möchte vermeiden, dass du enttäuscht bist. Du weißt, wie es bei Stella lief.«

»Dass du dich bei deiner Tochter geoutet hast, ist zwanzig Jahre her. Die Zeiten ändern sich.«

»Die Zeiten schon. Aber nicht die Menschen.« Es knarrte. Das musste die Tür des Küchenschranks gewesen sein, aus dem Robert gerade die Dose mit dem Kaffeepulver holte. »Rechne mit allem – auch mit dem Schlimmen! Ich liebe dich.« Er legte auf.

Edwin schürzte die Lippen. Beim besten Willen konnte er sich nicht vorstellen, dass Micha Ewigkeiten kein Sterbenswörtchen mehr mit ihm reden würde, so wie Stella es bei Robert getan hatte. Sein Sohn und er waren ein eingespieltes Team – in den tränenreichen Nächten, in denen Carmen das erste Mal im Krankenhaus war und Micha aus Angst, seine Mutter zu verlieren, kaum atmen konnte, hatte Edwin an seinem Bett gesessen, über seinen Rücken gestreichelt und ihm versichert, dass alles gut würde – auch wenn er selbst nicht daran glaubte. Als Micha Liebeskummer hatte, war Edwin es, der mit ihm spontan eine Woche zum Angeln gefahren war: »Wenn dir schon die Frau vom Haken springt, lass uns wenigstens ein paar Fische fangen!« Selbst als Michas Exfrau Mona – nachdem sie herausgefunden hatte, dass ihr Neuer Enrico zwar ein Hengst im Schlafzimmer, ansonsten aber eine Kanalratte war – sich plötzlich an Michas und ihren Sohn Niklas, Edwins Enkel, erinnerte und wieder öfter bei den Männern aufschlug, war das Team unzertrennlich.

Seit Edwin sich im Ruhestand befand, gehörte es zu einem lieb gewonnenen Ritual, dass die zwei sich im Café *Singerl* zum Frühstück trafen, bevor Micha ins Büro musste.

»Du siehst aus, als wolltest du beichten«, begrüßte Micha seinen Vater.

Wieder stach es in Edwins Brust. Jetzt oder nie! »Ach, beichten ist ein großes Wort. Aber ich muss dir wirklich etwas sagen, was ich schon längst hätte tun müssen.«

»Hat es Zeit, bis wir sitzen?« Micha umschloss den Türgriff: eine Brezel aus Messing, die man in den Achtzigerjahren noch am Eingang jeder zweiten Bäckerei fand, während sie heute eine Antiquität darstellte.

Eine Antiquität … so wie ich, dachte Edwin, doch sofort verdrängte er jeglichen Anflug von Alterslarmoyanz in den hintersten Winkel seines Hirns. »Natürlich hat es so lange noch Zeit«, entgegnete er – und murmelte in seinen Dreitagebart: »Es ist sogar besser, wenn du sitzt.«

2

»Bäh!« Micha verzog das Gesicht und schob die Tasse Kaffee über die fleckige Marmortischplatte zu Edwin. »Heute ist die Brühe noch schlimmer als sonst! Warum treffen wir uns immer hier? Gegenüber hat eine spitzen Espresso-Bar aufgemacht.«

Aus einem silbernen Kännchen goss Edwin Sahne in seinen Kaffee. »Dein Herr Vater ist in einem Alter, in dem er lieber auf gepolsterten Stühlen zwischen molligen Damen sitzt, die

Schwarzwälder Kirschtorte in sich hineinschaufeln, als auf einem verchromten Barhocker zwischen Yuppis und Hippern.«

»*Hipster* meinst du.« Micha schüttelte sich. »Die schlafen um diese Zeit noch.« Er sah auf die Uhr. »Gut möglich, dass sie gerade erst ins Bett gegangen sind. Ehrlich Papa, beim nächsten Mal sollten wir ...«

»Spare dir deinen Atem!« Edwin rührte um. »Mir ist ein altmodischer Filterkaffee oder eine Schokolade mit Sprühsahne lieber als ein Chai Latte mit linksgedrehtem Schaum aus Sojamilch und einem Bio-Keks aus Dinkelmehl dazu.«

Micha faltete die Hände. »Du enttäuschst mich.«

»Wieso?«

»Weil du vergessen hast, zu erwähnen, dass der Keks selbstverständlich glutenfrei ist.«

»Ich Hammel, wie konnte ich nur!« Als Edwin die Tasse anhob, ärgerte er sich darüber, dass seine Hand zitterte. »Wobei ein Dinkelkeks nahrhafter ist als die Buttercreme-Sünden, die hier serviert werden.«

Micha musterte die Vitrine, in der sich gemächlich die Torten drehten, als führen sie auf der Kirmes Karussell. Am frühen Morgen war die Auswahl noch üppig, doch spätestens zum Nachmittag, wenn die Rentnerhorden den Laden stürmten, würde sie minütlich schrumpfen. Die Cholesterinwerte der Stammkundschaft mussten für jeden Arzt Anlass sein, um ein ernstes Gespräch über ungesunden Lebenswandel zu führen!

»Außerdem wird man hier in Ruhe gelassen«, ergänzte Edwin. »Keine Dauerbeschallung mit Musik, kein Personal, das einen ständig fragt, ob man noch etwas möchte – womöglich noch in Englisch, um sich global zu geben ...«

»Das ist mir letztens passiert«, sagte Micha. »Ich war mit Viet und Ulli in dem Café am Opernplatz und der Kellner hat konsequent englisch mit uns geredet – und das mit dem breitesten bayrischen Dialekt, den du dir vorstellen kannst.«

Lachend widmeten die beiden sich ihrem Frühstück, das Kellnerin Rosi gerade vor ihnen abgestellt hatte.

»Was macht Niklas?«, fragte Edwin nach einer Weile.

Micha stöhnte. »Er pubertiert.«

»Ist er nicht nervös? Immerhin wird er nächste Woche sechzehn.«

»Warum sollte er nervös sein?«

»Ich dachte, dass er vielleicht groß feiert. Mit erster Bowle. Musik. Mädchen.«

»Papa, du hörst dich viermal älter an, als du bist!«

Wie aufs Stichwort spürte Edwin neben dem Bruststechen ein weiteres im Kreuz. »Ist das uncool, ja? Macht die heutige Jugend etwas anderes, um den Kick zu kriegen?«

»Keine Ahnung.« Micha griff in den Brotkorb und nahm sich ein Mehrkornbrötchen. »Aber definitiv uncool sind Männer, die steil auf die Siebzig zugehen und sich darin abmühen, cool zu reden.«

Edwin schaute sich um. »Meinst du mich?«

Micha nickte zu den einzigen beiden anderen Gästen neben dem verschnörkelten Garderobenständer: zwei dauergewellte Ladys mit riesigen Hüten, die sich ein Sektfrühstück gönnten und ausgelassen tratschten. »Sofern die beiden Grazien sich dem weiblichen Geschlecht zugehörig fühlen, bleibst lediglich du übrig, den ich meinen könnte.«

Edwin wollte etwas erwidern, doch Micha redete weiter.

»Niklas feiert bloß mit der Familie, aber nicht mit der halben Schule.« Dieses Mal stöhnte Micha nicht nur, sondern seufzte herzerweichend. »Du weißt doch, ein gutes Buch zieht er jedem Sozialkontakt vor. Besonders jetzt.«

»Jetzt?«

Micha, der gerade dabei war, Butter auf eine der Brötchenhälften zu schmieren, hielt inne und blickte Edwin fest in die Augen. »Du hast es vergessen.«

»Natürlich habe ich das nicht!«, log Edwin und dachte fieberhaft nach, was sein Sohn meine konnte. »Es ist ...« Er hustete.

Micha machte eine abwehrende Geste. »Gut, dass du nie zur Bühne gegangen bist! Deine Schauspielfähigkeiten sind noch schlechter als die von diesem Schnösel, der den Oberarzt in der *Kurpfalzklinik* spielt! Aber ich helfe deinem verrosteten Hirn auf die Sprünge: Was war am Elften dieses Monats vor zig Jahren?« Micha zog die Stirn in Falten. »Wie viele Jahre sind es jetzt eigentlich genau?«

Edwins Augen weiteten sich. »Tut mir leid, mein Lieber, für einen Moment ist es mir wirklich entfallen.«

»Du wirkst fahrig heute früh.« Micha musterte Edwin wie ein Wissenschaftler, der feststellen wollte, ob das Versuchskaninchen bunte Flecken auf dem Fell bekommen hatte, nachdem ihm das Testmedikament verabreicht worden war. »Sicherlich hängt es damit zusammen, dass du mir vorhin dringend etwas sagen wolltest – und nun eine Frage nach der anderen stellst, um nicht mit der Sprache herausrücken zu müssen.«

»Wie praktisch, wenn ich eine Diagnose brauche, gehe ich nicht mehr zu Frau Doktor Schlotz, sondern zu meinem Sohn.« Edwin lehnte sich in seinem Stuhl zurück. »Ich meine es ernst, ich hätte daran denken sollen, dass Niklas mies drauf ist, wenn der Tag der Scheidung zwischen dir und Mona näherrückt.«

»Ich meine es auch ernst.« Micha legte eine Scheibe Käse auf eine Hälfte des Brötchens. »Du wolltest mir vorhin etwas Wichtiges mitteilen. Also Schluss mit dem Ablenkungsmanöver und raus mit der Sprache!«

Edwin nahm einen kräftigen Schluck Kaffee und trommelte mit den Fingerkuppen auf der Tischplatte. »Ich bin verliebt.«

Micha, der gerade abbeißen wollte, ließ das Brötchen sinken. »Jetzt noch?«

»Noch bin ich nicht mumifiziert!« Tadelnd schüttelte Edwin den Kopf. »Und wenn ich dich daran erinnern darf: Mit über vierzig gehört man auch nicht mehr zur Generation Snowflake!«

Micha führte das Brötchen wieder zum Mund. Er biss so energisch zu, als wäre es lebendig und er müsste ihm die Kehle mit den Zähnen durchtrennen, um es zu erlegen. »Mer mid mie Mümime?«, fragte er kauend.

Edwin beugte sich vor. »Wie bitte?«

Micha schluckte. »Wer ist die Glückliche?«, wiederholte er.

Längst hatte sich Edwins Herz in einen rödelnden Vorschlaghammer verwandelt. Er rieb sich die Schläfen, atmete ein. »Nicht *die* Glückliche. *Der* Glückliche!«

3

»*Der* Glückliche?« Micha starrte seinen Vater an, als habe dieser ihm verraten, die Behauptung, man könne die Chinesische Mauer vom Mond aus sehen, sei nichts weiter als ein Mythos.

Edwin schwieg.

Ohne seinen Blick von Edwin zu lösen, löffelte Micha Konfitüre auf die andere Brötchenhälfte: die, auf die er kurz zuvor bereits drei Scheiben Salami gelegt hatte. »Meinst du damit …? Heißt das etwa …?« Entgeistert biss er ab, woraufhin sich sein Gesicht zu einer Fratze verzog. Micha spuckte den Wurst-Marmelade-Unfall in die Papierserviette. »In deinem Alter!«

Edwin hob die Augenbraue. »Was hat das denn damit zu tun?«

»Wenn man so alt ist wie du, kommt es öfter vor, eine neue Hüfte zu erhalten, als die sexuelle Präferenz zu wechseln.«

»So alt wie ich? Unverschämt! Kannst du es noch abwarten oder willst du mich direkt erschlagen, um mich endlich begraben zu können?«

Micha zog die Tasse mit dem vorhin noch verschmähten Kaffee wieder zu sich und trank. Offensichtlich musste er den Nachgeschmack des Brötchens mit dem Spezialbelag loswerden.

»Ich meine doch nur …«

»Ich bin im Ruhestand, mein Sohn! Mein Leben lang habe ich meinen Hintern in Lehrerkonferenzen plattgesessen und mir von Kolleginnen mit Zimtlatschen und Betroffenheitsvisagen aberwitzige Hypothesen darüber anhören dürfen, warum Lisa-Marie aus dem Erdkunde-Leistungskurs Drogen nimmt und dass Mehmet nur deshalb sein Abitur nicht geschafft hat, weil er die halbe Nacht am Zocken ist.« Edwin holte Luft und bemühte sich, leiser zu sprechen – die Hutladys schielten bereits neugierig hinüber. »Ich habe mindestens hundert Kartons Rotstifte aufgebraucht, drei Millionen Elternsprechtage ertragen und zehn Liter Tränen getrocknet. Und ganz nebenbei einen Sohn großgezogen … was mir, wie ich finde, außerordentlich gelungen ist.«

»Worauf willst du hinaus?«, fragte Micha.

»Ist das so schwer zu begreifen?« Edwin schüttelte den Kopf. »Ruhestand heißt, ich kann endlich das machen, was ich will! UND STERBEN GEHÖRT NICHT DAZU!«

»Bravo, mein Herr!« Die Lady mit dem cremefarbenen Hut klatschte in die Hände, als säße sie – zu viel Kirschlikör intus – in der ersten Reihe eines Konzerts von André Rieu und seinen bumsfidelen Musikern, während die Lady mit der neckischen Kopfbedeckung in Altrosa das Sektglas hob und Edwin zuprostete.

Edwin rang sich ein Lächeln ab, dann wandte er sich wieder an Micha und starrte ihm in die Augen.

»Das ist es, was du willst?« Seit er nicht mehr rauchte, hatte Micha nie so stark das Verlangen nach einer Zigarette verspürt wie gerade eben. »Zusammen sein mit … mit einem … einem Typen?«

»Nicht mit einem Typen. Ich möchte mit Robert zusammen sein!« Edwin wischte sich über die nasse Stirn. »Und ich möchte, dass du ihn kennenlernst.«

»Robert …« Fahrig stocherte Micha mit der Gabel in seinem Obstsalat herum. »Oder soll ich Papa zu ihm sagen?«

»Sei nicht kindisch!«

Micha schob eine Weintraube an den Rand des Schälchens. »Entschuldige. Ihr habt mich nicht so erzogen, dass ich intolerant bin.« Er schob weiter; die Weintraube landete auf der Tischplatte und bildete zusammen mit dem fleckigen Marmormuster ein trauriges Stillleben. »Es ist nur … als ich heute aus dem Haus gegangen bin, hatte ich nicht damit gerechnet, dass mein Vater plötzlich schwul ist.«

Edwin musste grinsen. »Wie du weißt, bin ich immer für eine Überraschung gut.«

Micha sammelte die Weintraube ein und ließ sie in seinem Mund verschwinden. »Ich hatte keine Ahnung. Nichts bemerkt habe ich … in all den Jahren.«

Aus Edwins Grinsen wurde ein Lachen, dass die Ladys erneut lange Hälse machten. »Meinst du, mir geht es anders?«

»Dass diejenigen, die es betrifft, oft selbst nichts mitbekommen, ist nachvollziehbar. Das hat was mit Verdrängung zu tun – aus Angst vor der Wahrheit.« Micha piekste ein Stück Ananas auf. »Dein Enkel kann dir mehr dazu erzählen: Niklas steckt seine Nase ständig in diese Psychologie-Zeitschriften.« Er kräuselte den Mund, nachdem er das Ananasstückchen probiert hatte. »Aus der Dose, ich hab's geahnt!« Schwer schluckend ergänzte er: »Du hättest mir wenigstens ein Zeichen geben können, Papa!«

»Was meinst du?«, fragte Edwin. »Ich bedaure, dass ich nicht mit meiner Federboa und den Regenbogensocken zu unserem Treffen gekommen bin!«

»Mit *deiner* Federboa? Hast du etwa eine?«

Edwin verschränkte die Arme über dem Bauch. »Ich finde sie leider nicht mehr … sie müsste irgendwo zwischen den Perücken, den Paillettenkleidern und dem Lederharnisch liegen. Nicht zu vergessen: die Dildosammlung in allen Formen und Farben.«

»Hör auf zu spinnen!«, sagte Micha.

»Wer hat denn angefangen? Nur weil ich mich in jemanden verliebt habe, der dem gleichen Geschlecht angehört, heißt das längst nicht, dass ich mich in eine Fummeltrine verwandele, damit auch die letzte Gehirn-Amöbe kapiert, was los ist!«

»Das habe ich nie behauptet!« Micha knetete seinen Nacken. »Wo hast du Rainer kennengelernt?«

»Robert!«

»Meinetwegen! War es … in einer Bar?«

Entgeistert blickte Edwin Micha an. »Wie gut kennen wir uns?«

»Bis vorhin hätte ich dies einfach beantworten können«, entgegnete Micha. »Mittlerweile bin ich mir nicht mehr sicher.«

Edwin winkte ab. »Ich gehe in keine Bars mehr, weil man dann viel zu spät ins Bett kommt. Das weißt du genau!«

»Weiß ich das?« Micha knetete heftiger. »Ich meinte auch zu wissen, dass du auf Frauen stehst. Aber diese Information hat sich als obsolet herausgestellt.«

»Falls es dich tröstet«, sagte Edwin, »ich weiß es selbst noch nicht lange.«

»Aber Mama …«, Micha wagte kaum, weiterzureden, »Mama hast du doch geliebt, oder?«

Edwin nickte. »So heftig, dass es wehtat.«

Während er Kellnerin Rosi heranwinkte, fragte Micha: »Ich brauche mir also keine grauen Haare darüber wachsen zu lassen, dass du ein kreuzunglückliches Doppelleben geführt hast und deine Existenz auf einer Lüge aufgebaut ist?«

Edwin stöhnte. »Was für Kitschfilme siehst du dir an?«

Micha zuckte die Schultern. »Ich habe an der Kinokasse zu oft meine Begleiterinnen entscheiden lassen.«

»Vernünftig so!« Rosi hatte sich vor den beiden aufgebaut und hielt sich den Rücken. »Wenn mein Alter die Fernbedienung in die Hand bekommt, kann ich mir den ganzen Abend ansehen, wie Cowboys durch die Wüste reiten und sich gegenseitig den Hut vom Kopf schießen. Null Sinn für Romantik, der grobschlächtige Kerl!«

»Geht es ihm wieder besser?«, fragte Edwin.

Rosi nestelte an der Schleife ihrer tadellos weißen Schürze. »Er raucht wie ein Schlot – so erkältet, wie er behauptet, kann er gar nicht sein.« Sie stierte zum Stuck an der Zimmerdecke. »Wird Zeit, dass mein Egon wieder auf der Baustelle malocht! Ich renne mir hier die Hacken ab, schenke jedem Gast ein extra breites Grinsen – und statt Trinkgeld krieg ich Beschwerden, dass der Kaffee nicht schmeckt!«

Micha zog den Kopf ein – das mit dem miesen Kaffee sollte er heute lieber nicht ansprechen. »Ja, ja, man hat's nicht leicht«, sagte er stattdessen. »Bringst du uns was zur Verdauung, Rosi?«

»Um diese Zeit?« Verdutzt sah Rosi auf die Uhr, die über der Theke hing. »Geht mich ja nix an. Die einen rauchen, die anderen saufen. Und manche tun beides.« Damit machte sie kehrt und wackelte ächzend zurück.

»Warum besuchen wir dieses Café noch gleich?«, fragte Micha Edwin und zeigte auf den Obstsalat. »Wegen der guten Qualität der Speisen oder wegen der reizenden Bedienung?«

Mit dem Kopf deutete Edwin dezent in Richtung der Hutladys. »Wegen der erotischen Gäste.«

Verbittert lachte Micha auf. »Was du unter Erotik verstehst, dürfte in diesem Etablissement nicht zu finden sein.« Er zwirbelte an seinem Bärtchen. »Womit wir wieder beim Thema wären: Wo hast du ihn kennengelernt?«

»Als ich den Führerschein gemacht habe.«

»Den Führerschein? Willst du mich verarschen?«

Edwin lächelte Rosi an, die auf einem Tablett zwei bis zum Rand gefüllte Schnapsgläser balancierte und sie mit einem »Wohlsein!« servierte. Als sie außer Hörweite war, antwortete er: »Keineswegs möchte ich dich zum Narren halten, werter Sohn, auch wenn du es etwas ... bürgerlicher ausgedrückt hast.«

»Es muss nicht alles Goethe sein, was man spricht!«

Edwin erinnerte sich an das Telefonat, das er vorhin mit Robert geführt hatte. »Das habe ich heute so ähnlich schon einmal gehört.«

Mit dem Zeigefinger kreiste Micha über den Rand des Schnapsglases. »Dann ist er also eine alte Jugendliebe von dir? Hast du es dir nie eingestehen können oder ...«

»Wovon sprichst du?«, fragte Edwin.

Micha legte den Kopf schräg. »Verdammt, du hast den Führerschein bekommen, als du noch nicht einmal Mama kanntest!«

Lachfalten bildeten sich um Edwins Augen. »Ich meine nicht den PKW-Schein, du naives Hascherl! Ich rede vom Internet-Führerschein, den ich an der Volkshochschule gemacht habe.«

»Ach, ich erinnere mich! Das war im letzten Sommer, direkt nach deiner Pensionierung: *Senioren entdecken das WWW.* Und da hast du Norbert kennengelernt?«

»Robert!« Edwin schnalzte mit der Zunge. »Den dämlichen Kursnamen merkst du dir, aber nicht, wie mein Freund heißt.«

»Dein F...« Micha nippte am Schnapsglas. »Daran muss ich mich erst gewöhnen.«

»Robert ist viel besser mit dem Internet als ich. Aber er kann schlecht abschalten. Deshalb hat er nebenan einen Meditationskurs besucht. Irgendwann sind wir ins Gespräch gekommen.«

Micha kippte nach. Er schüttelte sich, als der Schnaps seine Kehle hinunterlief. »Man kann dich keine drei Sekunden unbeaufsichtigt vor die Tür lassen! Die VHS ist ein Sündenpfuhl!«

Edwin hob sein Glas. »Wer war es denn, der mir damit in den Ohren lag, dass ich mich mit der digitalen Welt vertraut machen muss?«

»Mein Rat liegt mindestens zehn Jahre zurück!«

»Vorher hatte ich keine Zeit, mich damit zu beschäftigen.«

»Jetzt, wo du kein Lehrer mehr bist, brauchst du auch nicht damit anzufangen! Deine Schüler wären garantiert froh gewesen, wenn sie dir ihre Hausaufgaben in die Cloud hätten hochladen können!«

Edwin ließ das Glas wieder sinken. »Schnickschnack! Ob sie die Hausaufgaben in Papierform oder digital nicht gemacht haben, ist einerlei!«

Michas Nasenflügel bebten. »Mit dir zu diskutieren oder mit einem Meerschweinchen in der Zoohandlung zu sprechen – das Ergebnis ist dasselbe.«

»Muss ich mir das gefallen lassen?«, fragte Edwin.

»Heute schon.« Micha prostete Edwin zu. »Auf die Liebe, Papa!«

4

»Wenn du dich jetzt nicht auf den Weg machst, wirst du zu spät ins Büro kommen«, sagte Edwin mit Blick auf seine Armbanduhr.

Micha machte einen Rundrücken und stützte die Ellbogen auf seinen Oberschenkeln auf. »Ich will nicht. Außerdem ist mir dein Geständnis auf den Magen geschlagen.«

»Bist du sicher, dass es nicht der zweite Schnaps war?«

Micha richtete sich wieder auf. »Was würde Mama wohl dazu sagen, dass du dich in einen Mann verguckt hast?«

Edwins Blick wurde glasig. »Sie hätte mir alles Glück dieser Welt gewünscht.«

»Das tue ich auch!«, sagte Micha. »Aber ein starkes Stück ist es trotzdem. Dass ich so denke, darfst du mir nicht verübeln!«

»Mein Sohn, ich nehme dir nie etwas übel.« Edwin lächelte. »Übrigens habe ich die Grabschale mit Steinkraut bepflanzt, das hatte deine Mutter besonders gern.«

»Das ist aber noch nicht lang her, oder? Als ich das letzte Mal auf dem Friedhof gewesen bin, war davon nichts zu sehen.«

»Hab es vor sechs Wochen getan.«

Micha schoss das Blut in den Kopf. »Dann sollte ich Mama wohl wieder besuchen.«

Edwin beschloss, das Thema zu wechseln, um nicht sentimental zu werden. »Wer kommt alles am Samstag?«

»Zu Niklas' Geburtstag?« Micha kniff die Augen zusammen. »Dörte und Dietmar, Trudi und Rudi. Und natürlich Madame Nimm.«

»Ich wünschte, du würdest nicht so von deiner Ex sprechen. Immerhin habt ihr einen gemeinsamen Sohn!«

»Der bei mir wohnt, weil seine Frau Mama Wert auf persönlichen Freiraum legt!« Micha zog an seinem Finger, bis er knackte. »Madame Nimm ist ein sehr treffender Name: Schließlich hat sie mich geplündert wie einen Weihnachtsbaum.«

»Sie hatte den besseren Scheidungsanwalt, das ist alles.«

Micha schnaufte. »Schnee von gestern.«

»Genau deshalb solltest du sie nicht mehr so nennen.«

»Ist recht, gestrenger Herr Vater!«

»Und deine Freundin?«, fragte Edwin. »Wie heißt sie noch gleich?«

»Colette ist nicht meine Freundin! Sie ist *eine* Freundin.«

»Hmm ...« Edwin spielte an seiner Unterlippe. »Aber ihr macht doch ... das eine ...«

»Woher weißt du das denn?«

»Niklas hat sich bei mir beschwert«, antwortete Edwin. »Ihr seid nicht gerade leise – er hört euch bis ins Kinderzimmer.«

»Kinderzimmer, ha!« Micha zuckte, als die junge Frau mit geflochtenem Zopf, die gerade das Café betreten hatte, den Stuhl von ihrem Tisch wegzog, dass ein quietschend-knarziges Geräusch ertönte, welches niemand genau beschreiben konnte, obwohl es jeder kannte. »Bald ist der Wurm volljährig.«

»Ist Krokett also deine Freundin oder nicht?«

»Colette, Papa!« Micha hatte die Fersen angehoben, sodass nur noch die Zehen Bodenhaftung hatten, und wippte auf und ab. Er sah aus, als wäre er dazu verdonnert worden, einem schnarchigen Vortrag zu lauschen, obwohl er dringend pinkeln musste. »Hast du mal etwas von Freundschaft Plus gehört?«

Edwins Mundwinkel fuhren zwei Etagen abwärts. »Ich bin nur mit Sechzig Plus vertraut.«

Micha wechselte auf die Fersen, von dort zurück auf die Zehenspitzen, um direkt wieder auf die Fersen umzusteigen. »Colette und ich schlafen miteinander, sind uns aber zu nichts verpflichtet.« Fersen, Spitzen, Fersen, Spitzen – wie ein Turniertänzer, der seine Choreografie noch einmal durchging, bevor er sich in den Glitzerfummel schmiss, um vor die Jury zu treten. »Den ganzen Beziehungsblödsinn ersparen wir uns. Colette hat ihre Arbeit und den Sport um die Ohren – und ich habe zurzeit auch keinen Nerv auf was Festes!«

Edwins Mundwinkel stiegen wieder eine Etage auf – allen Anschein nach blieb ihm eine weitere von Michas Frauengeschichten erspart. »Also kommt sie nicht zum Geburtstag?«

Micha stoppte seine Fußübung. »Samstags ist sie beim Zumba.«

»Ich frage erst gar nicht, was das schon wieder für ein Schweinkram ist.«

»Turnen!«

Kritisch prüfte Edwin die prall gespannte Knopfleiste von Michas Hemd. »Turnen täte dir auch nicht schaden! Als ich in deinem Alter war …«

»Als du in meinem Alter warst, hat Vasco da Gama gerade den Seeweg nach Indien entdeckt.«

»Gehört es sich, so mit dem eigenen Vater zu sprechen?«

»Nur wenn er einen bevormundet!« Micha zog sein Handy aus der Tasche, das gerade einen Signalton von sich gegeben hatte. »Wenn man vom Teufel spricht! Colette hat eine Nachricht geschickt: Zumba fällt aus, sie feiert den Geburtstag mit.«

Edwins Mund fuhr in die Ausgangsposition zurück und formte sich dort zu einem dünnen Strich.

»Was ist?«, fragte Micha.

»Bist du wirklich sicher, dass ihr keine Beziehung führt?«

»Papa, lass das! Was ist los mit dir? Normalerweise reitest du doch auf einem völlig anderem Thema herum.«

»Nämlich?«

»Tu nicht so unschuldig! Jede Frau, die ich dir bisher vorgestellt habe, ist angeblich viel zu jung für mich – und du wirst nicht müde, mir das in schöner Regelmäßigkeit aufs Butterbrot zu schmieren!«

Edwin brummte. »Ich habe beschlossen, mich darüber nicht mehr aufzuregen. Du änderst dein Beuteschema sowieso nicht.«

»Im Gegensatz zu dir!«

Mit der flachen Hand haute Edwin auf den Tisch. »Hör auf zu sticheln! Sag mir lieber, wie Colette in Wirklichkeit heißt. Niklas hat mir gesteckt, dass das nur ihr Pseudonym sei.«

»Donnerwetter.« Micha nickte anerkennend. »Der Junge bekommt mehr mit, als ich dachte.« Er schlug die Beine übereinander und führte seine Fußtanznummer fort, indem er den linken Fuß in einem Tempo kreiseln ließ, als müsste er einen darum gelegten Miniatur-Hula-Hoop-Reifen in Bewegung halten. »Von mir hast du es nicht: Colette heißt eigentlich Geilana.«

Edwin stierte ins Nichts. »Wenn mich nicht alles täuscht, hieß die Ehefrau des fränkischen Herzogs Gosbert so.«

»Ich glaube nicht, dass das außer dir Inselbegabtem jemand weiß.« Micha zog die Brauen hoch. »Doch! Colettes Eltern wussten das bestimmt! Aber die breite Masse denkt, Geilana ist der Name einer Pornodarstellerin: Geilana, die wilde Amazone.«

Edwin kicherte wie ein Schuljunge, der in der großen Pause einen versauten Witz auf die Toilettenwand kritzelte. »Das ist nicht von der Hand zu weisen. Dann doch lieber Colette! Auch wenn dieser Name ebenfalls alles außer gewöhnlich ist.«

Heftig nickte Micha. »Sie schwärmt für diese französische Schauspielerin Colette Le Monde.« Er rümpfte die Nase. »Gut, dass sie nicht Lady Gaga zum Vorbild hat.«

»Ist das auch eine Schauspielerin?«, fragte Edwin.

»Nur ab und zu. Für gewöhnlich singt sie.«

Edwin riss den Finger in die Höhe, als wäre die große Pause längst vorbei und er wollte auf die Frage der Lehrerin antworten. »Hat die nicht letztens in der Show vom Florian Silbereisen mit Helene Fischer ein Duett gesungen? Ich meine den Auftritt, wo die Fischer in dem Ring hing und dann von dieser Gaga mit Feuerbällen beschossen wurde, bis ihr Haar in Flammen stand.«

»Das kannst du schön googeln«, sagte Micha. »Es soll sich schließlich bezahlt machen, dass du den Internet-Führerschein gemacht hast. Apropos bezahlen: Jetzt muss ich wirklich flitzen.« Aus der Innentasche des Sakkos zog Micha sein Portemonnaie und öffnete den Druckknopf. »Wenn du schlau bist, Papa: Heirate ihn nicht, diesen Robert! Das kann böse enden.«

»Ich staune! Du hast dir seinen Namen gemerkt.« Edwin machte eine abwehrende Geste. »Steck dein Geld ein! Wer von seiner Ex ausgenommen wurde, dass es nicht einmal für passende Hemden langt, muss seine Kröten zusammenhalten.«

Micha grinste. »Ich bin gespannt, ob Robert wirklich so toll ist, wie du mir erzählt hast. Dass er Hotels besitzt, ist mir jedenfalls sehr sympathisch!«

Edwin wischte sich einen Brotkrumen ab, der vom Frühstück übriggeblieben war und bisher unbemerkt an seinem Pullover gehangen hatte. »Träumst du von ewigem Gratisurlaub?«

Micha stand auf. »Was wären wir ohne Träume?« Er griff seine Aktentasche, hielt kurz inne und sagte dann: »Bring Robert mit am Samstag!«

Edwin wurde blass um die Nase. »Auf keinen Fall! Samstag geht es um meinen Enkel, nicht um meine Beziehung!«

»Du kennst Niklas. Er wird nichts dagegen haben, wenn nicht alle Augenpaare auf ihn gerichtet sind, im Gegenteil!«

»Und was werden Dörte und Dietmar sagen?«

Michas Augen funkelten. »Monas liebreizende Schwester wird einen Herzinfarkt bekommen und der Schwabbelschwager wird ins Bad rennen, um sich zu übergeben.«

»Warum habe ich den Eindruck, dass es dir eher darum geht, die lieben Verwandten zu ärgern, als Robert kennenzulernen?«

»Beides kann man verbinden. Außerdem bin ich seit meiner Scheidung weder mit Dörte noch mit Dietmar verwandt.«

»Da wären immer noch Trudi und Rudi«, sagte Edwin.

»Willst du deinen eigenen Eltern nicht den Mann vorstellen, mit dem du deine Zukunft verbringen möchtest?«, fragte Micha.

»Wenn ich das wüsste! Sie gehen auf die Hundert zu. Sollte ich ihnen wirklich einen derartigen Schock verpassen?«

Micha nickte den Hutladys und Rosi zu, dann strich er Edwin über die Glatze. »Du musst selbst entscheiden. Robert ist jedenfalls willkommen!« Damit eilte er aus dem Café und hätte beinah einen zaundünnen älteren Herrn über den Haufen gerannt, der gerade zur Tür mit der Brezelklinke hereinkam.

Durch die Fensterscheibe starrte Edwin seinem Sohn selbst dann noch hinterher, als er nicht mehr zu sehen war.

»Es ist ein Jammer!«

Edwin schreckte aus seinen Gedanken hoch.

Mit der Getränkekarte fächelte sich die Lady, die den rosafarbenen Hut trug, Luft zu. Als sie Edwin breit angrinste, entblößte sie einen Goldzahn. »Die nettesten Männer sind schwul.«

Die zweite Lady rülpste mit geschlossenem Mund, dass ihr Busenberg sich hob und wieder senkte. »Wir können uns noch so hübsch machen. Es ist ein Kampf gegen Windmühlen.«

Wie einstudiert seufzten beide gleichzeitig lang und laut.

»Einen schönen Tag, die Damen!« Edwin eilte zum Tresen, beglich in Windeseile die Rechnung und stürzte nach draußen. Er brauchte dringend frische Luft.

5

»Schau endlich, dass du aus deinem Zimmer kommst!« Micha knallte die Kühlschranktür so energisch zu, dass zwei der daran befestigten Magnete – die saxophonspielende Zucchini und der Brokkoli mit getigertem Lendenschurz – zu Boden fielen. »Ich mache das Brimborium schließlich nur wegen dir!«

Niklas legte den Controller seiner Spielkonsole aufs Bett, die er von Micha zum Geburtstag geschenkt bekommen hatte, und schlurfte in die Küche. »Es heißt *deinetwegen*. Oder sind wir in einer Pöbel-Talkshow?«

Micha goss die aus dem Seitenfach genommene Milch in ein Kännchen. »Das wird sich zeigen. Je nachdem, wie die Familie drauf ist.« Mit einem Schwamm wischte er verschüttete Tropfen von der Arbeitsfläche. »Hör wenigstens heute damit auf, mich ständig zu verbessern!«

»Warum?«, fragte Niklas.

»Weil diese ehrenvolle Aufgabe Deutschlehrer a. D. Edwin übernimmt. Und das reicht mir. Ihr braucht nicht als Klugscheißer-Doppelpack aufzutreten.«

Gähnend ließ Niklas sich auf den Küchenstuhl sinken. »Meinst du wirklich, Opa wird darauf achten, was du sagst? Bestimmt ist er viel zu nervös, weil sein Lover mitkommt.«

Mit einer Handbewegung scheuchte Micha Niklas hoch und gab ihm zu verstehen, dass er die Teller ins Wohnzimmer tragen sollte. »Im Gegensatz zu dir Grünschnabel ist dein Opa Edwin keine sechzehn mehr!«, rief er Niklas hinterher. »Das ist nicht die erste Liebelei, die er anschleppt!«

Niklas kam zurück. »In gewisser Weise schon. Einen Kerl hat er noch nie angeschleppt.«

»Fang nicht wieder damit an!«

»Ich auf keinen Fall! Aber für Tante Dörte und Onkel Dietmar verbürge ich mich nicht.«

Micha reichte Niklas das Tablett mit den aufeinandergestapelten Tassen. »Sie sind nun mal in dieser Freikirche.«

Das Tablett fest an seinen Oberkörper gepresst stand Niklas da, als sei er eine Puppe im Schaufenster eines Porzellanladens. »Und das entschuldigt homophobes Verhalten?«

Micha faltete die Hände wie zum Gebet. »Tu mir den Gefallen und reize sie nicht.«

»Hast du das gerade wirklich gesagt?« Niklas stellte das Tablett auf dem Küchentisch ab. »Ich fasse zusammen: Kurz bevor er stirbt, erlebt mein Opa seinen zweiten Frühling …«

Micha prustete los. »Seinen zweiten Frühling – wie köstlich! Das dürften inzwischen einige Frühlinge mehr gewesen sein!«

»Na schön.« Niklas steckte sich eine Haarsträhne hinter das Ohr. »Dass Opa jemanden kennengelernt hat, ist also nichts Neues. Aber dass es sich dabei um jemanden mit einem Pimmel handelt, dürfte eine interessante Variante der altbekannten Geschichte sein, korrekt?«

Micha – viel zu fasziniert von Niklas' Rede, als dass er daran dachte, ihn für den Igitt-Begriff zu tadeln – nickte.

»Und im Angesicht der Tatsache«, fuhr Niklas fort, »dass Opa und sein Freund sich an einen Tisch mit Trockenpflaume Dörte und ihrem polternden Dietmar setzen, fällt dir nichts Intelligenteres ein, als zu sagen, dass sie so widerlich daherschwätzen, weil sie gläubig sind? Das finde ich richtig scheiße von dir!«

Micha runzelte die Stirn – Pimmel, Trockenpflaume und nun auch noch Scheiße … das war zu viel, da musste er als Vorzeigevater intervenieren. »Ich dachte, das hier sei eine anspruchsvolle Talkshow und nicht RTL zwei!«

»Lenk nicht ab!«

Micha seufzte. »Ich meine, weil sie religiös sind, könnte sie Opas schwule Phase …«

»Schwule Phase! Es wird immer absurder!« Niklas blickte durch Micha hindurch. »Ich weiß gar nicht, wo ich anfangen soll. Ziehe ich die richtigen Schlüsse, dass Homophobie okay ist, wenn man die Bibel auswendig runterbeten kann?«

»Die Mitglieder von Dörtes und Dietmars Kirche sind drei Zacken schärfer drauf als der Otto-Normal-Gläubige! Es wäre keine Überraschung für mich, wenn dort noch Konversionstherapien stattfinden.« Micha schnappte sich das Tablett und raste ins Wohnzimmer. »Und dreh mir nicht das Wort im Mund um! Ich wollte dir bloß zu verstehen geben, dass laut Bibel der Beischlaf zwischen gleichgeschlechtlichen Menschen eine Sünde ist.«

Niklas wieselte Micha hinterher. »Erstens ist fraglich, ob Opa in seinem Alter überhaupt noch Sex hat.«

Micha bekam einen Hustenanfall, dass er beinahe das Tablett fallen ließ. »Bitte erspare mir zweitens!«

Niklas hörte ihn gar nicht. »Und zweitens steht in der Bibel noch allerhand anderer Kram, der nicht mit der heutigen Zeit kompatibel ist! Glaubst du allen Ernstes, Inzest und Mord lassen sich in irgendeiner Weise entschuldigen? Oder dass du morgen einer Schlange begegnest, die dir einen Apfel aufschwatzt, um dich aus dem Paradies zu jagen?«

»Welches Paradies?« Micha setzte das Tablett ab und fiel auf die Couch. »Noch ein Wort und ich bekomme mein Magendrücken!«

»Ich bin schon still.« Niklas begann damit, den Tisch einzudecken. Nachher musste er dringend googeln, was diese Konversionstherapie war – etwas Gutes konnte es bestimmt nicht sein! »Aber wenn …«

»KEIN ABER!« Micha vergrub sein Gesicht in den Handflächen.

»ABER WENN die Heilige Dörte oder ihr Göttergatte etwas gegen Opa sagen, werde ich ihn verteidigen!«

Zwischen den gespreizten Fingern linste Micha seinen Sohn an. »Tu das, Geburtstagskind, tu das! Wenn es dein Wunsch ist.«

»Es ist nicht mein Wunsch, es ist meine Pflicht!« Niklas faltete Servietten zu Dreiecken. »Man kann schließlich an den Herrn samt Humbug glauben, ohne derart am Karussell zu drehen wie die zwei Verstrahlten. Mama ist der lebende Beweis!«

»Madame Nimm hat andere Macken.«

Niklas setzte sich auf die Lehne der Couch, auf der Micha lag. »Wie blass du bist. Man könnte meinen, das Jüngste Gericht klingelt gleich bei uns und begehrt Einlass.«

Micha massierte seine Stirn, dass er aussah wie ein qualgezüchteter Faltenhund. »Welch eine vortreffliche Metapher!«

Niklas legte die Hand auf Michas Knie. »Wenn ich mich beherrsche, Dörte und Dietmar nicht anzuspringen, sobald sie einen Fuß über die Schwelle gemacht haben, musst du mir versprechen, nett zu Mama zu sein.«

Micha richtete sich auf. »Ich bin immer nett zu Madame … verzeih, zu deiner Mutter.«

»Ist klar.« Niklas grinste. »Und du hast die DVD-Box von *Baywatch* nur gekauft, weil Pamela Anderson so eine talentierte Schauspielerin ist. Apropos Pamela, wollten wir nicht noch die Melonen aufschneiden?«

Micha musste lachen. »Ich kann nicht glauben, was aus dir geworden ist. War es nicht erst gestern, dass ich dich mit pürierten Möhrchen gefüttert habe?«

Niklas stand auf und machte sich wieder an der Kaffeetafel zu schaffen. »Ich glaube, das war vorgestern.«

Michas Handy gab einen Glockenklang von sich. Er zog es aus der Hosentasche, betrachtete das Display und rollte die Augen. Er hatte völlig vergessen, Niklas schonend vorzubereiten, wer heutiger Überraschungsgast war. »Auch das noch.«

»Was ist?«, fragte Niklas.

»Bin in einer Viertelstunde bei euch«, las Micha vor – dass die Anrede »Hallo Butzibiber« lautete und zum Schluss ein »HDGGGDL!!!« stand, überging er.

»Von wem ist die Nachricht?«

Micha schwieg.

Niklas Augen formten sich zu Schlitzen. »Doch nicht etwa von Klosett? Die wackelt doch samstags beim Zumba mit den anderen um die Wette!«

»Sie heißt Colette! Und Zumba fällt bis auf Weiteres aus. Der Trainer ist über Nacht nach Kuba zurück. Die deutschen Männer sind ihm zu spröde, das steht er nicht länger durch.«

»Als ob bei uns keine Männer anderer Nationalitäten zu finden wären!« Niklas zog einen Flunsch. »Und warum hast du mir nicht eher gesagt, dass Klo..., dass Colette bei meinem Geburtstag dabei ist?«

Micha rappelte sich von der Couch hoch, trat vor den Spiegel und fuhr sich durch sein Resthaar. Er gab keine Antwort.

»Na dann, happy Birthday!« Niklas hob ein Glas und prostete der Zimmerdecke zu. »Auf einen gemütlichen Nachmittag mit den Betschwestern und der Frau, die fünfzig Jahre Emanzipationsbemühungen mit Füßen tritt.«

»Lass das!« Micha drückte an einem Pickel hinter dem Ohr herum. »Nur weil sie Themen wie Fashion und Beauty mag, muss sie sich nicht weniger für Frauenrechte interessieren als die Krawall-Emanzen mit Filzsäcken statt Kleidern und zentnerweise Holzperlenketten um den Truthahn-Hals.«

»Klosett hat von Frauenrechten so viel Ahnung wie die FDP vom Leben der kleinen Leute.«

»Sie heißt Colette!«

»Tut sie nicht, das wissen wir beide.« Niklas kratzte am schwarzen Lack seines Fingernagels. »Ehrlich Papa, wann schießt du die in den Wind?«

»Wie kann ich sie in den Wind schießen, wenn wir gar nicht zusammen sind?« Micha beschloss, den Pickel in Ruhe zu lassen. Er ging ins Schlafzimmer und zog sich ein frisches Shirt an. »Ich finde Colette übrigens verdammt emanzipiert. Sie macht, was sie will. Und sie ist ihr eigener Boss – weil sie selbstständig ist!«

Niklas steckte den Kopf durch den Türspalt. »Mit einem Fußpflegemobil und einem *Instagram*-Account für Zehennägel-Design. Wahnsinn!«

»Verdiene du erst einmal dein eigenes Geld, dann reden wir weiter!«

»Da gehe ich lieber anschaffen, als anderen Menschen die Hornhaut von den Käsequanten zu hobeln.«

Micha schleppte sich zum Fenster. »Wenn heute nicht dein Ehrentag wäre, bekämst du nun eine Predigt von mir zu hören!«

»Für Predigten haben wir Dörte und Dietmar!«

Gerade als Micha durch die Scheibe blickte, fuhr der klapprige VW-Bus auf den Hof. *Colette's mobile Fußpflege* stand in pinker Schnörkelschrift darauf. Vom Wagendach grinste eine überdimensionierte Fußfigur aus Hartplastik – ebenfalls in Pink. Grinsend deshalb, weil die Figur einen Mund besaß. Und Augen. Und – um dem absurden Anblick die Krone aufzusetzen – Arme mit (pink) behandschuhten Händen plus Beine, deren Füße in Turnschuhen steckten: in pinken natürlich. Bis heute hatte Micha keine Ahnung, wie die Figur befestigt war beziehungsweise wie Colette es schaffte, dass sie noch kein Ordnungshüter dazu verdonnert hatte, das Objekt wegen »Gefährdung der Sicherheit im Straßenverkehr« vom Dach abzubauen.

Niklas gesellte sich zu Micha ans Fenster.

Der Wagen stoppte, die Tür wurde aufgerissen und Colette kraxelte heraus. Als sie sich zum Beifahrersitz hinüberbeugte, rutschte ihr Minirock nach oben, sodass ein Stück von ihrem (pinken) Spitzen-Unterhöschen aufblitzte.

Niklas stieß einen Pfiff aus. »Ich weiß schon, warum du mit ihr zusammen bist. Obwohl sie näher an meinem Alter dran ist als an deinem.« Er strich sich über das Kinn. »Quatsch! Nicht *obwohl*. Sondern *gerade weil*. Alles, was jung ist, ist schön, gell?«

»Du bist ein unmögliches Kind!« Micha seufzte so stark, dass die Scheibe beschlug. »UND WIR SIND NICHT ZUSAMMEN!«

Niklas legte eine Pause im Provozieren ein – mit sechzehn war er reifer als mit fünfzehn.

Colettes Oberkörper kam wieder zum Vorschein. Sie hatte einen mit Helium gefüllten (pinken) Luftballon in Herzform aus dem Bus geholt, der nun an einem (pinken) Band, das sie sich um das Handgelenk geschlungen hatte, über ihr schwebte. *Sweet sixteen* war auf dem Ballon zu lesen.

»Bitte nicht!« Niklas presste die Stirn gegen die Scheibe. »Will sie mich ärgern? Oder weiß sie wirklich nicht, dass das eine Phrase für Weiber ... sorry, für Mädchen ist?«

Micha kicherte. »Kleine Sünden bestraft der liebe Gott sofort.«

»Sünden? Danke Papa, für diese Kirchenmetaphorik! Fast hätte ich Dörte und Dietmar vergessen.«

Es klingelte: einmal lang und dreimal kurz.

»Manchmal wäre ich gern eine Waise.« Niklas knuffte seinen Vater in die Seite. »Let the show begin!«

6

»Hast du das vegane Rezept probiert, das ich dir aufgeschrieben habe?« Colette bündelte ihr gelocktes Haar zu einem Zopf, beugte sich über den Gugelhupf und roch daran.

Micha drehte eine regenbogenfarbene Kerze in den Halter, der auf dem Tisch stand. »Der Papiergeschmack war mir zu dominant.«

»Gratulation!« Colette richtete sich wieder auf.

»Wozu?«

»Das war der schlechteste Spruch von dir seit wir uns kennen. Ist der Kuchen nun vegan oder nicht?«

Micha zwirbelte am Docht. »Das ist eine Fertigmischung.«

»Eine vegane?«

Nun raunte Micha Unverständliches.

»Einerlei.« Colette schüttelte den Kopf, dass die (pinken) Federn an ihren Ohrclips aufgeregt wackelten. »Ich sollte sowieso keinen Süßkram essen.«

»Machst du dir Sorgen um deine Hüften?« Einen Teller mit Melonenscheiben in der einen, eine Platte mit Kuchenstücken in der anderen Hand kam Niklas ins Wohnzimmer – sicherheitshalber hatte Micha heute Morgen die Konditorei aufgesucht, falls er zu blöd gewesen sein sollte, eine idiotensichere Mischung so zuzubereiten, dass etwas Genießbares dabei herausgekommen war. »Du bist doch total schlank!«

»Darum geht es nicht!«, erwiderte Colette. »Weißt du, wie ungesund Industriezucker ist?«

Niklas nickte. »Man kann aber auch wunderbar mit Honig oder Rohrohrzucker süßen.«

Als sei er ein Exponat in der Nationalgalerie betrachtete Colette Micha von oben bis unten und wieder zurück. »Dein Vater weiß nicht einmal, ob die Fertigmischung, die er gekauft hat, vegan ist. Daher glaube ich nicht, dass er mir sagen kann, wie sie gesüßt wurde.«

»Stimmt.« Micha schob den Kerzenhalter zehn Zentimeter nach links. »Weil ich nämlich ein hart arbeitender Bürger bin und nur zwischen Vorstandssitzung und Quartalsgespräch dazu komme, in den Discounter zu flitzen, um etwas aus dem Regal zu ziehen, das ...«

»Discounter? Dann brauchen wir nicht weiterzureden.« Colette ging zum Fenster, um es anzukippen. »Selbst wenn der Kuchen mit Goldstaub verziert wäre, würde ich ihn nicht anrühren. Solange die Arbeitsbedingungen in Discountern ...«

Micha stellte auf Durchzug und beugte sich zu Niklas, der gerade die Platte abstellte. »Was hast du eigentlich gegen sie?«, flüsterte er. »Colette ist genauso krawallig wie du, das müsste dir doch gefallen.«

»Sie redet zu viel.« Niklas stöhnte. »Eines Tages explodiert mein Kopf davon.«

»Jedenfalls ist es nur eine Frage der Organisation«, schloss Colette ihren Vortrag ab. »Wenn man seinen Tag straff durchstrukturiert, findet man die Zeit, um sein Essen selbst herzustellen: frisch, bio, regional!«

»Warum soll ich das tun?«, fragte Micha. »Warum soll ich durch die Pampa streifen und Wild jagen wie meine prähistorischen Vorfahren, wenn ich mit dem Auto zur Metzgerei düsen kann und dort einen spitzen Rehrücken bekomme?«

»Du verstehst mich absichtlich falsch!« Colette machte ein schnaufendes Geräusch. »Männer.«

»He!«, sagte Niklas. »Nicht alle sind so wie der da!«

»Wie bitte?« Michas Gesicht entgleiste. »Hör mal, *der da* kann die Geburtstagsfeier auch abblasen!«

Selig starrte Niklas seinen Vater an. »Das würdest du tun?«

Micha zwinkerte ihm zu. »Ich will mal nicht so sein. Wo du dich doch sooo darauf gefreut hast.«

»Du bist grausam.« Niklas' Blick fiel auf die Regenbogenkerze. »Was soll *das* denn?«

»Ich ahne es«, sagte Colette.

Ein paar Mal öffnete Micha den Mund und schloss ihn wieder, dass er aussah wie ein frisch geangelter Hecht, der zurück ins Wasser wollte. Dann sagte er: »Sie … sie sollen wissen, dass sie willkommen sind. Und dass … dass ich ihre … Beziehung akzeptiere.« Er fuhr sich über den schweißnassen Nacken. Sein gerade erst angezogenes Shirt würde er noch einmal wechseln müssen, bevor die Besucher kamen, das stand fest.

Niklas griff nach der Kerze. »Schöne Idee. Peinliche Umsetzung.«

»Wieso?«, fragte Micha.

Colette kam auf Micha zu und schlang ihre Arme um seine Taille. »Weil du damit betonst, dass sie anders als die anderen sind.«

Micha verzog die Oberlippe. »Sind sie doch auch!«

Schwungvoll öffnete Niklas die Schublade der Anrichte und warf die Kerze hinein. »Wir unterscheiden uns alle voneinander. Willst du für jeden von uns eine Kerze aufstellen?«

Colette lachte. »Meine soll bitte pink sein!«

»Was willst du drauf haben?« Niklas schloss die Lade. »Einen Fuß?«

»Gute Idee!« Sie zwickte in Michas Hüftspeck. »Und dein Vater bekommt einen kleinen Neandertaler auf seine.«

»Ich hab's verstanden!« Micha befreite sich aus Colettes Umklammerung. So schwitzend so nah an seiner Freundschaft Plus zu sein, war ihm unangenehm. »Der Einzige, für den heute eine besondere Kerze brennen sollte, ist Niklas. Aber ich habe nur noch ordinäre Haushaltskerzen, glaub ich.«

»Das macht nichts!« Colette deutete auf den Sweet-Sixteen-Heliumballon, der an der Decke über dem Fernseher schwebte. »Unser Geburtstagskind hat einen viel schöneren Hinweis auf seinen Ehrentag!«

Niklas ballte nicht nur seine Zehen, sondern auch die Finger: Gerade als er bei Colette eine sympathische Seite entdeckt hatte, musste es wieder unerträglich werden!

Es schellte. Dreimal lang.

»Das wird Mama sein.« Niklas dackelte zur Tür.

Colette legte ihren rechten Zeigefinger auf die Nasenspitze, als könnte sie dadurch das Radio anstellen. »Der Junge ist heute richtig nett zu mir. Gewöhnlich lässt er keine Gelegenheit ungenutzt, zu demonstrieren, dass ich nicht willkommen bin.«

»Nimm's nicht persönlich«, erwiderte Micha. »Welcher Teen sieht seinem alten Herrn schon gern beim Flirten zu!«

»Du flirtest?« Colette drückte auf ihre Nase – doch das Radio blieb leise. »Ganz bestimmt nicht mit mir!«

»Hey, ich gebe mein Bestes!«

»Mein Beileid!« Colette blickte zum Flur, wo Niklas gerade den automatischen Türöffner betätigt hatte, mit dem man ins Treppenhaus eingelassen wurde. »Sieh der Realität ins Auge: Du bist kein Don Juan mehr, mein Butzibiber.«

Micha fuhr sich über den viel zu hohen Haaransatz. »Gut, dass du das erwähnst, sonst hätte ich es nicht bemerkt.«

Colette strahlte ihn an. »Wenn dein Vater nachher mit Robert schäkert, wirst du es wie ein echter Kerl hinnehmen, stimmt's?«

Micha spürte, wie ihm das Blut in den Kopf schoss. Er beschloss, nicht weiter auf Colettes Spitzen einzugehen. »Ich befürchte, Niklas beißt jede Frau weg, mit der ich etwas habe, weil er sich insgeheim danach sehnt, dass ich wieder mit Mona zusammenkomme.«

»So ist das.« Colette zog ihren Rock gerade. »Wer sehnt sich nicht danach, dass wieder alles so ist wie vor den Verletzungen!«

»*Ich* habe Mona nicht verletzt. *Sie* hat *mich* hintergangen!«

»Ein Königreich für einen Fahrstuhl!« Monas Stimme hallte durch das Treppenhaus.

Micha wedelte mit dem Handrücken vor Colettes Gesicht, als sei er der Oberlehrer, der seine Schülerin davor warnt, noch eine weitere schlechte Note zu schreiben, da sie sonst nicht versetzt wird. »Benimm dich! Keine Stutenbissigkeit!«

»Bist du im Delirium?« Colette befühlte Michas Stirn. »Wann war ich jemals zickig zu deiner Ex?«

»Nie! Aber den Satz wollte ich schon immer mal sagen.«

Colette gab Micha einen Stirn-Klatscher, dass er den Kopf erschrocken zurückzog. »Macht dich der Gedanke an, dass zwei Frauen einen Zwergenaufstand um dich veranstalten?« Sie öffnete den obersten Knopf ihrer Bluse.

»Was soll das?«, fragte Micha.

»Ich mache mich schon mal frei. Wo hast du den Schlamm?«

»Hä?«

»Für das Schlammcatchen. Ich dachte, dein ehemaliges Weib und deine neue Flamme sollten sich jetzt um dich prügeln – und die Überlebende darf dir dann die Trauben pellen.«

Micha schnurrte. »Bier könnte sie mir auch bringen.«

»Lieber nicht.« Sie piekste in Michas Bauchnabel. »Mein Butzibiber hat nämlich ordentlich Speck angesetzt.«

Nahtlos ging Michas wohliges Schnurren in ein zorniges Brummen über. »Edwin meint auch, dass ich zugenommen habe. Wollt ihr zwei nicht einen Lästerclub gründen?«

»Lästern?« Nun streichelte Colette mit kreisenden Bewegungen über seinen Bauch. »Es ist eine Feststellung.«

»Pah!« Micha krümmte sich. »Lieber ein bisschen Wohlstandspeck, als sein Leben Zumba, Dinkelmehl und Füßen zu widmen.«

Colette ließ von ihm ab. »Gut, dass wir nicht zusammen sind.« Sie knöpfte die Bluse wieder zu. »Sonst würde ich spätestens jetzt Schluss mit dir machen. Auf Chauvis falle ich nie wieder rein!«

»Könntest du das noch einmal vor Niklas sagen?«

»Warum?« Colette griff nach ihrer (pinken) Handtasche mit den (pinken) Fransen, die um die Stuhllehne hing, und zog einen (pinken) Taschenspiegel heraus.

»Er denkt, dass du dir nicht viel aus Emanzipation machst.«

Colette klappte den Spiegel auseinander. Sie prüfte ihr Makeup. »Wie kommt er auf diesen Schwachsinn?«

Micha tippte auf das Plastikgehäuse. »Deshalb.«

Energisch ließ Colette den Taschenspiegel zuschnappen. »Ach Gottchen! Als ob jede Frau, die sich fürs Schminken und schöne Klamotten interessiert eine Tussi ist und sich von einem dahergelaufenen Dödel herumkommandieren lässt!« Sie rief in den Flur: »Wusstest du, dass Rosa früher eine Jungenfarbe war, Niklas?«

»Und die Mädchen trugen Blau – zumindest im westlichen Kulturkreis.« Einen riesigen Blumenstrauß tragend erschien Mona im Türspalt. »Weil Blau nämlich die Farbe der Jungfrau Maria war.«

Niklas schälte sich an Mona vorbei. »Rosa galt als das kleine Rot – die Signalfarbe der Männlichkeit.«

Colette trat einen Schritt vor. »Normalerweise sind die Leute baff, wenn ich das erzähle.«

Als Niklas grinste, präsentierte er seine Zahnlücke, wegen der er von seiner Mitschülerin Laxmi angeschmachtet wurde. »Wir sind eben schlau!«

Mona löste das Papier, das um die Blumenstängel gewickelt war. »Spiel dich nicht auf, mein Schatz.« Sie sah Colette an. »Edwin war mit uns im Historischen Museum und hat Herrn Romanesco bis auf die Knochen blamiert.«

»Wer ist das?«, fragte Colette.

»Der Museumsführer«, sagte Niklas. »Opa wusste mehr als der!«

Mona nickte. »Manchmal glaube ich, Edwin weiß einfach alles.«

Micha, der mittlerweile am Fenster stand und sich frische Luft zuwedelte, machte ein Geräusch wie Atze, der Corgi aus dem ersten Stock, wenn man an der Wohnungstür entlangging und mit dem Schlüsselbund klapperte. »Alles weiß Edwin nicht. Dass er auf seine alten Tage … ihr wisst schon … wird, hätte er sich bestimmt nicht träumen lassen.«

»Ich bin nicht meine Schwester!«, sagte Mona. »Wenn Dörte aufschlägt, kannst du dich selbst gern zensieren. Aber vorher darfst du ruhig geradeheraus sagen, dass Edwin neuerdings schwul ist.«

Als wollte er einen Ball abwehren, der auf ihn zuflog, hob Niklas die Hände. »Schwul ist kein Wort, das man nicht sagen darf! Damit muss Tante Dörte klarkommen. Ansonsten zeige ich ihr den Weg nach draußen.«

Monas Augen wurden glasig. »Wie erwachsen du redest.« Sie beugte sich zu Niklas und überreichte ihm den Blumenstrauß. »Happy Birthday, mein Baby!« Leise schluchzend fiel sie Niklas um den Hals, dass einer der Stängel abknickte und die gelbe Rose ihr Köpfchen senkte.

Tapfer hielt Niklas die mütterliche Umklammerung aus und klopfte Mona auf den Rücken, als wollte er ihr dazu verhelfen, ein Bäuerchen zu machen. »Schon gut, Mona, schon gut.«

Die Nase hochziehend richtete Mona sich wieder auf und deutete auf den Umschlag, der in dem Strauß steckte. »Alles, was ich dir kaufen würde, wäre sowieso falsch. Also habe ich dir Geld in die Karte getan.«

»Hoffentlich ihr eigenes«, flüsterte Micha Colette zu. »Es wäre ihr zuzutrauen, mir den Betrag in Rechnung zu stellen.«

Colette trat ihm auf den Fuß. »Kusch!«

Vergeblich versuchte Niklas, die in Mitleidenschaft gezogene Rose zu verarzten. »Nett von dir.«

»Oje!« Colette stürmte auf Mona zu. »Deine Mascara ist verlaufen!«

»Wirklich?«

Mona wollte sich über das Gesicht wischen, doch Colette hielt ihre Hand fest, bevor sie die Wange erreicht hatte. »Nicht! Du machst es nur noch schlimmer.«

»Weißt du, was die Wimperntusche gekostet hat?«, fragte Mona.

Niklas und Micha tauschten wehleidige Blicke aus. Beide dachten dasselbe: Deren Probleme hätte ich gern!

»*Garantiert wasserfest* ... von wegen!« Verbittert lachte Mona auf. »Man wird nur verarscht! Und ich hab meine Clutch im Auto vergessen!«

»Komm mit ins Bad.« Colette zog Mona mit sich. »Das kriegen wir wieder hin. Im Handumdrehen sind deine Panda-Augen verschwunden und du siehst wieder frisch aus.« Schon waren die beiden abgetaucht.

Mit dem Kopf deutete Niklas zu Colettes Handtasche. »Bringst du sie ihr? Oder soll ich?«

Micha wechselte in sein *Ich-habe-nicht-den-leisesten-Schimmer-wovon-du-sprichst*-Antlitz.

»Ich mach das schon.« Niklas nahm die Tasche. »Die einzige dekorative Kosmetik, die wir im Allibert haben, ist meine Nagellack-Sammlung. Aber der Lack brennt auf den Wimpern, den sollten die Damen lieber nicht benutzen.«

Micha hatte begriffen. »Ob sie Schminke in ihrer Tasche hat?«

»Dem Gewicht nach zu urteilen, würde es mich nicht wundern, wenn wir darin das Bernsteinzimmer fänden.« Niklas ging aus dem Raum.

Die Eloquenz hat er von mir, dachte Micha, während er im Schlafzimmer sein verschwitztes Shirt ein weiteres Mal wechselte. *Aber mit sechzehn war ich noch lange nicht so wortgewandt.* Er betrachtete das Foto in dem verschnörkelten Rahmen auf dem Nachttisch: Niklas im Laufstall, der mit weit aufgerissenen Augen in die Kamera grinste und Schokolade an den Mundwinkeln kleben hatte. Sein Haar, heute glatt und schulterlang, war damals noch eine renitente Lockenpracht, die kaum gekämmt werden konnte, ohne dass es zu Tränchen kam.

Das Klingeln bewahrte Micha davor, sentimental zu werden.

»Ich mach auf!«, rief Niklas und ermahnte sich, höflich zu Tante Dörte und Onkel Dietmar zu sein, denn es war klar, dass nur sie unten stehen konnten: Eher würde ein dritter Weihnachtsfeiertag eingeführt, als dass die beiden nicht exakt fünf Minuten vor der vereinbarten Zeit aufkreuzten.

Micha atmete tief ein. »Ich darf nicht mehr so scharf essen, sonst schwitze ich mich noch zu Tode!«, sprach er zu sich selbst. Nie im Leben hätte er sich eingestanden, Bammel davor zu haben, seinem Vater Edwin nebst neuer Liebschaft gegenüberzutreten.

7

»Es ist also ausgemacht?« Robert schlüpfte in seine Hose.

»Hab ich eine Wahl?« Stella seufzte in den Lautsprecher des Smartphones.

»Du klingst, als hättest du dich bereiterklärt, dein Todesurteil zu unterschreiben! Freust du dich nicht, deinen alten Vater zu sehen?«

»Doch, doch.«

Robert zog den Reißverschluss zu, schloss den Knopf und fädelte den Gürtel in die Schlaufen. »Was ist es dann?«

»Hör zu, Papa: Ich finde es wirklich toll, dass wir uns mal wieder treffen. Und eine kleine Auszeit bei frischer Seeluft kommt mir gerade recht.« Es dauerte einen Augenblick, bis Stella weitersprach. »Aber dass du mir gleich die komplette Familie deines neuen Freundes aufdrückst, finde ich zu viel des Guten. Hätte es nicht ausgereicht, mir fürs Erste bloß Edwin vorzustellen?«

»Stella, meine Sonne, wir hocken nicht vierundzwanzigsieben aufeinander! Evrim konnte mir eine der Ferienvillen organisieren.«

»Wer ist Evrim?«

»Er leitet die Anlage.«

»Dann sag doch ›mein Mitarbeiter‹. Oder ›Herr So-und-so‹.«

Zufrieden stellte Robert fest, dass er noch immer das vorletzte Gürtelloch benutzen konnte, ohne dass es am Bauch zwickte. Wenn er etwas Gutes von seinem Vater geerbt hatte, dann dessen Aussehen. »Warum soll ich nicht Evrim zu ihm sagen?«

»Duzt ihr euch?«

Robert steckte das Shirt in die Hose. »Nö.«

»Das dachte ich mir. Ehrlich, du musst doch nicht jeden Schwachsinn mitmachen, den man dir auf dem letzten Führungskräfteseminar erzählt hat!«

»Wir sind ein junges, dynamisches Team, das ...«

»Ich will es nicht hören, Papa!« Wenn Stellas Stimme ins schrille Register kippte, erinnerte sie Robert an ihre Mutter Antonella bei einem der unzähligen Versuche, ihn davon zu überzeugen, sein Interesse an Männern sei nichts anderes als eine temporäre Begleiterscheinung der Midlife-Crisis. »Deine Selbstbeweihräucherung kenne ich aus dem Effeff! Du hast also ein Ferienhaus an der Ostsee klargemacht.«

»Eine Ferienvilla!«

»Das ist doch das Gleiche in Grün.«

Hektisch sah Robert sich um. »Eben nicht! Das versuche ich dir ja klarzumachen!«

»Was?«

Wo zum Teufel war nur sein zweiter Socken? »Dass du in einer Villa mehr Platz hast.«

»Mehr Platz wofür?« Stella machte ein Geräusch, als putzte sie sich die Nase. »Meinst du, mein neues Hobby ist Eisstockschießen? Oder Turniertanz? Hundert-Meter-Lauf?«

Robert biss sich auf die Zunge. Ein Salzhering hatte eine bessere Kombinationsgabe als seine Tochter! »Was ich meine ist, dass du mehr Möglichkeiten hast, Edwins Familie aus dem Weg zu gehen als ...«

»Wenn du jetzt wieder sagst ›als Hanno Affären‹, hänge ich sofort auf, ist das klar?«

Robert schluckte seinen Kommentar hinunter, dass er gerne sehen würde, wie man bei einem Smartphone *aufhängen* konnte. Immerhin hoffte er auf Stellas emotionalen Beistand, der in Form ihrer Anwesenheit vor Ort besser zu bekommen war, als wenn sie schmollend zu Hause blieb. Er legte sich bäuchlings auf die Matratze und schaute unter dem Bett nach dem verschollenen Socken. »Wie kommst du darauf, dass ich Hanno ins Spiel bringe?«, fragte er – und fügte gedanklich hinzu: *Wo ich doch heilfroh bin, dass der Versager zu seiner Ehefrau nach Baltrum zurückgeschippert ist, um mit ihr auf der Kücheneckbank Ostfriesentee zu trinken und Krabben zu pulen, statt unentwegt meine Tochter zu verarschen.*

»Du hast mir oft genug damit in den Ohren gelegen, was Hanno für ein Saukerl ist«, sagte Stella. »Aber stell dir vor: Das hätte ich auch ohne dich kapiert!«

Schnaufend kam Robert wieder hoch. Sterne tanzten vor seinen Augen. Bei dieser Hitze war es kein guter Einfall, Verrenkungen zu machen, die das Blut in den Kopf schießen ließen. »Höre und lerne, Töchterlein: Vor Norddeutschen sollte man auf der Hut sein! Besonders, wenn sie so einen dämlichen Namen wie Bartje, Hauke … oder Hanno haben!«

»Gut, dass mein homosexueller Vater keine Vorurteile hat!« Stellas Schrillfaktor hatte den Zenit erreicht. »Als ob der Name von deinem Gspusi schöner wäre! Edwin … da denke ich an Minnesang und Tandaradei!«

»Er passt zu ihm.« Ein wohliger Schauer lief Robert über den Rücken. »Wenn er vor mir steht mit seinem abgetragenen Sakko und mich anlächelt, denke ich: Genau so stelle ich mir einen Edwin vor.«

Stella zog die Luft zwischen den Zähnen ein. »Du bist ja richtig verliebt.«

Breit grinsend drehte Robert sich auf den Rücken und verschränkte die Arme hinter dem Kopf. »In meinem Alter ist man nicht mehr verliebt, mein Kind. Doch man kann jemanden sehr mögen.«

»Du redest eine Menge Stuss.« Stella sprach wieder in einer erträglichen Frequenz. »Aber dieser Satz ist ein heißer Anwärter für die Top Drei der bescheuertsten Sprüche!«

Robert rollte sich auf die Seite und stand auf. »Du kommst?«

»Wie oft muss ich dir das noch sagen! Ich komme. Sonst darf ich mir wieder anhören, wie unausstehlich ich damals zu dir war, als du mir gesagt hast, dass du … als du ausgezogen bist.«

Robert glaubte, den Stein zu hören, der soeben von seinem Herzen gefallen war.

»Es scheint dir ernst mit Edwin zu sein«, sprach Stella weiter, »so oft, wie du von ihm redest. Und weshalb würdest du sonst für ein Aufeinanderstoßen der Familien sorgen?«

»Übertreib nicht!« Robert stürzte zur Stehlampe – gerade hatte er festgestellt, dass der Socken über dem Lampenschirm hing. »Dann müsste ich schließlich auch dein Mütterchen einladen.«

»Bloß nicht!«, erwiderte Stella. »Höchstens wenn jeder vorher seinen Namen auf diverse Stellen des Körpers tätowiert, damit die Leichenteile schneller wieder zusammengepuzzelt werden können. Wir sollten der Kripo nicht zu viel Arbeit machen!«

»Also hat ihr Anti-Agressionstraining bei dieser Professorin Weiß-ich-nicht keinen Erfolg gebracht?«

»Sagen wir es so: ihr nicht. Aber die Frau Professor konnte sich von dem Betrag, den Mama ihr für die Therapiestunden überwiesen hat, sicherlich das Bad mit neuen Marmorplatten ausstatten lassen.«

»Wenigstens eine, die was gewinnen konnte.« Robert stieg in die Leinenschuhe. »Bei Antonella sind Hopfen und Malz verloren.«

»Du weißt doch, Mama regt sich auf.«

»Darüber, dass du unverheiratet bist?«, fragte Robert. »Dass du keine Bambini willst und sie nie Großmutter sein wird? Dass sie deshalb von Sofia und Francesca bis in alle Ewigkeiten spitze Bemerkungen ertragen muss?«

»Verglichen damit, was du geleistet hast, sind das Lappalien!«

»Dass ich deine Mutter verlassen habe, ist zwei Jahrzehnte her!«

»Du hast sie *für einen Mann* verlassen!«

»Und? Wo ist der Unterschied? Vorbei ist vorbei!« Robert riss sich zusammen, um nicht sein Lieblingsargument vorzutragen, nämlich dass ein Mann keine wirkliche Konkurrenz für Antonella sei, weil sie es mit ihm niemals aufnehmen konnte.

»Das spielt keine Rolle«, erwiderte Stella. »Mama ist wütend!«

»Immer noch?«

»Hey, Mama wird noch im Sarg fluchen, dass die Holzwürmer das Weite suchen! Sie ist Italienerin, das gehört sich so!«

»Wie beruhigend, dass *du* keine Vorurteile hast!«

»Hä?«

»Schon gut.« Tief atmete Robert durch die Nase ein und durch den Mund aus. Immerhin hatte sein Coming-out bewirkt, dass Antonella ihren Groll darauf vergessen hatte, trotz aller Bemühungen kein weiteres Kind von ihm geschenkt bekommen zu haben – wo sie doch immer von einer Famiglia grande geträumt hatte. »Nachher beim Geburtstag von Edwins Enkel, dem Niklas, sprechen wir die Einladung an die Ostsee aus.«

»Wie viele von Edwins Seite werden mitkommen?« Stella klang alarmiert. »Mehr als fünf?«

Robert setzte sich auf den Rand der Matratze, um sich die Schuhe zu binden. »Höchstens. Und jetzt muss ich los, ich bin ohnehin schon spät dran.«

Stella schwieg.

»Ist noch was?«, fragte Robert.

»Hmm … ich will nicht begreifen, warum du einen auf happy Family machst.«

Besorgt lugte Robert aus der Zimmertür. Nachdem er sich vergewissert hatte, dass Edwin noch unter der Dusche stand, antwortete er: »Der Edwin ist gerade in der gleichen Situation, in der ich damals war.«

»Du meinst vom Hetero zum Homo?«

»Poetischer hätte ich es nicht ausdrücken können.«

»Ich verstehe. Er hat Angst, was?«

Obwohl Stella ihn nicht sehen konnte, nickte Robert. »Zwar behauptet Edwin, sein Sohn Micha sei damit d'accord … und Niklas erschüttert angeblich nichts. Aber ich finde, ein gemeinsames Erlebnis könnte nicht schaden, um … wie soll ich das sagen …«

»Bindung, Vertrauen, Neubegegnung, bla, bla, bla!« Stella schnalzte mit der Zunge. »Wir haben genug Familienaufstellungen durchlitten, ich weiß besser, was du meinst als Mamas Frau Professor!« Sie wechselte in ihre Synchronsprecherstimme, die Werbung für ein Herzschmerzprodukt machte: »Es geht doch nichts über Qualitytime mit geliebten Menschen.«

»Wenn ich nicht ausschließlich positiv über dich denken würde, Töchterlein, könnte ich glatt annehmen, du bist sarkastisch.«

»Nimm an, was du willst.« Eine Tür schlug zu. »Ich muss gehen, Papa. Wir hören voneinander.«

»Danke«, sagte Robert.

»Wofür?«

»Das weißt du.«

»Haben wir die Phase nicht längst überwunden, in der du von Schuldgefühlen zerfressen wurdest, weil du unsere Heile-Welt-Familie zerstört hast?«

»Das haben wir«, antwortete Robert. »Trotzdem danke, dass du mitkommst.«

Als Stella kicherte, hallte es durch das Treppenhaus, in dem sie sich offensichtlich gerade befand. »Ich kenne dich einundvierzig Jahre. Es dreht sich nicht bloß um Edwin. *Dir* geht ebenfalls der Stift, weil du dich einem familiären Lackmustest unterziehen musst. Edwins Ehemann in spe tritt der potenziellen Verwandtschaft gegenüber.«

Robert nahm sein Smartphone, beendete die Freisprechfunktion und hielt es sich ans Ohr. »Dazu schweige ich.«

»Das reicht mir: Schweigen ist Zustimmung.«

Kaum hatte Robert das Telefonat beendet, kam Edwin herein. »Gut siehst du aus!«

»Kannst du das ohne deine Brille überhaupt beurteilen?«, fragte Robert.

»Logisch.« Mit dem Frotteehandtuch rubbelte Edwin sich über die Glatze. »Ich bin kurzsichtig, aber nicht blind.« Er kam auf Robert zu und warf ihn aufs Bett.

»Brr!« Reflexartig zog Robert die Schultern hoch. »Du bist nicht nur kurzsichtig, sondern auch nass!«

Edwin küsste ihn. »Bei den Temperaturen kann eine Abkühlung nicht schaden.«

»Komisch.« Robert legte den Arm um Edwin. »Ich habe das Gefühl, dass es gerade heißer geworden ist.«

»Ein Paradoxon.« Sanft biss Edwin in Roberts Finger. »Das kann nicht sein!«

»Macht nichts«, entgegnete Robert. »Es ist, wie es ist.«

»Bist du nervös?«, fragte Edwin.

»Wegen deinem Sohn?«

»Wegen *deines* S...« Edwin war unfähig, seinen Satz zu beenden, denn Robert hatte ihm den Mund zugehalten.

»Der Herr Lehrer ist in Rente!« Robert lockerte seinen Griff. Edwin verdrehte die Augen. »Bist du nervös oder nicht?«

»Hmm … Micha ist dir wichtig. Also will ich, dass er mich mag. Weil *du* für *mich* wichtig bist.« Robert gab Edwin einen Kuss auf die Stirn. »Deshalb: Ja, ich bin nervös.«

»Er wird dich mögen«, sagte Edwin. »Die anderen auch.«

Robert löste die Umarmung und erhob sich. »Was ist mit dir?«

Als er sich ebenfalls aufsetzte, ignorierte Edwin das Stechen in seinem Rücken – er war selbst Schuld, sich auf Robert geworfen zu haben wie ein kerngesunder Teenager mit unzerstörbaren Knochen. »Was soll sein?« Gründlich trocknete er jeden Zeh samt der Zwischenräume ab – ein Tick, den er sich einfach nicht wegtrainieren konnte. »Möglicherweise brauchen meine Leute einen Moment, bis das Eis bricht, aber danach dürften sie mich behandeln wie immer.«

»Und diese Doris?«, fragte Robert.

»Du meinst Dörte.« Im Schrank suchte Edwin nach einer seiner Unterhosen. Zwar übernachtete er inzwischen regelmäßiger bei Robert als bei sich daheim, aber um einen festen Platz für seine Kleidung hatte er sich noch immer nicht gekümmert. »Was die und ihr Orang-Utan-Ehemann von mir denken, ist mir herzlich egal. Ich wäre nicht überrascht, wenn sie uns einen Holzpflock in die Brust jagen, um uns auszumerzen.«

Mit routiniertem Griff zog Robert Edwins Unterhose aus dem Schrank und verkniff sich die Belehrung, dass Schlüpfer und Strümpfe in die Kommode gehörten – schließlich hatte er seinen Socken gerade erst von der Lampe gefischt. »Ein Holzpflock wird nichts bringen: Sie müssen uns exorzieren lassen!«

»Sei froh, dass du das Theater mit Stella schon erledigt hast!« Edwin zog sich an. »Hoffentlich lässt sie dich nicht hängen.«

»Wir haben gerade telefoniert. Sie kommt mit in die Ferien.«

»Perfekt! So kannst du dir Rückendeckung bei ihr holen, wenn meine verrückte Verwandtschaft über dich herfällt wie über den Grabbeltisch beim Schlussverkauf.« Edwin lachte. »Wobei ich mit der Hälfte gar nicht mehr verwandt bin!«

»Ich brauche keine Rückendeckung.« Robert klang ernst. »Na gut, ein bisschen. Aber es gibt einen viel wichtigeren Grund, warum Stella kommen soll.«

Edwin tauchte aus dem Hemdkragen auf. »Welchen denn?«

»Was könnte das nur sein?« Robert strich Edwin über die Wange. »Sie soll dich kennenlernen. Den Mann, mit dem ich alt werden will.«

Edwin umarmte Robert. »Es gibt nur ein Problem.«

»Welches?«

»Wir sind bereits alt.«

»Meinst du?« Robert drückte Edwin so fest er konnte an sich. »Deine Eltern sind alt! Aber wir zwei können Bäume aus-reißen.«

»Bäume.« Edwin schloss die Augen. »Wie ich mich gerade fühle, kann ich nicht einmal einen Grashalm umknicken.«

»Hör auf damit, dir vorzuwerfen, dass du sie noch nicht in-formiert hast«, sagte Robert. »Es ist kein Spaziergang, Mutti und Vati zu sagen, dass man einen Mann liebt.«

Edwin prustete in Roberts Hals. »Es sei denn, man ist eine Frau.«

Robert krümmte sich: Edwins Bartstoppeln kitzelten ihn. »Solang Trudi und Rudi nicht vor Schreck sterben, ist doch alles okay.«

Halb grinsend, halb verzweifelt sah Edwin Robert an. »Ich wäre schon zufrieden, wenn wenigstens einer von beiden über-lebt.«

8

»Dass ihr keinen Aufzug habt, ist eine Schande!« Dörte prustete wie Antje, das Fernsehwalross.

Micha knirschte mit den Zähnen. »Dafür hat die Wohnung sonst alles, was man sich wünscht.«

Niklas schloss die Tür, nachdem auch Onkel Dietmar hinter seiner Frau eingetreten war. »Trudi und Rudi sind nie so aus der Puste, wenn sie uns besuchen. Obwohl sie wesentlich älter sind als du, Tante Dörte!«

Dietmar grunzte. »Die beiden sind unkaputtbar.«

»Falsch!« Allmählich bekam Dörtes Gesicht wieder Farbe. »*Trudi* ist unkaputtbar. Und weil sie es unerträglich findet, wenn jemand nicht ins gleiche Horn bläst wie sie, hat Rudi gefälligst auch ewig zu leben.«

»Entscheidet über Leben und Sterben nicht ausschließlich Gott?« Niklas machte einen unschuldigen Augenaufschlag.

»Rein mit euch in die gute Stube!« Micha schob Dörte und Dietmar ins Wohnzimmer und schmetterte Niklas seinen *Hör-mit-der-Stichelei-auf*-Blick entgegen.

»Reg dich ab, ich sage nichts mehr«, flüsterte Niklas Micha zu, während er ihm zur Kaffeetafel folgte. »Nicht dass ich auf mein Geschenk verzichten muss, weil ich frech war.« Er fragte sich, welche Grausamkeit Dörte und Dietmar ihm dieses Mal aus dem Devotionalienladen mitgebracht hatten. Gut möglich, dass es ein weiteres Buch aus der Ratgeberserie für den bibel-treuen Jungmann war – so wie im letzten Jahr. »Ich bin doch nicht mal getauft«, hatte Niklas zu Dörte und Dietmar gesagt, als er die Schleife vom Seidenpapier gelöst und das Geschenk mit dem Titel *Hundert Alternativen für den Beischlaf vor der Ehe: ein Leitfaden für standhafte Christen* ausgewickelt hatte.

»Was nicht ist, kann noch werden«, hatte Dörte erwiderte, ohne wirklich überzeugt von ihren Worten gewesen zu sein, denn sie sah auf Niklas herab, als wäre er ein längst verlorenes Schäfchen, das blökend über alle Zäune ins Verderben sprang.

»Alles Gute zum Geburtstag!« Mit feierlicher Geste überreichte Dietmar Niklas eine bunte Tüte.

Niklas setzte sein Hide-the-Pain-Lächeln auf, als er das Präsent aus der Tüte zog. »Ein Buch, das dachte ich mir.« Er biss sich auf die Zunge. »Ich meine, ich dachte neulich erst, ich habe nichts mehr zu lesen im Haus und brauche Nachschub.«

Mona beugte sich zu Niklas und las den Titel vor: »*Geh mit Gott: Geschichten vom rechten Pfad* ... ihr könnt es nicht lassen, oder?« Ihr strenger Blick wechselte zwischen Dörte und Dietmar hin und her, als überlegte sie, wen sie zuerst schlagen sollte. »Es vergeht kein Fest, ohne dass ihr am Missionieren seid.«

»Ich weiß nicht, was du meinst«, sagte Dörte.

»Tu nicht so scheinheilig!« Wutfalten hatten sich auf Monas Stirn gebildet. »Ihr wollt verhindern, dass neben Edwin ein weiteres Familienmitglied der Sünde verfällt.«

Dietmar räusperte sich. »Streng genommen ist Edwin kein Familienmitglied mehr für uns, seitdem Micha und du euch damals scheiden lassen habt.«

Mona vergrub die Finger im Polster ihres Stuhls. »Wofür ich im Fegefeuer brennen werde, ja, ja!« Anklagend funkelte sie Dörte an. »Wie blöd ich bin!« Sie schnappte sich eine Scheibe Melone und biss in das Fruchtfleisch – dabei hasste sie es bei anderen, wenn diese mit dem Essen anfingen, obwohl noch nicht alle Gäste eingetroffen waren. »Hätte ich dir bloß nichts von Edwins Lover erzählt!«

»Mona!« Micha, der gerade Platz nehmen wollte, richtete sich zu voller Größe auf. »Wie kannst du nur über das Liebesleben meines Vaters tratschen! Das ist intim, niemand hat das Recht dazu!«

Exzessiv kauend fragte Mona: »Und warum hast du es mir brühwarm erzählt, wenn es doch solch ein großes Geheimnis ist, alte Klatschbase?«

»Weil … weil …« Micha wackelte mit dem Kopf, als wollte er damit erreichen, dass sein Gehirn eine passende Ausrede ausspuckte. »Jetzt lenk nicht ab!«

»Tue ich nicht!« Monas Stimme nahm ihren schnarrenden Klang an, den Micha schon unerträglich fand, als er noch über beide Ohren in sie verknallt war. »Du bist selbst schuld! Du weißt genau, dass ich nichts für mich behalten kann! Einem trockenen Alkoholiker bietet man schließlich auch keinen Schnaps an!«

»Der Vergleich hinkt gewaltig«, sagte Colette, wofür sie in Monas Charts für die heißeste neue Flamme des eigenen Ex-Mannes um mindestens zwei Plätze nach unten sackte.

Dietmar taxierte Micha wie das Bullseye einer Dartscheibe, das es zu treffen galt. »Falls der Stadtfunk korrekt ist, wissen dein Sohn und deine Freundin ebenfalls Bescheid.«

Colette legte die Hände in den Schoß. »Ich bin nicht *seine* Freundin. Ich bin *eine* Freundin.«

So weit wie möglich lehnte Dietmar sich nach hinten – als litte Colette an einem ansteckenden Virus, den er sich unter keinen Umständen einfangen wollte. »In meinen Kreisen gibt es ein Wort für das, was ihr tut.«

»Spaß?«, fragte Micha.

»Emanzipation?«, fragte Mona.

»Sex?«, fragte Niklas.

Prompt bekam Dietmar einen Hustenanfall. »Lies das Buch, Junge!«, presste er hervor. »Noch ist es nicht zu spät!«

Endlich setzte Micha sich. Den vor sich hin hustenden Dietmar ignorierend sagte er: »Gut, dass Edwin es Trudi und Rudi selbst mitgeteilt hat. Somit erfahren sie es nicht von der Marktfrau am Gemüsestand ... oder durch die Presse!«

Niklas horchte auf. »Echt? Edwin hat gebeichtet?«

»Gebeichtet!« Dörte umschloss das silberne Kreuz an ihrer Halskette. »Diese Wortwahl ... dem Kind ist nichts heilig!«

Micha nickte Niklas zu. »Dein Opa hatte es jedenfalls vor.«

Wie ein eingespielter Chor lachten alle gleich lang und gleich laut.

»Was ist?«, fragte Micha.

»Das weißt du selbst am besten!«, antwortete Dietmar.

»Nichts als heiße Luft!«, sagte Dörte.

»Als ob Edwin seinen Eltern derartige Neuigkeiten erzählen würde«, sagte Mona. »Tiefgreifender als ›Was ist das heiß heute!‹ oder ›Schlachter *Knoche* hat die Preise für die Pferdewurst erhöht!‹ sind seine Gespräche mit ihnen doch nie.«

Niklas streckte Micha die Hand entgegen. »Wenn Edwin sich wirklich bei Trudi und Rudi geoutet hat, bringe ich eine Woche den Müll runter.«

Kraftlos griff Micha Niklas' Hand und schüttelte sie wie zur Begrüßung. Dann hielt er inne. »Moment mal, den Müll nach unten zu bringen, gehört doch sowieso zu deinen Aufgaben!«

»Stimmt.« Niklas zog die Hand zurück und wischte sie sich an seiner Jeans ab, denn Micha schwitzte schon wieder – oder immer noch. »Aber ich werde darauf verzichten, dich innerlich zu verfluchen, weil du dich weigerst, eine Putzfrau einzustellen.«

»Es gibt auch Putzmänner«, sagte Mona.

»Und Nacktputzer.« Colette kicherte, presste aber sofort die Lippen zusammen, als sie Dörtes und Dietmars Gesichter sah, in denen sich nichts als Fassungslosigkeit abzeichnete.

Micha rollte die Augen. »Ich fühle mich unwohl mit einer Hilfe im Haus. Ich würde sowieso das Gröbste selbst aufräumen, damit man mich nicht für eine alte Schlampe hält. Und dann kann ich es gleich selbst zu Ende bringen.«

»Wie praktisch.« Niklas legte den Kopf schief. »Wenn dir eine Hilfe so unangenehm ist, brauche ich ja keinen Finger mehr zu rühren.«

Micha fuhr seinem Sohn über das Haar, was dieser mit einem missmutigen Grummeln quittierte. »Bei dir ist das etwas anderes, du darfst weiterhin mein Sklave sein.«

»Nicht zu glauben«, sagte Niklas, »mein Erzeuger verdient so viel Schotter, dass davon drei Mittelstand-Familien über die Runden kämen, aber er gönnt sich weder Personal noch eine vernünftige Garderobe.«

Micha streckte sich. »Wie bitte?«

»Soll ich dir einen Spiegel bringen, mein Michilein?«, fragte Colette.

»Warum?«

Mona blies die Wangen auf. »In letzter Zeit sind deine Hemden ein wenig … eingelaufen.«

»Oder dein Bauch ist gewachsen«, ergänzte Colette. »Mit mir zum Sport zu gehen, täte dir nicht schaden.«

»Pah!« Micha verschränkte die Arme vor der Brust. »Wo dir doch dein Zumba-Trainer abgesprungen ist!«

»Zumba!« Dietmar schlug sich auf den Oberschenkel, als wolle er eine Fliege erlegen, die sich dort niedergelassen hatte. »Bungo-Bongo-Musik und Hinternwackeln zu wildem Paarungsgeschrei. Was für ein neumodischer Kram! «

»Neumodisch?« Colettes Gesicht versteinerte sich. »Zumba gibt es schon seit den Neunzigern, lieber Dietmar. Und wenn du mit Bungo-Bongo-Musik alles jenseits von *Blau blüht der En-*

zian meinst, lass uns gern mal nach nebenan gehen, damit ich dir sagen kann, was ich von dir halte!«

»Niemand geht irgendwohin!« Mona verputzte ein weiteres Stück Melone. »Heute ist Geburtstag, da mögen wir uns, ist das klar?«

Micha sah auf die Uhr. »Lasst uns anfangen, wir können nicht ewig auf die anderen warten.«

Dörte machte ein Doppelkinn. »Wer nicht kommt zur rechten Zeit!«

»Holst du den Kaffee?«, fragte Micha Niklas.

Niklas stand auf und steuerte die Küche an. »Trudi und Rudi marschieren ein!«, rief er, als er am Wohnzimmerfenster vorbeiging und nach draußen schaute.

Micha presste die Handfläche auf seinen rumorenden Magen. »Gesetzt den Fall, Edwin hat wirklich nichts von ... ihr wisst schon ... erzählt: Habt *ihr* Oma und Opa etwas gesteckt?«

Mona und Dietmar schüttelten den Kopf.

»Gott bewahre!«, sagte Dörte. »Gestern Abend noch habe ich gebetet, dass Edwin seine armen Eltern in Frieden sterben lässt, statt sie auf ihre alten Tage noch ins Unglück zu stürzen.«

Mona schob der Melone einen Keks hinterher. »Halleluja, dass du kinderlos geblieben bist!« Als sie sprach, schossen Krümel aus ihrem Mund wie Papierschnitzel aus der Konfettikanone. »Manchmal kann ich nicht fassen, dass wir Schwestern sind.«

»Das beruht auf Gegenseitigkeit.« Dörte schwang ihre Gabel wie einen Dirigierstab. »Und ich verbitte mir jeglichen Kommentar über meine Fruchtbarkeit!«

Mit der Zunge fuhr Mona sich über die Zähne. »Liegt vielleicht auch an deinem Mann.«

»Was ist los?« Dietmar blickte drein, als habe man ihn eben erst aus einer fernen Galaxie an die Geburtstagstafel gebeamt.

Geräuschvoll atmete Dörte ein. »Im Gegensatz zu dir, liebste Mona, wäre ich sicherlich eine gute Mutter! Eine, die bei ihrem Ehemann bleibt in guten wie in schlechten Zeiten.«

»Ruhe da draußen!«, rief Niklas aus der Küche. »Dass man sich auseinanderlebt, ist völlig normal!«

Dörte nagte auf ihrer Unterlippe. »Tut mir leid.«

»Mir auch«, sagte Mona. »Aber du hast das sagenhafte Talent, mich in schöner Regelmäßigkeit zur Weißglut zu bringen.«

»Machst du noch eine Party mit deiner Clique, Niklas?«, fragte Colette in Richtung Küche, um einen Versuch zu starten, das Thema zu wechseln.

»Welche Clique?«, rief Niklas zurück. »Ich treffe mich morgen mit Rümeysa und Jay im Park. Danach gebe ich 'ne Runde Burger aus.«

»Ist das alles?« Colette zupfte an ihrem Ohrclip. »Es sind doch Sommerferien! Als ich sechzehn geworden bin, hab ich es richtig krachen lassen. Wir haben den schönen Samuel zum Einkaufen geschickt. Der war schon volljährig und konnte Alkohol besorgen. Und dann sind wir mit Karnickel-Kurt und Teebeutel-Sven zum Strand getrampt. Da haben wir bis zum Morgengrauen ums Lagerfeuer gesessen und gekifft. Und danach …«

»Vielen Dank für diesen Wortbeitrag!« Mit dem Löffel klopfte Micha gegen seine Tasse, dass es klirrte. »Die Fortsetzung kannst du uns im nächsten Jahr erzählen.«

»Ich würde gern hören, wie es weitergeht!«, tönte Niklas' Stimme aus der Küche. »Vor allem möchte ich wissen, wer Karnickel-Kurt ist und warum der so heißt!«

»Ich aber nicht!« Auf Dörtes Hals hatten sich feuerrote Pusteln gebildet. »Kann mir schon denken, wo das hinführt!«

Colette zuckte die Achseln. »*Du* hast die schmutzigen Gedanken, Dörte, nicht ich.«

»Hör mal, Niklas!« Dietmars sonore Stimme hallte durch das Zimmer. »Diese Romina, ist das deine Freundin?«

»Sie heißt Rümeysa.« Niklas steckte seinen Kopf durch den Türspalt. »Und sie ist *eine* Freundin, nicht *meine* Freundin.« Schon war er wieder verschwunden.

»Wie der Vater, so der Sohn«, sagte Dörte. »Der Junge ist kurz davor, sein Leben wegzuwerfen.«

Mit einer Mischung aus Mitleid und Abneigung sah Mona ihre Schwester an. »Der Grat zum Fanatismus ist schmal. Dein Gemahl und du, ihr habt wirklich nicht mehr alle Kruzifixe an der Wand hängen!«

Dietmar öffnete den Mund, doch Micha war schneller: »Aufhören!« Er sprang auf. »Bin gleich zurück!« Schnell tippelte er ins Bad – mit zusammengedrückten Knien, als müsste er eine zwischen die Beine geklemmte Orange transportieren, wie auf der letzten unerträglichen Firmenweihnachtsfeier.

»Was ist mit ihm?«, fragte Dörte.

»Reizdarm«, sagte Colette.

Mona starrte Micha hinterher. »Den hatte er zu meiner Zeit aber noch nicht.«

Colette nestelte an ihrem Ohrring. »Vielleicht hat er ihn deinetwegen erst bekommen.«

Wie eine Stummfilmdiva, die sich für die Presse bereitmacht, warf Mona ihren Kopf zurück. »Was willst du damit andeuten?«

Es klingelte. Viermal kurz, zweimal lang.

»Kann jemand öffnen?«, rief Niklas.

»Bedaure, Mona.« Colette erhob sich. »Was ich damit sagen wollte, musst du selbst herausfinden, ich werde gebraucht.« Den Stoff ihres Minirocks glattziehend verschwand sie im Flur und wackelte dabei dermaßen mit dem Hintern, dass Dietmar von Dörte in den Arm gezwickt wurde.

»Hör auf zu glotzen!«

»Lass ihn doch!«, erwiderte Mona. »Solch ein Röckchen ist mal was anderes als die Fetzen, die du immer trägst.«

Dörte fiel die Kinnlade nach unten. »Dietmar! Lässt du zu, dass Mona so mit mir spricht? Ich bin deine Frau!«

»Was soll ich tun?« Als wäre er ein Erstklässler, der Schwungübungen machte, zeichnete Dietmar mit dem Zeigefinger unsichtbare Spiralen auf die Tischdecke. »Ich kann sie nicht umbringen, oder?«

Mona griff nach Keks Nummer zwei. »Du sollst nicht töten.‹ Das sechste Gebot.«

»Das fünfte!« Dörte keifte mehr als zu sprechen. »Und gerade kann ich nicht behaupten, dass ich das Gebot sinnvoll finde!« Ihr Kiefer begann zu zittern. »Welch ein Segen, dass Mama und Papa im Moment auf Kreuzfahrt sind und nicht mitbekommen, wie du deine eigene Schwester schikanierst.«

»Ha!« Inzwischen hätte sich niemand gewundert, wenn Laserstrahlen aus Monas Augen geschossen wären, die Dörte durchbohrten, um sie im Nullkommanichts zu Staub zerbröseln zu lassen. »Meinst du, unseren Eltern ist es nicht peinlich, wie sehr du übers Ziel hinausschießt? Du und dein Dietmar, ihr lebt wie Angehörige einer Sekte!«

Dietmar prustete, dass seine Schnurrbarthaare flatterten. »Fang nicht wieder damit an!«

Niklas brachte die Kaffeekanne ins Wohnzimmer. »Soll ich noch den Messerblock aus der Küche holen?«

»Wieso?«, fragten Mona, Dörte und Dietmar wie aus einem Mund.

»Dann braucht ihr euch nicht mit bloßen Händen gegenseitig umzubringen.«

Regungslos wie Lots Weib gafften die drei Niklas an.

Mona unterbrach die Stille als Erste: »Du bist zu empfindlich, mein Sohn!«

Dörte gab den Wackeldackel und nickte so übertrieben, dass ihre Nackenmuskulatur knackte. »Wir diskutieren nur.«

»Familienbrauchtum, mein Junge.« Dietmar klopfte Niklas auf den Rücken, dass dieser etwas von dem Kaffee, den er gerade seiner Tante Dörte einschenkte, auf das weiße Tischtuch verschüttete.

»Was sich liebt, das neckt sich«, ergänzte Mona.

»Amen!« Niklas setzte die Kanne ab und ging zur Wohnungstür, um seine Urgroßeltern Trudi und Rudi zu begrüßen, deren Schnatter-Stimmen bereits durch das Treppenhaus schallten.

9

»Großer, wann lässt du dir endlich die Haare schneiden?« Rudi drückte Niklas so fest an sich, dass dieser Panik bekam, zu ersticken.

»Die bleiben, wie sie sind!«, keuchte er in Rudis Speckhals.

Endlich löste Rudi seine Umklammerung und sah in Niklas' puterrot angelaufenes Gesicht. »Mit dieser Hippiefrisur wirst du nie ein Mädchen kennenlernen!« Er drehte sich zu Trudi. »Oder hättest du mich geheiratet, wenn ich auf dem Kopf ausgeschaut hätte wie ein Afghanischer Windhund?«

Als Trudi lächelte, blitzten ihre Dritten auf. »Zauberschatz, dich hätte ich mir auch geschnappt, wenn du mit einer Turmfrisur und Schleifchen im Haar herumgelaufen wärst! Aber wenn du deine Fingernägel ebenfalls schwarz angemalt hättest wie unser Niklas, wäre ich davongerannt, das schwöre ich!« Sie torkelte, dass Colette ihr unter die Arme greifen musste.

Colette schnaufte. »Setzen Sie sich erst einmal, Treppensteigen ist anstrengend.«

»Ach was, die paar Stufen sind ein Klacks für mich.« Trudi hielt sich die Nase zu. »Was stinkt hier so fürchterlich? Ist der Kühlschrank kaputt?«

Colette zog Trudi von der Toilettentür weg und führte sie zum Kaffeetisch. »Ihr Enkel hat einen nervösen Magen.«

Brummend schaukelte Rudi hinterher. »Völlig verweichlicht, der Mann, völlig verweichlicht!«

Trudi grüßte in die Runde und ließ sich auf den Stuhl plumpsen. »Ich habe etwas gegen Durchfall dabei.« Sie durchwühlte ihre Tasche und angelte ein Tütchen heraus. »Wo ist meine Brille?«

Rudi nahm neben ihr Platz und verstaute seinen Bauch unter der Tischplatte. »Auf der Kommode.«

»Wirklich? Hab ich sie gerade dort abgelegt?« Sie schnipste. »Niklas, mein Hase, hol deiner Uroma mal eben ihre Brille!«

»Nicht die Kommode hier im Flur!« Rudis Bauch bebte, dass das Glas, welches vor ihm auf dem Tisch stand, wackelte. »Sondern die bei uns zu Hause. Ich hab dir doch gesagt, du sollst die Brille nicht vergessen!«

»Wenn du mich nicht so zur Eile angetrieben hättest ...«

»Erspare mir deine Ausreden!«

Trudi winkte ab. »Hier, Martina, nimm!« Sie streckte Colette das Tütchen entgegen. »Das wird schon stimmen.«

»Ich heiße Colette«, sagte Colette.

»Martina war die von meinem letzten Geburtstag«, sagte Niklas. »Mit der ist Papa nicht mehr zusammen.«

»Hat unser Edwin dich so erzogen?«, fragte Trudi Micha, der gerade ins Wohnzimmer zurückgeschlichen kam. »Dass du einem Rockzipfel nach dem anderen hinterherjagst?«

Ächzend setzte Micha sich. »Dir auch einen schönen guten Tag, Omilein!«

»Du wechselst die Frauenzimmer öfter als wie Rudi seine warmen Schlüpfer!«

»Lass den Burschen!«, sagte Rudi zu Trudi. »Wenn man jung ist, soll man sich austoben.«

»Der Mann ist über vierzig!«, mischte Dörte sich ein. »Ein Vorbild für seinen Sohn ist er mit diesem Verhalten ganz und gar nicht. Ständig ein neues Techtelmechtel, was soll man denn davon halten?«

Mit gesenktem Kopf wendete Colette das Tütchen, das Trudi ihr gegeben hatte, in ihren Händen. »Ich bin im selben Raum wie ihr, das ist euch klar, oder?«

»Tut mir leid!«, entgegnete Mona. »Du darfst ihr Gerede nicht persönlich nehmen!«

Dörte fuchtelte in der Luft herum, als wollte sie Motten vertreiben. »Mit dir hat das rein gar nichts zu tun, Colette! Es geht ums Prinzip.«

»Danke!« Colette schaute müde. »Ich fühle mich so viel besser!« Sie beugte sich zu Trudi. »Falls es Sie beruhigt: Ich bin nicht mit Micha zusammen.«

Trudi schaute Colette an, als habe sie ihr offenbart, dass die Reichsmark abgeschafft wurde. »Nicht?«

»Nicht! Wir sind bloß befreundet.« Sie legte das Tütchen vor Trudi ab. »Und das hier sollten Sie entsorgen.«

»Warum?«

»Das Mittel ist abgelaufen.«

»Na und?« Trudi steckte das Tütchen in ihre Tasche zurück. »Das schreiben die doch nur drauf, damit wir immer wieder neuen Kram kaufen!«

Rudi nickte. »Betrug ist das! Man ist nicht aus Zucker!«

Dietmar lachte auf. »Das sage ich auch immer!«

»Es wird viel zu viel weggeworfen!« Trudi ließ den Verschluss ihrer Tasche zuschnappen. »Früher wären wir froh darüber gewesen, Arznei im Haus zu haben!« Sie boxte Rudi in die Seite. »Weißt du noch, Herzchen, als du bei Schöllers Silberhochzeit zu viel durcheinandergegessen hast und dir beinahe die feine Hose ruiniert hättest?«

»Schrecklich war das!« Rudi zog die Schultern hoch. »Ich dachte, es zerreißt mich.«

Trudi öffnete den Verschluss ihrer Tasche wieder. »In dieser Nacht hätten wir ein Königreich gegeben für etwas gegen Flitzekacke!« *Schnapp!* Sie hatte die Tasche geschlossen. »Ob das Zeug abgelaufen gewesen wäre, hätte niemanden geschert!«

»Hören Sie, Trudi«, Colette sprach in ihrer sanften *Ich-muss-etwas-mitteilen-das-dir-nicht-gefallen-könnte*-Stimme, »Sie sollten es trotzdem nicht benutzen.«

»Warum?«

»Es ist für die Katz.«

»Papperlapapp!« Trudi öffnete die Tasche. »Sag bloß, du bist eine von diesen Homo-Paten!«

Micha unterdrückte ein Stöhnen: Ihm war, als hätte ihn eine stahlharte Faust mit aller Macht in die Magengrube getroffen.

»Wem sein Pate ist homo?«, fragte Rudi.

Schnapp! »Du verstehst nur Blödsinn!« Trudi machte eine Geste, als wollte sie eine fehlerhafte Lösung von der Tafel wischen. »Ich meine diese Naturheiler! Die gegen die Schulmedizin sind und stattdessen Bachblütentee und Annikakugeln verschreiben.«

»Arnika meinen Sie«, sagte Colette.

»Aha! Sie kennt sich aus!« Trudi öffnete die Tasche. »Arnika, Erika, Barbara … Wirken tut's nur bei dem, der dran glaubt.«

Schnapp! »Und dazu gehöre ich nicht! Fürwahr, ich wurde schon manches Mal über den Tisch gezogen. Bei der Kaffeefahrt zum Steinhuder Meer zum Beispiel …«

»Ah, ich weiß!« Rudis Augen weiteten sich. »Wo dir dieser schmierige Typ mit dem fehlenden Schneidezahn einen elektronischen Tomatenstrunk-Entferner für teuer Geld verkauft hat!«

Trudi öffnete die Tasche. »Aber auf Hokuspokus von so einem ergonomischen Quacksalber bin ich noch nie reingefallen!«

Als Niklas begriff, hielt er sich die Hand vor den Mund, um nicht in Gelächter auszubrechen. »Meinst du vielleicht einen *esoterischen* Quacksalber, Trudilein?«

»Spiel dich nicht auf, Herr Schlaumeier!« *Schnapp!* »Sei dankbar, dass heute andere Zeiten sind! Wir hatten wichtigere Sorgen als Bildung, wir konnten froh sein, wenn wir mit gefülltem Bauch im Bett lagen!«

»Wenn ich auch wieder etwas sagen dürfte!« Colette war von ihrem engelsgleichen Timbre in die *Jetzt-reicht-es-mir-aber*-Tonlage gewechselt. Halb amüsiert, halb zornig sah sie Trudi an. »Sie haben mich missverstanden, ich bin durchaus Befürworterin der Schulmedizin. Aber als ich erwähnte, das Durchfallmittel sei für die Katz, meinte ich das genau so! Es handelt sich um ein Tierpräparat.« Mit dem Zeigefinger fuhr Colette über die Schrift: »Hier steht klar und deutlich ›Für Katzen‹.«

»Sieh mal an!« Trudi öffnete die Tasche. »Die Packung muss ich für unser Maunzerle gekauft haben.« *Schnapp!*

Niklas kratzte sich am Kopf. »Als Maunzerle gestorben ist, war ich zehn. Und mittlerweile bin ich sechzehn!«

»Trudi hat doch bereits gesagt, dass das keine Rolle spielt!«, sagte Rudi. »Reis wird auch nicht schlecht! Und im Krieg …«

»Stopp!« Mona, die bis eben alle Energie dafür aufgewendet hatte, sich aus der absurden Diskussion herauszuhalten, holte

Luft. »Auf keinen Fall werden am Geburtstag meines Sohnes Kriegsgeschichten erzählt!«

Micha zwinkerte Colette an. »Danke, dass du mich davor bewahrt hast, eine Wurmkur verabreicht zu kriegen!«

»Dramatisiere es nicht!«, sagte Trudi. »Es ist keine Wurmkur, sondern ein stinknormales Pulver gegen Durchfall. Was für Katzen gut ist, kann für Menschen nicht schlecht sein!«

»Das stimmt«, pflichtete Rudi ihr bei. »Ich habe mal Maunzerles Nassfutter probiert – nach so etwas hätte ich mir in meiner Kindheit alle zehn Finger geleckt!«

»Sei still!« Trudi öffnete ihre Tasche. »Daran bist nur du schuld! Wenn du mich meine Brille hättest mitnehmen lassen, wäre das nicht passiert.« *Schnapp!*

Zittrig griff Rudi nach einem Randstück Streuselkuchen und biss herzhaft hinein, dass Krümel auf seinen Bauch fielen, um von dort zum Schritt zu kullern. »Falls es dir damit besser geht, mein Rotkehlchen, bin ich meinetwegen auch schuld daran, dass beim Bingo-Lotto immer die falschen Zahlen gezogen werden.«

Micha strich über das Wildlederarmband seiner Uhr, die ihm Edwin vor ungefähr fünfzig Milliarden Jahren zum Studienabschluss geschenkt hatte und die schnurrte wie am ersten Tag. »Es gibt noch andere schöne Themen als die Verdauung.«

»Danke!« Mona steckte die Gabel in ihre Erdbeerschnitte. »Dann kann ich endlich essen!«

Trudi öffnete die Tasche. »Aber Michi, was ist mit deinem Bäuchlein?«

»Dem geht's wieder gut, Oma!«

Schnapp!

Micha schnellte hoch. »Du gestattest!« Ehe sie protestieren konnte, nahm er Trudi die Tasche ab und stellte sie auf die Anrichte.

Trudi japste. »Was ist?«

Rudi – inzwischen beim zweiten Stück Kuchen angelangt – sagte schmatzend: »Du machst uns hasenwild, Frau!«

»Womit?«

Die Antwort blieb Rudi ihr schuldig, denn es klingelte. Einmal lang.

Micha umklammerte sein Handgelenk, an dem die Uhr befestigt war. »Das ist Edwin.« Er eilte zur Tür.

»Mit Robert.« Niklas lief seinem Vater hinterher.

»Viel zu spät«, sagte Dörte, »wie immer viel zu spät.« Sie setzte sich gerade hin und atmete laut ein. »Jetzt bin ich gespannt!«

Dietmar zerknüllte seine Papierserviette, mit der er sich eben noch die Mundwinkel gesäubert hatte. »Mir bleibt auch nichts erspart.«

Colette funkelte Dörte herausfordernd an. »Worauf bist du gespannt?«

Dörte reckte den Hals, als wäre sie im Theater und bemühte sich, den besten Blick auf die Bühne zu bekommen. »Das weißt du genau!«

Mona gab ein Zischen von sich. »Das sieht dir ähnlich, kleine Schwester: auf andere herabschauen, damit dir dein eigenes Leben nicht so mies vorkommt.«

»Wovon reden die?«, fragte Trudi Rudi, doch der murmelte nur unverständliches Zeug, da er gerade vom dritten Kuchenstück abgebissen hatte.

»Spotte nur, Ramona!« Dörtes Nasenflügel bebten. »Doch der Lebenswandel, den Edwin neuerdings pflegt, ist nicht vereinbar mit Gottes Geboten.«

Trudi keuchte in ihre Kaffeetasse. »Was hat mein Edwin denn angestellt, dass du so von ihm sprichst?«

Dörte kniff die Augen zusammen. »Es steht mir nicht zu, dir das zu sagen.«

Immer wieder stach Mona in ihre Erdbeerschnitte, dass diese bereits aussah wie Marmelade mit Plocken. »Dann verkneife dir deine Andeutungen! Und nenne mich gefälligst nicht Ramona, du weißt, wie ich das hasse!«

Trudi zog Rudi am Arm. »Mausezahn, tu doch was! Die verschweigen uns etwas über Edwin!«

Rudi begann zu husten – er hatte sich aufgrund des unvorhergesehenen Körperkontakts an einem Streusel verschluckt. »Frag unseren Herrn Sohn am besten selbst! Da ist er schon!« Er nickte in Richtung Tür, durch die Edwin gerade gestürzt kam.

»Hier steckt ihr!« Edwins Mimik war ein einziger Vorwurf. Breitbeinig baute er sich vor Trudi und Rudi auf. »Das geht so nicht! Wir hatten ausgemacht, ich hole euch mit dem Auto ab!«

Rudi spülte die letzten Krümel mit einem Schluck Kaffee hinunter. »*Du* hast ausgemacht, uns abzuholen. Allerdings kann ich mich nicht entsinnen, dass du uns nach unserer Meinung gefragt hast! Und bei deinem Verständnis von Pünktlichkeit wären wir sowieso nicht rechtzeitig gekommen.«

»Dein Vater hat recht, Eddibär.« Mit einer ausschweifenden Bewegung zeigte Trudi auf Edwin, als wäre er der Hauptpreis in der Seniorentombola. »Dass du jetzt erst aufschlägst, beweist es.«

Edwin ließ die bis eben in die Hüften gestemmten Hände fallen, sodass sie kraftlos an ihm baumelten. »Ich möchte nicht, dass ihr euch überanstrengt! Um herzukommen, müsst ihr zweimal umsteigen!«

»Mumpitz!«, erwiderte Trudi. »Wir mussten gar nicht umsteigen.«

Edwin zog die Braue hoch. »Ihr habt ein Taxi genommen?«

»Ha!« Rudi stieß ein wieherndes Lachen aus. »Warum sollten wir das Geld zum Fenster rauswerfen?«

Trudi nickte. »Deine Mutter ist immer noch eine vortreffliche Autofahrerin, mein Junge. Merk dir das!«

Nun ließ Edwin nicht nur die Arme hängen, sondern auch den Kopf. »Ihr zwei schafft mich. Ehrlich!« Schneckengleich zog er einen Stuhl vom Tisch weg und nahm stöhnend darauf Platz.

»Guten Tag, Edwin!«

Edwin sah auf.

Dörte warf ihm ihr schönstes Fake-Grinsen entgegen.

»Entschuldigung! Tag Dörte! Hallo allerseits!«

»Bist du allein hier?«, fragte Dörte.

»Wolltest du nicht in Begleitung kommen?«, fragte Dietmar.

Colette stand auf, um Edwin einen Kaffee einzugießen. »Keine Panik, ihr kommt schon auf eure Kosten. Hört ihr nicht, dass Niklas und Micha auf dem Flur mit jemandem reden?«

»Mit *jemandem?*« Dörte presste die Lippen fest aufeinander.

»Mit Robert«, sagte Edwin. »Sie sprechen mit Robert.«

10

»Alles Gute zum Geburtstag!« Robert deutete eine Verbeugung an. »Dein Geschenk ist gerade an dir vorbeigestürmt.« Er sah Edwin hinterher.

»Opa ist mein Geschenk?«, fragte Niklas.

Robert lächelte und präsentierte dabei seine Grübchen.

Wenn Robert jünger wäre, dachte Niklas, *würde Laxmi aus meiner Klasse genauso angetan von ihm sein, wie sie es von mir ist.*

»Nein, das Geschenk ist in dem Stoffbeutel über seiner Schulter. Deinen Opa würde ich gern selbst behalten.« Robert erschrak – hatte er eine zu flapsige Bemerkung gemacht? Wenn er vor einer Gruppe Business-Haien sprach, war er das Selbstbewusstsein in Person, aber in diesem Moment hätte er sich am liebsten hinter Edwins Rücken versteckt.

Während Niklas lachte (was Roberts innere Anspannung ein wenig löste), konnte Micha sich lediglich dazu aufraffen, seine Mundwinkel kurz anzuheben. Das war also der Freund seines Vaters. Er musste zugeben: Gut sah Robert aus – für sein Alter! Das silbergraue Haar war dicht, seine Brustmuskulatur, die sich unter dem khakifarbenen Langarmshirt abzeichnete, ausgeprägt. Missmutig stellte Micha fest, dass Robert kein Gramm zu viel an Bauch und Hüften hatte. Schwer zu sagen, ob er oder sein Vater Edwin jünger war. Verflixt, warum hatte Micha Edwin nicht noch mehr über Robert ausgefragt! Immerhin wusste er, was Robert beruflich machte – denn das war das Thema schlechthin in seiner Sippschaft:

»Schon gehört, die junge Golombeck hat Zwillinge bekommen!«
»Ach! Was hat der Gatte doch gleich für einen Beruf?«
»Bandaffe bei VW.«
»Na, dann muss er jetzt öfter Sonderschichten schieben, um alle Mäuler zu stopfen!«

»Ich bin überhaupt nicht auf morgen vorbereitet«, hatte Micha gestern Abend Colette am Telefon gesagt. »Die wichtigsten Infos zu Robert fehlen mir.«

»Gut so«, lautete ihre Antwort. »Umso größer ist die Überraschung.«

Micha schnaufte in den Lautsprecher. »Eine größere Überraschung kann es gar nicht geben, als vom eigenen Vater zu hören, dass er ans andere Ufer übergesiedelt ist.«

Kurz war es still. »Wie das klingt!«, sagte Colette schließlich. »So endgültig. Schwarzweiß. Grausam. Als ob dazwischen ein reißender Bach ist, den man nur mit Müh und Not passieren kann.«

»Werde nicht philosophisch.«

»Hör mal, Butzibiber: Man weiß nie, wo die Liebe hinfällt.«

»Hm.«

»Und man braucht keine Angst vor dem Bach zu haben – es ist möglich, gemütlich in ihm zu baden und dort an Land zu gehen, wo es einem gefällt. Kein anderes Ufer, sondern ein neues!«

»Hm.«

»Vielleicht verliebst du dich morgen in die Fleischereifachverkäuferin.«

»Von welchem Geschäft?«

Colette kicherte. »Sagen wir, das in der Seestraße.«

Micha schüttelte sich. »Die Dame hat mehr Bart als ich. Und sie schielt so sehr, dass ich nie weiß, ob sie das Corned-Beef anstarrt oder mich.«

»Dich natürlich, so unverschämt sexy wie du bist.« Colette schnurrte in das Telefon. »Aber du verlierst an Attraktivität, wenn du abfällig über Fleischereifachverkäuferinnen redest.«

»Sie ist irre nett!«, entgegnete Micha. »Aber du hast vom Verlieben gesprochen – und da spielt die Optik bei mir nun mal eine nicht unwesentliche Rolle.«

Colette seufzte.

»Was ist?«, fragte Micha.

»Ich werde nicht jünger. Wenn ich eines Tages aussehe wie eine Tüte Dörrobst, wirst du mich verlassen.«

»Wir sind nicht zusammen, also kann ich dich nicht verlassen.«

»Richtig.« Colette atmete auf. »Ich bin ein Glückspilz!«

Micha fuhr sich durch das Gesicht. »Wo waren wir stehengeblieben?«

»Ich wollte dir sagen, dass man sich das mit der Liebe nicht aussuchen kann. Vielleicht macht es irgendwann bei dir Klick und du bist in sie verliebt.«

»In wen?«

Colette stieß einen genervten Ton aus. »In die Fleischereifachverkäuferin natürlich, in wen denn sonst? Wegen irgendetwas bist du ihr verfallen und weder Bart noch Silberblick stören dich. Vielleicht stellt sich heraus, dass sie einen feinen Humor hat. Oder sie fährt genauso auf Rinderhüftsteak ab wie du.«

»Könnten wir die Fleischbeispiele bleiben lassen? Ich weiß nicht, ob ich mich ekeln oder mir ein Würstchen aus dem Kühlschrank holen soll.«

»Ich wollte bloß sagen …«

»… dass Edwin nicht geplant hat, sich in einen Mann zu verlieben, der Mensch aber keinen Einfluss darauf hat, wohin Amors Pfeil trifft, ich hab's begriffen.«

»Die Hauptsache ist, dass da jemand ist, der deinem Vater gut tut. Unabhängig davon, ob dieser Jemand klein ist oder groß, alt oder jung, dick oder dünn.«

»Frau oder Mann«, ergänzte Micha.

»Exakt!« Colette jubelte. »Du bist ein guter Schüler.«

»Ist alles in Ordnung?« Roberts Frage riss Micha aus seinen Gedanken und beförderte ihn in den Flur zurück.

»Wie? Ja, ja, es ist …«

»Ungewohnt, stimmt's?« Robert sah besorgt aus. »Ich verstehe das. Ich stand auch nicht von Anfang an auf Männer.« Er biss sich auf die Unterlippe – schon war sein Nervositätsbarometer wieder angestiegen – und schielte zu Niklas. »Verzeihung.«

»Schon gut!« Niklas strich sich ein Haarbüschel aus der Stirn. »Mir ist es egal, mit wem Opa zusammen ist. In meinem Alter ist der Gedanke daran, dass alte Menschen Sex haben so oder so gruselig – ob hetero oder homo.«

»NIKLAS!« Micha befürchtete, dass es nicht mehr lang dauerte, bis er erneut aufs Klo musste.

»War das frech?«, fragte Niklas.

Wieder kamen Roberts Grübchen zum Vorschein. »Es war ehrlich.«

Niklas kratzte am Lack auf seinem Daumennagel. »Tut mir leid, wenn ich …«

»Alles gut, Niklas!« Robert nickte in Richtung Wohnzimmer. »Hoffentlich ist noch eine Tasse Kaffee für mich übrig.«

»Klar!« Niklas flitzte los.

Für den Bruchteil einer Sekunde war Verunsicherung in Roberts Augen zu lesen, als er Micha fragte: »Ist es okay, dass ich hier bin?«

Micha spannte den Bauch an. »Selbstverständlich! Ich freue mich … wirklich.«

»Ich bestehe auch nicht darauf, Mama genannt zu werden.« *Hab ich das wirklich gesagt,* fügte Robert gedanklich hinzu.

Mit aller Not presste Micha die Pobacken zusammen, damit nichts entwich, was besser in ihm bleiben sollte.

»Was für ein Flachwitz!« Robert massierte seinen Nacken. »Ich müsste lügen, wenn ich behaupten würde, nicht aufgeregt zu sein.«

Micha wagte es, wieder etwas zu entspannen. »Wie gern würde ich Ihnen sagen, dass meine Familie ganz fabelhaft ist.« Erleichtert stellte er fest, dass sein Magengrummeln kontrollierbar war. »Doch zumindest im Rudel ist sie nur schwer zu ertragen.«

»Das ist Chemie«, sagte Robert. »Kombiniert man Elemente, kann etwas Hochexplosive entstehen!« Er ließ von seinem Nacken ab und knetete die Hände, als würde er sie einseifen.

»Na dann, gehen wir durch die Zaubertür und betreten das Wunderland! Übrigens: gerne ein Du, statt das Sie.«

»Abgemacht.« Michas Bauch gluckste so laut, dass man es bis ins Treppenhaus hören musste. »Wissen Trudi und Rudi davon?«

Fragend sah Robert ihn an.

»Edwin wollte seinen Eltern von Ihnen … ich meine, von dir erzählen – noch vor dem Geburtstag.«

Robert nickte. »Ich weiß.«

Na toll, dachte Micha, *jetzt geht die Schwitzerei von vorn los.* Er zerrte an seinem Hemd, damit es sich vom klebrigen Oberkörper löste. »Und?«

»Nun ja …«

»Blöd von mir, zu fragen.« *Natürlich hat Edwin nichts erzählt!* Micha riss die Badezimmertür auf. »Fühl dich wie zu Hause«, stieß er noch hervor, bevor er sich einsperrte, um seinem stressgeplagten Magen Erleichterung zu verschaffen.

11

Mit letzter Kraft schleppte Mandy sich voran. Weiter, immer weiter durch das Maisfeld. Hinter jedem Halm könnte Vince auf sie lauern – das vollenden, was Ma nicht gelungen war. Denn diese hatte Mandy lediglich einen Kratzer am Hals verpasst, bevor ihr Retter Ronny, der wunderbare Ronny, Mas Schädel mit dem Kochtopfdeckel zu einem matschigen Klumpen zerschlagen hatte. »Lauf!«, hatte er noch aus erstickter Kehle zu Mandy gerufen; dann schleuderte Opa Niles ihm heimtückisch von hinten seinen Rollator ins Kreuz, dass Ronny die Stufen hinunterfiel und seltsam verdreht reglos am Ende der Treppe liegenblieb.

All das hatte sie bloß wie in Trance mitbekommen, während sie aus dem Fenster stieg, sich am Rosenspalier in den Garten hangelte und von dort aus an den Ställen vorbei kopflos ins Maisfeld lief. Doch Vince würde nicht eher ruhen, bis er sie gefunden hatte. »Ronny«, stieß sie keuchend hervor, »bitte, bitte, sei nicht tot!« Ihrem verzweifelten Blick konnte man entnehmen, dass sie sich selbst etwas vormachte.

Da war es wieder: das durchbohrende Dröhnen der Elektrosäge, die sich bereits durch Davids und Cynthias Körper geschnitten hatte, als wären sie nichts weiter als Pressfleisch auf einem Dönerspieß. Mandy kreischte, beschleunigte ihr Tempo – und stürzte. Sie wollte sich aufrappeln – als ein dumpfer Stoß auf den Hinterkopf sie ächzend in den Dreck sacken ließ.

Jay grapschte sich eine Handvoll Erdnusslocken aus der Tüte, schob sich drei in den Mund und parkte die restlichen auf seinem Bauch. *Warum reagieren die Tussis in solchen Filmen immer so strunzdoof? Wäre es nicht cleverer, die Klappe zu halten, wenn einem der verrückte Kettensägenkiller auf der Spur ist, statt loszukreischen wie ein Huhn, das zu Frikassee verarbeitet werden soll? Und warum fallen alle potenziellen Opfer mit schöner Regelmäßigkeit auf die Fresse, wenn sie um ihr Leben laufen?*

Kopfschüttelnd kippte Jay die restlichen Locken hinterher, wischte sich mit dem Ärmel das Fett vom Mund, und betrachtete schmatzend die DVD-Hülle: *Unsere kleine Splatterfarm. Der innovativste Horrorfilm des Jahres.* Er richtete die Fernbedienung auf den Bildschirm und drückte einen Knopf. Zahlen ploppten auf: noch siebenundzwanzig Minuten Laufzeit. Nicht mehr viel, um den Beweis dafür anzutreten, dass sich der Streifen wirklich von der Null-Acht-Fünfzehn-Masse abhob und das Prädikat *innovativ* verdient hatte. Doch Jays Hoffnung war bereits erloschen. »Nichts als leere Werbeversprechen«, sagte er zu sich selbst, während Mandy gerade in tiefkühlfachtaugliche Stücke zersägt wurde.

Als Jay die Erdnusslocken-Tüte über seinen weit geöffneten Mund hielt, um die letzten Krümel abzubekommen, schaute seine Mutter Sharon auf der anderen Seite der Tür konsterniert. »Das gefällt mir nicht, Jonathan«, sagte sie zu ihrem Mann. »Es sind Sommerferien, draußen ist das herrlichste Wetter, aber der Junge verbarrikadiert sich seit Tagen in seinem Zimmer und glotzt Filme.«

»Was will man machen?«, fragte Jonathan. »Wir können Jayden nicht befehlen, was er zu tun und zu lassen hat.«

Sharon fuhr sich über die heiße Stirn. »Früher war das leichter. Da brauchte ich bloß mit den Schlüsseln zu klappern, schon kam mein Pupsi angestürmt und hat mich gelöchert, wo es hingeht.«

»Pupsi …« Jonathan biss die Zähne zusammen. »Diesen Namen solltest du dir abgewöhnen, wenn du erreichen möchtest, dass er sich dir gegenüber eines Tages wieder zivilisiert verhält.«

»Wann ist Jay erwachsen geworden?«, fragte Sharon Jonathan.

»Ha, erwachsen!« Er steckte die Hände in die Hosentaschen. »Der Kleine ist gerade mal sechzehn! Der muss noch ein wenig reifen, bis er genießbar ist.«

Sharon lächelte traurig. »Waren wir auch so anstrengend, als wir in der Pubertät steckten?«

»Du bestimmt!« Jonathan bemühte sich, sein ernstes Gesicht beizubehalten. »Ich hingegen war in jeder Entwicklungsphase meines Lebens der reinste Sonnenschein!«

»Quatsch keine Opern! Sag mir lieber, wie ich reagieren soll!«

Jonathan schob die Unterlippe vor, bis er aussah wie Ilonka, die Boxerhündin seiner ehemaligen Sekretärin. (Die hatte man unlängst durch einen blonden, unverschämt gutaussehenden Office-Manager ausgetauscht (die Sekretärin, nicht die Hündin!), der zwar dumm wie fünf Meter Küchenkrepp war, dafür aber um tausend Ecken mit dem Vorstandchef verwandt.) »Woher soll ich das wissen? Habe ich meine Nase in unzählige Erziehungsratgeber gesteckt oder du?«

»Damals haben mich nur die Kapitel zur frühen Kindheit interessiert.« Sharon umarmte ihren Mann, der noch immer die Hände in den Taschen vergraben hatte. »Und selbst wenn ich alles zum Thema Pubertät gelesen hätte, ist das viel zu lang her! Sieh dich doch um! Als wir zwei in der Schule gewesen sind, haben wir das, was der Lehrer an die Tafel geschrieben hat, noch mit Füller auf Papier übertragen.« Sie nickte in Richtung von Jays Tür. »Die da fotografieren das Whiteboard ab.«

Jonathans Hände verließen die Taschen. Er tätschelte Sharons Rücken. »Du bist von vorgestern, Liebes!«

»Wieso?«

»Weil ›die da‹ – wie du dich auszudrücken pflegst – längst Smartboards in ihren Klassenzimmern haben. Ein Klick und sie bekommen alle Notizen auf ihr Laptop.«

Sharon vergrub das Gesicht in Jonathans breiter Brust. »Ist das gut oder schlecht?«

»Schwer zu sagen.« Jonathan küsste sie auf den Kopf. Ihr Haar roch nach Pfirsich, dabei hatte Sharon ihm versprochen, ab jetzt nur noch das Shampoo mit Granatapfelduft zu benutzen, das er so mochte. »Gut ist, dass wir uns leisten können, Jay an eine Schule zu schicken, die digital bestens ausgestattet ist.«

»Und schlecht ist, dass er dadurch noch bequemer wird als ohnehin schon.« Sharon löste die Umarmung. »Bald muss die Jugend überhaupt nichts mehr machen! Für Antworten gibt es *Google*. Und die Hausaufgaben können sie ihrer App diktieren und hochladen, statt sie handschriftlich abzugeben – in Sonntagsschrift, so wie wir das früher noch machen mussten. Ganz zu schweigen von dieser KI!«

»Man könnte meinen, ich sei mit einer Hundertjährigen verheiratet und nicht mit ...«

»Wenn du mich daran erinnerst, wie alt ich bin, kannst du heute Nacht im Gästezimmer schlafen, mein Augenstern!«

Jonathan kratzte sich am Po. »Warum bist du so gereizt?«

Sharon stöhnte. »Der Junge schafft mich! Wer weiß, was er da drin treibt.«

»Jay ist sechzehn. Ich glaube nicht, dass er *Bibi und Tina*-Filme schaut oder sich Kinderbücher mit Wimmelbildern ansieht.«

Sharon wurde rot. »Der guckt sich ganz andere Bilder an.« Entnervt starrt sie zur Decke. »Man kann sie nicht vor dem Schmutz im Internet schützen!«

Nun ging Jonathan auf Jays Zimmertür zu und legte ein Ohr auf das Holz.

»Was machst du da?« Sharons Ton war scharf. »Findest du es richtig, zu lauschen?«

»Psst!«

»Ach, der *Friedrichstadtpalast* könnte bei uns im Flur eine Revue aufführen, ohne dass unser Sohn etwas mitbekäme.«

»Jay guckt nicht das, was du denkst.«

»Aber vorhin haben welche gestöhnt – lange und laut.«

Grinsend drehte Jonathan sich zu seiner Frau. »Findest du es richtig, zu lauschen?«

Sharon schnitt eine Grimasse. »Das war unnötig, ich habe es auch ohne Spionageaktivitäten deutlich gehört. Wir haben damals wenigstens noch darauf geachtet, uns nicht erwischen zu lassen!« Sie stutzte. »Hör doch! Schon wieder wird gestöhnt!«

»Es klingt nicht nach ... nach *lustvollem* Stöhnen.«

»Lustvolles Stöhnen? Du solltest einen Gedichtband schreiben.«

»Dann werde ich konkret«, sagte Jonathan. »Du brauchst keinen Porno-Alarm zu schlagen, mein Schatz! Ich denke, der Junge schaut ...«

Als der markerschütternde Schrei durch die Tür drang, quiekte Sharon erschrocken und krallte sich am Kragen ihres Shirts fest.

Jonathan kräuselte die Stirn. »Das scheint was Härteres zu sein als ein normaler Gruselfilm!«

»Natürlich ist es das!«, entgegnete Sharon. »Wer hat mich denn gerade darüber belehrt, dass der kleine Jay nicht mehr in den Windeln steckt?« Tief atmete sie ein. Was bitte sollte ein Gruselfilm sein? Als ob die Kids von heute sich *Das Gespenst von Canterville* reinziehen würden, wenn es auch gefühlte achthundert Teile von *Saw* gab!

Die Falten auf Jonathans Stirn wurden tiefer. »Gewaltverherrlichung – das toleriere ich nicht! Der Junge ist erst sechzehn!«

»Allmählich wissen wir, wie alt Jay ist.« Wenn Sharon noch mehr an ihrem Kragen zog, würde der Stoff reißen. »Und was willst du tun?«

Ein zweiter Schrei ertönte – noch schriller, noch verzweifelter als der erste.

»Also ich ... ich geh da jetzt rein, jawohl!« Energisch drückte Jonathan die Türklinke nach unten, noch bevor Sharon fragen konnte, ob er Jays Zimmer ebenfalls gestürmt hätte, wenn das Stöhnen nicht von einer gefolterten Frau aus einem Horrorfilm gekommen wäre, sondern von einer aufgepumpten Fake-Blondine, die mit einem Dutzend Muskelhengsten Turnübungen machte.

12

»Kennen wir uns?« Trudi musterte Robert, der sich gerade neben Edwin gesetzt hatte, als wäre er eine neue Sorte Bergkäse in der Molkereiabteilung des Supermarkts ihres Vertrauens.

Dörte, Dietmar und Mona schauten nicht minder interessiert. Sogar Colette, die in der Regel nichts von Gaffen hielt, konnte man deutlich anmerken, wie angespannt sie war.

Trudi zeigte auf Colette. »Sind Sie der Vater von Martina?«, fragte sie Robert.

»Das ist nicht Martina!« Rudi strich die letzten Kuchenkrümel von seinem Schoß. »Dass du nie zuhörst! Martina war Michas alte Freundin. Die, mit der er jetzt zusammen ist, heißt Kadett!«

»Colette!«, sagte Colette. »Und ich bin nicht mit Micha zusammen.«

»Robert Mallmann, angenehm!« Leicht verlegen nickte Robert der Kaffeegesellschaft zu – und fragte sich im selben Augenblick, ob es nicht höflicher gewesen wäre, die Hand zu reichen. Was war gleich die goldene Regel? Ein freundliches »Guten Tag« ohne Körperkontakt reicht aus, wenn mehr als fünf Menschen um einen Tisch sitzen … oder waren es zehn? Wie konnte es sein, dass er als Großunternehmer, der jährlich an mindestens acht Milliarden Besprechungen teilnahm, plötzlich alles vergessen hatte, was ihm in Knigge-Seminaren gelehrt wurde? Er drehte sich zu Trudi. »Ich gehöre zu Edwin.«

Trudi glotzte Rudi an. »Er gehört zu Edwin.«

»Was soll der Schmarren?« Rudi zog an seinem Ohrläppchen, das proportional zu jedem neuen Lebensjahr um einen geschätzten Zentimeter wuchs. »Seit wann bist du meine Übersetzerin?«

»Ich übersetze nicht, ich wiederhole!«, sagte Trudi. Dann fragte sie Robert: »Haben Sie auch unterrichtet? Sind Sie einer von Edwins früheren Kollegen? Ein Penner aus der Pauke?« Sie schüttelte den Kopf, dass ihre Wangen schlackerten. »Ich meine, ein Pauker aus der Penne?«

»Oma!« Micha, leichenblass um die Nase, betrat das Wohnzimmer.

»Was ist?« Trudi hob ihr Glas, um Micha zu verdeutlichen, dass er sich gar nicht zu setzen brauchte, sondern ihr aus der Küche Nachschub an gekühltem Sprudel bringen sollte. »Das ist Jugendsprache! Nicht wahr, Niklas?«

Niklas löste den letzten Klebestreifen von Edwins Geschenk. »Vor tausend Jahren vielleicht.« Er fischte einen Karton aus dem Papier und öffnete ihn. »Wow! Das sind genau die Sneakers, die ich mir gewünscht habe!« Er strahlte Edwin an. »Woher wusstest du das?«

Edwin hauchte gegen seine Brille. Ob er das vielfach gelobte Ultraschallreinigungsgerät benutzte oder nicht: Die Gläser waren schneller wieder dreckig, als die nächste Werbeunterbrechung im Privatfernsehen kam. »Möglicherweise könnte es daran liegen, dass du es letzte Woche, als wir beim Eisessen waren, erwähnt hast.« Grinsend polierte er die Gläser mit einem Zipfel seines Hemds. »So zirka drei- bis zehnmal.«

»Ich kann mich nicht erinnern … wäre aufdringlich gewesen, findest du nicht?« Ehrfurchtsvoll strich Niklas über die bunten Streifen an den Seiten. »So schöne Sneakers hatte ich noch nie!«

Rudi leckte sich über die Lippen. »Für mich sehen die aus wie gewöhnliche Turnschuhe.«

Mit dem Handrücken klatschte Trudi ihm auf die Brust, dass Rudi erstaunt quietschte. »Sind es ja auch! Die heißen neuerdings Sneakers – das ist Jugendsprache!«

»Sneakers.« Rudi verschränkte die Arme, um sich nicht noch einen Schlag von seiner Frau einzufangen. »Ich dachte immer, das sei dieser klebrige Schokoriegel mit den Erdnüssen. Der, den ich nicht mehr beißen kann, weil es mir sonst die Gebissplatte aushebelt.« Er zog eine Schnute. »Ist mir ohnehin zu süß, der Kram!«

»Der Mann macht mich fertig!« Flehend schaute Trudi zur Zimmerdecke, als säße auf der Hängelampe eine Heiligengestalt, die man um Erlösung bitten könnte.

Micha – soeben aus der Küche zurück – drehte die Flasche Sprudel auf und goss Trudi ein. »Du meinst *Snickers*, Opa!«

Niklas faltete das Geschenkpapier zusammen. »Snickers und Sneakers sind zwei Paar Schuhe!«

Als würde er mit einer Schrotflinte bedroht, hob Rudi die Hände. »Ich verstehe nur noch Bahnhof! Zuerst heißt es, bei Sneakers handelt es sich um Turnschuhe, dann um Schokolade und nun wieder um Schuhe – gleich zwei Paar!« Umständlich stand er von seinem Stuhl auf. »Entschuldigt mich, ich brauche eine Mütze Schönheitsschlaf.« Damit schwankte er zum Fernsehsessel und ließ sich hineinfallen, dass dieser knirschend nach hinten schnellte. Ob das filigrane Designer-Stück, das so viel gekostet hatte, wie Colette in Monaten nicht verdiente, mehr als neunzig Kilo tragen konnte?

»Muss das sein?«, rief Trudi ihrem Mann hinterher.

»Lass ihn doch«, sagte Niklas. Insgeheim beneidete er seinen Urgroßvater dafür, sich einfach davonstehlen zu können.

Trudi entwich ein leiser Rülpser – sie sollte wirklich weniger kohlensäurehaltige Getränke zu sich nehmen, ihre Speiseröhre würde es ihr danken! »Und morgen früh um neun jammert er mir wieder die Ohren voll, weil er nicht mehr schlafen kann und ich Kaffee kochen soll.«

»Rudis Schlaf will ich haben«, sagte Micha.

Trudi griente. »Du warst schon als Säugling ein lausiger Schläfer!«

»Ein paar Tröpfchen Schnaps in die Nuckelflasche und er hätte gepennt wie Dornröschen«, sagte Rudi. »Aber auf mich will nie jemand hören!«

Auch wenn es sie alle Anstrengung der Welt kostete, ging Trudi nicht auf Rudis Geplapper ein. Was sollte ihr Mann schon von Kindererziehung verstehen! Stattdessen wandte sie sich an Robert. »Sie waren also genauso Lehrer wie unser Eddibär, ja? Was haben Sie unterrichtet? Auch Deutsch und Geschichte?«

Dermaßen konzentriert betrachtete Edwin das Stück von Michas Kuchenbackexperiment auf dem Teller vor sich, als würde es gleich mit einem Tuch bedeckt und er müsste es aus dem Gedächtnis so exakt wie möglich nachzeichnen. »Robert hat nicht als Lehrer gearbeitet, Mutter.«

Trudi rülpste wieder – nun bereits etwas lauter, dass sie die Serviette vor den Mund presste. »Was waren Sie dann?«

Robert nippte an der Kaffeetasse. »Ich war nicht, ich bin! In der Tourismusbranche nämlich. Ich kümmere mich um Hotels.«

»Mallmann …« Bis eben hatte Dietmar wachspuppengleich auf seinem Stuhl gesessen, als wäre Robert ein bissiger Wachhund, der ihm an die Gurgel spränge, sobald er sich einen Millimeter bewegte. »Mallmann …«

Dörte pfiff eine kurze Melodie. »*Bei Mallmann bist du König!* So lautet das Werbe-Lied.« Mit großen Augen stierte sie Robert an. »Sind Sie etwa *der* Mallmann?«

Robert präsentierte seine Grübchen. »Ertappt.«

Mona stützte den Ellbogen auf dem Tisch ab und legte das Kinn auf die Innenfläche ihrer Hand. »Könnte es sein, dass Sie zu Untertreibungen neigen, Robert? Sofern ich richtig informiert bin, ist Mallmann eines der erfolgreichsten Reiseunternehmen.«

»Richtig!« Dörte griff zur Flasche mit der Apfelschorle und goss sich davon in ihr Glas, ohne die Schaumschlagkraft der Kohlensäure zu bedenken: Wie ein explodierender Vulkan sprudelte die Hälfte über den Rand und breitete sich auf der Tischdecke aus. »Dietmar und ich waren im letzten Jahr in einem Ihrer Häuser am Wörthersee.«

Mit der zerknüllten Serviette tupfte Dietmar über die feuchte Stelle. »Schön war es, das kann man nicht anders sagen. Nur die Wurstauswahl am Frühstücksbüffet hätte größer sein können.«

Robert tippte sich an die Schläfe. »Ist schon notiert!«

Colette beugte sich vor. »Stecken Sie den Stift nicht ein! Ich habe auch noch eine Beschwerde.«

»Muss das wirklich sein?« Endlich sah Edwin von seinem Kuchenstück auf. »Wir sind hier, um Niklas' großen Tag zu feiern.«

»Schon okay, Opa!« Inzwischen war Niklas in die Sneakers geschlüpft und fädelte die letzten Zentimeter Schnürsenkel ein. »Der DJ steckt im Stau, das Dope ist noch nicht geliefert und die Chicks kommen erst in einer Stunde. Bis die Party steigt, dauert es sowieso noch.«

Ein Röcheln erklang aus dem Fernsehsessel: »Nichts ... kein Wort verstehe ich von dieser Jugendsprache ...« Dann war Rudi wieder still und schnarchte leise vor sich hin, dass sich sein Schmerbauch hob und senkte.

»Verbrenne dir nicht die Zunge!«, sagte Dörte in strengem Ton zu Niklas. »Man redet nicht abwertend über Frauen.«

»Auch nicht über Schwule«, sprach Mona so leise, dass nur Dörte sie hören konnte und ihr dafür einen giftigen Blick zuwarf.

»Frauen«, sagte Colette, »das ist es, worauf ich hinauswollte!«
Sie griff sich in die Locken. »Wenn ich eine Krone trüge, was
wäre ich dann?«

»Eine Prinzessin, wieso?«, sagte Micha.

Colette rollte die Augen. »Ich rede mit Robert!«

Obwohl er weder Zucker noch Milch in seine Tasse getan
hatte, rührte Robert im Kaffee herum. »Eine Königin.«

»Aha!« Mit ausgestrecktem Arm zeigte Colette auf Robert
und riss dabei fast die rostrote Kerze um, die Micha als Alterna-
tive für die regenbogenfarbene aufgestellt hatte – wie praktisch,
einen Adventskranz in der Rumpelkammer zu haben, der bisher
nie angezündet wurde! »Also soll ich gar nicht in Ihren Hotels
Ferien machen!«

»Warum?«, fragte Dietmar.

»Das verstehe ich auch nicht«, sagte Trudi.

»Aber ich.« Robert lachte. »Sie haben recht, der Spruch ist
heutzutage unangemessen. Meine Marketingabteilung brütet bereits über neuen Ideen.« Robert zeigte seine tadellos weißen
Zähne, als er Colette angrinste, dass Edwin innerlich auflachte –
er wusste: Spätestens damit würde Robert sie endgültig um den
Finger wickeln. »Melden Sie sich gern, wenn Sie Vorschläge haben, ich wüsste es zu schätzen!«

Schlagartig wurde Colette so rot, dass sich ihre Hautfarbe
kaum noch von der ihres Haars unterschied. »Das werde ich.«

»Jetzt verstehe ich!« Trudi rülpste mit geschlossenem Mund:
Dabei blähten ihre Wangen sich auf, dass sie aussah wie ein sehr
alter, ungenießbarer Kugelfisch, der nicht mehr zu befürchten
brauchte, als fangfrische Delikatesse serviert zu werden. »Martina stört sich daran, dass es *König* heißt und nicht *Königin!* Sie
fühlt sich nicht angesprochen! Das ist wieder so ein Emanzen-
Blödsinn, nicht wahr?«

»Mutter!« Edwin rutschte auf die äußere Kante seiner Sitzfläche.

»Oma!« Micha presste auf seinen Magen.

»Urgroßmutter!« Mit gespielter Empörung warf Niklas den Kopf in den Nacken. »Was hast du für große Zähne!«

»Verscheißern kann ich mich allein!« Trudi taxierte Colette, als sei sie der Endgegner, den es zu eliminieren galt, bevor er angriff. »Immer wollen die Frauen von heute eine Extrawurst!«

»Wurst?«, tönte es auf dem Fernsehsessel. »Gibt es schon Abendessen?«

»Weiterschlafen!«, rief Trudi zu Rudi. Mit einer kaum wahrnehmbaren Wirbelbewegung verwandelte sie den letzten Schluck Wasser in ihrem Glas, das sie in der Hand hielt, in einen winzigen Strudel. »Überall wollen sie mitreden, die heutigen Frauen. Nichts passt ihnen mehr. Als ob die Kindererziehung und der Haushalt nicht anstrengend genug wären!«

Colette beschloss, nicht zu reagieren. Ihr reichten die regelmäßigen Grabenkämpfe mit ihrer Tante Brunhilde, die felsenfest überzeugt davon war, eines Tages von Lichtwesen in eine bessere Welt geholt zu werden, wenn sie nur auf dem Pfad der Tugend bliebe und sich keinerlei Impfstoff von der Ärzte-Mafia verabreichen ließe.

Mona war jedoch anderer Meinung als Colette. »Ich kann deiner hanebüchenen Argumentation nicht folgen, werte Trudi. Nur die männliche Form zu verwenden, ist wirklich von vorgestern.« Sie zuckte zusammen. »Verzeihung, Robert. Ich wollte Ihnen nicht zu nahe treten.«

»In der Tat muss dieser Spruch dringend geändert werden«, sagte Robert. »Natürlich sollten wir auch Frauen ansprechen!«

»Alle!« Niklas schlug die Beine übereinander, dass die bunten Streifen an seinen Sneakern einen farbenfrohen Kontrast zur weißen Tischdecke bildeten. »Man sollte alle ansprechen – nicht nur Männer und Frauen!«

Dietmar sackte in sich zusammen. »Jetzt geht das wieder los!«

»Nichts geht los!« Eindringlich fixierte Micha seinen Sohn.

Niklas hatte verstanden. Der Blick hieß: »Erspare mir eine Debatte über das Gendern, sonst komme ich überhaupt nicht mehr von der Toilette!« Der Blick hieß: »Kannst du dich nicht zufrieden damit geben, dass Dörte und Dietmar freiwillig mit homosexuellen Männern an einem Tisch sitzen?« Der Blick hieß: »Verschone mich davor, Trudi über Geschlechtervielfalt aufzuklären!« Der Blick hieß aber auch: »Mach es nicht noch komplizierter, mein Junge! Immerhin müssen Trudi und Rudi noch die Info verdauen, dass ihr Sohn Edwin mit Robert zu-sammen ist.« Also schwieg Niklas.

»Aaargh!« Rudi hievte sich aus dem Fernsehsessel. Lautstark gähnend schlurfte er zur Kaffeetafel zurück. »Ein Viertelstünd-chen dösen ist gesünder, wie wenn man lange schläft. Das stand in der *Apotheken Umschau*.«

Trudi nickte. »Powernapping heißt das!«

Rudi setzte sich. »Das Klugscheißen hast du von deiner Mut-ter.«

»Unverschämtheit!« Vor Empörung vergaß Trudi, den Mund zu schließen.

»Hach … Urlaub!« Colettes Blick wurde glasig. »Den könnte ich auch mal wieder gebrauchen.«

»Bist du im Stress?« Dörtes Augenbraue wanderte nach oben. »Ich wusste nicht, dass dein mobiler Fußpflegesalon so gut läuft.«

»Tut er auch nicht«, sagte Colette. »Aber raus aus der Stadt in die Natur – das wäre ein Genuss!«

Mit der Serviette wischte Micha sich über die schweißgebadete Stirn. »Du bist ständig in der Natur, so oft, wie du joggst!«

»Pft!«, machte Colette. »An den Blumenrabatten im Schlosspark entlangzulaufen ist nicht das, was ich meine.«

Niklas fischte sich den letzten Keks von der Platte. »Ich bin auch urlaubsreif. Aber mein Herr Vater hat keine Zeit.« Fast schon im Mund geparkt legte er den Keks auf seinem Teller ab. Plötzlich war ihm der Appetit vergangen. »Dabei sind Sommerferien nur einmal im Jahr.«

»Du bist ungerecht«, sagte Micha. »Wer hat denn letztens mit dir einen Wochenendausflug ins *Phantasialand* gemacht? Davon können andere Kinder nur träumen!«

Niklas sah seinen Vater müde an. »Hoffentlich kommt in deren Träumen nicht die Stelle vor, wo du einen Anruf von der Firma bekommen hast und ins Hotelzimmer zurückgepfiffen wurdest, um an einer *Zoom*-Konferenz teilzunehmen … wenige Minuten, bevor wir in die Katapult-Achterbahn einsteigen konnten, für die wir über eine Stunde angestanden haben!«

»Wer konnte das ahnen?« Ein Schweißtropfen fiel von Michas Stirn auf die Tischdecke. »Du hättest ja bleiben können, ich habe dich nicht gezwungen, mir ins Hotel zu folgen.«

Mona räusperte sich. »Vielleicht wollte dein Sohn *mit dir* Achterbahn fahren. Einen gemeinsamen Moment erleben.«

»Dass du dich traust, Erziehungsratschläge zu geben!« Micha sprach lauter, als er wollte. »Wer hat den Jungen denn im Stich gelassen, du oder ich?«

»Ich geh auf mein Zimmer.« Niklas stand auf.

»Niklas!« Monas Unterlippe bebte. »Bitte bleib!« Sie fuhr sich über die Augen und sah Micha an. »Das war gemein von mir.«

»Schon gut.« Micha bemühte sich, sanft zu klingen.

»Harmonie, juhu!« Missmutig sank Niklas auf den Stuhl.

Colette rang sich ein Lächeln ab. »Immerhin ist das der Beweis«, sagte sie zu Mona.

Mona zog die Nase hoch. »Was meinst du?«

»Keine Spuren von Wimperntusche auf deinen Wangen! Meine Mascara taugt mehr als deine – obwohl sie die billige Eigenmarke aus der Drogerie ist!«

Gleichzeitig fingen Mona und Colette zu lachen an.

Micha ging zum Fenster und öffnete es weit. »Wollen wir auf den Balkon? Es ist stickig hier, oder?«

Trudi machte ein grummelndes Geräusch. »Da werde ich nur von Wespen angefallen. Wenn ich du wäre, Micha, hätte ich schon längst einen Antrag bei der Hausverwaltung gestellt, dass endlich die Obstbäume im Vorgarten abgeholzt werden.«

»Richtig!«, sagte Rudi. »Ein schön asphaltierter Hof ist viel pflegeleichter und lockt keine Viecher an!«

»Ich will auch lieber hierbleiben«, sagte Niklas. »Bei dem schönen Wetter werde ich nur depressiv, wenn ich daran denke, dass ich nicht verreisen kann.«

»Warum machst du keine Jugendreise?« Als Dietmar sprach, flog ein Tropfen Spucke über den Tisch.

»Gute Idee!«, erwiderte Dörte. »Bei uns in der Gemeinde wird eine Fahrt ins Zeltlager angeboten. Mit Bibelkreis und gemeinsamen Singen. Soll ich fragen, ob noch ein Platz frei ist?«

»Kommt nicht infrage!« Mit dem Kaffeelöffel klopfte Mona an ihre Tasse, als sei diese ein hartgekochtes Ei, das es von der Schale zu befreien galt. »Ich möchte mir nicht ausmalen, welche Gehirnwäsche dort unternommen wird! Am Ende kommt unser Niklas als Heiliger Bimbam zurück, der Rosenkränze betet und zu allem Ja und Amen sagt!«

»Was nicht das Schlechteste wäre«, murmelte Dietmar in sein Glas.

Unbemerkt von den anderen nickten Robert und Edwin, die bereits längere Zeit Blicke ausgetauscht hatten, sich zu.

»Nächste Woche ist Robert in einer seiner Ferienanlagen an der Ostsee, um eine Konferenz zu leiten«, sagte Edwin. »Ich begleite ihn. Wir hängen ein paar Tage dran und spannen aus.«

»Wie schön!« Trudi gab Micha zu verstehen, dass er ihr nachschenken sollte.

»Ist Ihnen unser Edwin beim Reisen begegnet?«, fragte Rudi.

Trudi grunzte. »Stimmt, Sie schulden mir noch eine Antwort, woher Sie meinen Sohn kennen!«

»Kommt Ihre Frau mit ?«, hakte Rudi bei Robert nach.

»Lass das!« Trudi klatschte ihm auf die Finger. »Das ist eine unangenehme Frage! Vielleicht ist er gar nicht verheiratet.«

»Das ist richtig.« Robert hoffte, nicht allzu offensichtlich zu zittern. Bisher konnte er sich hinter seiner Business-Rhetorik verstecken, um selbstbewusst zu wirken, aber allmählich half auch die kaum weiter. »N... nicht m... m... mehr zumindest.« Sein Kopf ratterte wie ein ungeöltes Räderwerk. Seit Robert sich sein Stottern, dessentwegen er als Junge meistens schwieg, durch Hypnose abtrainiert hatte, verfiel er höchst selten in alte Muster, wenn er redete. Er atmete in den Bauch hinein, um sich zu fangen. »Ich bin geschieden«, sagte er, während er sich schwor, von jetzt an regelmäßiger seinen Blutdruck prüfen zu lassen – eventuell waren die Tabletten, die ihm Doktor Teitelbaum aufschwatzen wollte, doch keine schlechte Idee.

Dörte hatte ein Papiertaschentuch aus ihrer eiterfarbenen Hose gezogen und auseinandergefaltet. Dies legte sie nun über ihren verursachten Saftschorlenfleck, obwohl die Tischdecke schon fast wieder trocken war. »Das tut mir leid, Robert.«

»Das glaube ich dir!« Mona spannte die Halsmuskeln an. »Nach deiner schrägen Ansicht ist der arme Robert nun genauso verloren wie ich. Schließlich ist meine Ehe auch in die Brüche gegangen.«

Rudi beugte sich zu Niklas' Teller und grapschte sich den verschmähten Keks. »Ein Männerurlaub ist was Feines. Man kann trinken, wann man will, essen, was man will … und man braucht sich kein Geschnatter anzuhören!«

»Wer schnattert?« *Paff* – Rudi hatte sich von Trudi noch einen Klaps auf die Finger eingefangen.

Robert rutschte auf seinem Stuhl hin und her. »Wir wohnen in einer Ferienvilla. Sie ist zu groß für Edwin und mich allein.«

Edwin nickte. »Deshalb laden wir euch ein, uns zu begleiten. Damit ihr Robert kennenlernen könnt.«

»Kennenlernen?« Trudi nahm einen ordentlichen Schluck aus ihrem von Micha soeben nachgefüllten Glas. »Eddibär, du redest, als würde Robert in die Familie einheiraten.«

Dörte öffnete den Mund, doch eine winzige Geste von Mona sorgte dafür, dass sie ihn wieder schloss, ohne ein Wort gesagt zu haben.

»Wie geil ist das denn?« Niklas grinste von einem Ohr zum anderen. »Baden im Meer!«

»Fabelhaft!« Mona, die gar nicht in Erwägung zog, nicht gemeint zu sein, fuhr über das Display ihres Smartphones. »Ich denke, Grazyna kommt eine Weile allein im Blumenladen zurecht – ich frage sie gleich mal. Wann sollen wir kommen?«

»Am achtzehnten, wenn's recht ist«, antwortete Robert.

»Ähem …« Dörte schaute wie ein Kleinkind, das am Kiosk stand, aber kein Geld für Gummifrösche hatte und darauf hoffte, einen geschenkt zu bekommen. »Ich und Dietmar … also Dietmar und ich … sind wir …«

Edwin war auf diese Frage vorbereitet. Professionell ratterte er seine Antwort herunter, die er mehrmals vor dem Spiegel geübt hatte, bis sie glaubhaft klang: »Selbstverständlich! Ihr gehört doch zur Familie!«

»Ich kann nicht!« Dietmar verzog die Mundwinkel. »Keine Chance, dass ich so kurzfristig frei bekomme.«

Dörte seufzte. »Wenn das so ist, müssen wir leider absagen. Aber danke für das Angebot.«

»Komm doch allein!«, sagte Colette – und erntete dafür von allen Seiten hasserfüllte Blicke.

»Nun ja ...« Dörtes Pupillen weiteten sich. »Möglich wäre es schon. Dietmar, was sagst du? Ich könnte dir etwas vorkochen. Du müsstest es bloß in die Mikrowelle packen.«

Dietmar grummelte Unverständliches, doch schließlich nickte er huldvoll, woraufhin Dörte ihm um den speckigen Hals fiel.

Colette erhob sich und ging zu Micha, der noch immer am geöffneten Fenster stand und es genoss, dass sein Schweißfluss verebbt war. »Du und ich mit einer guten Flasche Wein romantisch am Strand. Der Wind weht uns durchs Haar ...«

»Ach ja?« Micha fasste sich an die hohe Stirn.

»... die Möwen singen von der Liebe ...«

»Möwen singen nicht«, sagte Micha. »Die kreischen.«

»... und der Sonnenuntergang taucht alles in ein sündiges Rot!«

»Du liest zu viele Groschenromane.« Micha schloss das Fenster. »Unmöglich, dass ich mitkomme, ich muss arbeiten.«

»Papa, ey!« Niklas fiel fast von seinem Stuhl. »Die paar Tage wirst du in deiner Schnöselbude wohl entbehrlich sein!«

»Niklas hat recht, Micha.« Edwin schob seine verrutschte Brille nach oben. »Jeder ist ersetzbar!«

»Außer Stefan Mross!« Langsam schaukelte Trudi hin und her, als erklang von Weitem ein sanfter Walzer. »So schön wie der bläst niemand!«

»Und Meryl Streep!«, sagte Colette.

»Seit wann spielt die Trompete?«, fragte Mona.

Colette lächelte. »Ich meine, die Frau wertet jeden Film auf. Ersetzen kann man die nicht!«

Dörte umschloss das Kreuz an ihrer Halskette »Ich muss schon heulen, wenn ich nur an *Jenseits von Afrika* denke.«

»Oder an *Die Brücken am Fluss*«, sagte Colette.

Niklas seufzte.

Micha schnaufte.

Dietmar stöhnte.

Rudi tat nichts. Er hatte nicht hingehört.

»Wie tragisch!« Monas Stimme wurde brüchig. »Wäre sie doch nur mit Richard Gere mitgegangen, statt auf der Farm bei ihrem Mann zu bleiben!«

»Es war Clint Eastwood«, entgegnete Dörte, »und Halleluja, dass sie bei ihrem Mann geblieben ist.« Sie taxierte Mona. »Man sieht ja, was dabei herauskommt, wenn man sich entschließt, eine solide Ehe für ein Abenteuer aufzugeben.«

Trudi klatschte in die Hände. »Bevor ihr euch wieder zerfleischt, möchte ich sagen, dass Rudi und ich nicht mitfahren.«

»Das ist vernünftig!« Micha verließ den Fensterplatz und sank auf seinen Stuhl. »In eurem Alter sollte man sich schonen.«

Rudi pulte Keksreste aus seinem Backenzahn. »Wir haben nämlich keinen Berechtigungsschein.«

»Hä?«, machte Dietmar.

Dörte zog einen Spitzmund. »Rudi, in deinem Kopf ergibt das sicherlich Sinn, aber wir verstehen nicht, was du meinst.«

Rudi brummte. »Ihr denkt, ich sei verkalkt! Aber wie der Name schon sagt, liegt die Ostsee in der Ostzone. Jetzt frage ich euch, ihr Schlaumeier, wie ich über die Grenze kommen soll ohne Berechtigungsschein!«

Trudi tätschelte Rudis Knie. »Haselmaus, du bringst da etwas durcheinander, ich erkläre es dir später. Nun hältst du den Rand, ich will den anderen die Neuigkeit mitteilen!« Feierlich sah sie die Geburtstagsgesellschaft an. »Rudi und ich haben andere Pläne. Wir fahren nach Berlin. Zur Loveparade!«

13

»Zum letzten Mal, werter Herr Sohn«, Jonathans Halsschlagader pulsierte, »von wem hast du diesen Schundfilm?«

»Ist doch egal!« Mit zusammengekniffenem Gesicht saß Jay auf seinem Bett. »Geht euch eh nix an!«

Sharon steckte den Kopf hinter dem Rücken ihres Mannes hervor. »Lass mich deinem Gedächtnis auf die Sprünge helfen: Du bist minderjährig, du wohnst unter unserem Haus ...«

»*Wo* wohne ich?«, fragte Jay.

»Ich meine, du wohnst in unserem Dach!« Sharon verließ ihr Versteck, stand nun bebend vor Jay. »Wir sind verantwortlich für dich und dein Kindeswohl!«

»Kindeswohl?« Jay sah aus, als müsste er sich übergeben. »In welchem pädagogischen Fachbuch hast du denn dieses Wahnsinnswort entdeckt? Außerdem bin ich kein Kind mehr!«

»UND OB DU DAS BIST!« Inzwischen pulsierte Jonathans Ader so heftig, dass es nicht verwunderlich gewesen wäre, wenn sie jede Minute platzte. »Um das Ganze abzukürzen: Wir fahren jetzt zu Niklas und bringen ihm die DVD zurück ... besser noch, wir geben sie seinem Vater! Den dürfte brennend interessieren, was sein Sprössling für eine sonderbare Filmsammlung hat.«

»Woher weißt du, dass der Film von Niklas ...« Jay schwieg.

»Hab dich!« Jonathan grinste. »Don't mess with the master!«

»Du spielst unfair!« Jay knurrte.

»Unfair?« Sharon wollte sich neben Jay setzen, doch entschied sich im letzten Moment dagegen: Im Stehen – so glaubte sie – vermittelte sie mehr Autorität. »Dein Vater und ich lassen dir eine Menge Freiräume – weil wir dir vertrauen. Aber in letzter Zeit, mein Lieber, hast du dieses Vertrauen gehörig auf die Probe gestellt! Heute dieser abscheuliche Film und letzte Woche das Kraut, das wir bei dir gefunden haben ...«

»Das war kein Kraut«, erwiderte Jay, »das war Gras ... ein winziges Tütchen! Tu nicht so, als wäre ich der Betreiber eines Crystal-Meth-Labors!«

Abwehrend hob Sharon die Hände. »Ich kenne mich mit so etwas nicht aus!« *Hoffentlich klinge ich glaubwürdig,* dachte sie.

Jay nickte. »Ich weiß. Deine Drogen sind Champagner und Botox to go!«

Jonathan hielt die DVD-Hülle hoch, als wäre er ein Star-Jurist, der das ultimative Beweisstück präsentierte, mit dem er den Fall gewinnen würde. »Wir machen jetzt eine kleine Spritztour!«

»Nein!«, rief Jay. »Niklas hat Geburtstag!«

»Dann kannst du ihm gleich gratulieren«, sagte Sharon.

Rücklings ließ Jay sich auf die Matratze fallen. »Ihr behandelt mich wie einen dieser unerziehbaren Problemjugendlichen, die von ihren Eltern auf einen Gewaltmarsch durch den australischen Busch geschickt werden, damit sie zur Vernunft kommen! Was ist dabei, wenn ich mir 'nen Torture-Porn ansehe? Ich bin kein Baby mehr!«

»Siehst du!« Sharon zerrte dermaßen energisch an Jonathans Shirt, als bemühte sie sich, einen Papierdrachen zu befreien, der sich im Ast eines Baumes verfangen hatte. »Pornos guckt er auch schon!« Verflucht, sie hatte vergessen, Zigaretten vom Einkaufen mitzubringen – wie sollte sie nun zur Ruhe kommen?

»Soll ich dir wirklich erklären, was ein Torture-Porn ist, Mum?«, fragte Jay.

»Unterstehe dich!« Beinah hätte Sharon sich die Ohren zugehalten, doch diese Geste erschien ihr zu infantil.

Mit der Geschwindigkeit einer Weinbergschnecke in Rente richtete Jay sich auf. »Ich sag es dir trotzdem: Ein Torture-Porn ist so was wie ein Splatterfilm. Du kannst also beruhigt sein, ich schaue nicht zu, wie zwei oder mehr nackig aufeinanderhocken und wie die Kaninchen f...«

»RUHE!« Sharon fluchte in sich hinein. Wenn sie wieder zur Kettenraucherin wurde, war es allein das Werk dieses Bengels!

»Ihr habt selbst Schuld!« Jay zerknüllte die Erdnusslocken-Tüte. »Wenn wir jetzt wie geplant in Ägypten wären, müsste ich mich nicht anderweitig amüsieren.«

Jonathan machte eine Verbeugung, als wäre Jay ein mächtiger Ölscheich, dem man Demut entgegenbringen musste. »Asche auf mein Haupt, Erhabener! Soll ich meinen Chef mit der Daumenschraube kitzeln, weil er meinen Urlaub in letzter Sekunde gecancelt hat – oder ihn direkt zum Schafott führen?«

»Keine Ahnung, was ein Schafott ist«, antwortete Jay, »aber stell dir vor, wir hätten auch ohne dich fliegen können, Mum ist nämlich ebenfalls kein Baby mehr!«

»Das Thema haben wir ein Dutzend Mal besprochen.« Sharon kippte in die Kopfstimme. »Wir verreisen als Familie oder gar nicht.«

»Und wer hat das besprochen?«, fragte Jay. »Ich kann mich nicht erinnern, dass ihr mich um meine Meinung gebeten habt!«

Jonathan ließ die DVD-Hülle auf- und zuschnappen. »Damit sind wir quitt: Denn ich entsinne mich auch nicht mehr, mit dir vereinbart zu haben, dass dieser cineastische Dreck in deinem Videorekorder landen darf.«

»Blu-Ray-Player, Dad! Mach mal 'n Brain-Update!«

»Verstehe ich nicht!« Sharon riss Jonathan die Hülle aus den Händen. »Das ist doch eine DVD und keine Blu-Ray.«

Jay nahm die Disc aus dem Gerät, steckte seinen Finger durch das Loch, als wäre sie ein Ring, schälte sich an Sharon vorbei und betrat den Flur. »Dad, möchtest du deiner Frau noch erklären, was Abwärtskompatibilität bedeutet oder können wir jetzt los, um das peinliche Schauspiel schnell zu beenden?«

14

»Ihr habt richtig gehört.« Triumphierend blickte Trudi in die Runde. »Rudi und ich fahren nach Berlin. Zur Loveparade.«

Rudi nickte. »In einem Reisebus. Der Bertram kommt eben- falls mit. Und Stichmanns Eduscho!«

Trudi tippte sich an die Stirn. »In deinem Windbeutel-Hirn ist nichts wie ranzige Sahne! Die Frau vom Stichmann heißt Me- litta!«

Rudi winkte ab. »Kaffee ist Kaffee.«

Trudi wandte sich an Micha. »Ulla kommt auch. Der ihre Enkelin wirst du kennen, die hat den plattfüßigen Kerl geheira- tet, mit dem du in der Schule warst.«

»Puller-Ulla?« Rudis Nasenflügel bebten. »Wenn ich gewusst hätte, dass die dabei ist!«

»Ich hab es dir erzählt – tausendmal! Und nenne sie nicht so! Wenn du in ihr Alter kommst, werden wir ja sehen, ob deine Blase noch in Schuss ist!«

»In ihr Alter?«, sagte Micha. »Wie alt ist die Dame? Hundert- fünfzig?«

Trudi schniefte. »Die Loveparade muss ich gesehen haben, bevor ich die Mäse zukneife! Mehr als zwanzig, dreißig Jährchen habe ich doch nicht mehr! Abends wollen wir in diesen Club, der so heißt wie das Katzenfutter, das unser Maunzerle so gern gehabt hat.«

»Kitekat!«, rief Rudi.

»Richtig, der Kitekat-Club!« Trudi rieb sich die Hände, als würde sie Melkfett gegen rissige Haut einreiben. »Wir werden tanzen bis Mitternacht.«

»*Kit-Kat-Club* heißt der!«, sagte Niklas. »Und um Mitternacht hat der noch nicht einmal geöffnet, wette ich.«

Colette grinste. »Da kennt sich aber jemand aus.«

Micha starrte seinen Sohn an, als habe er ihn jahrzehntelang nicht gesehen und würde ihn kaum wiedererkennen. »Junge, ich verbiete dir, dort hineinzugehen: solange du lebst!«

Trudi schob die Unterlippe vor. »Wenn die erst spät öffnen, sollten wir woanders einkehren. Vielleicht in diesen Bergheinz!«

Niklas zog das Smartphone aus seiner Tasche, das gerade vibriert hatte, und ging auf den Flur.

Als wäre er eine Discokugel, wechselte Edwins Gesichtsfarbe im Sekundentakt. »Mutter! Dass ihr euch in Berlin herumtreibt, lasse ich nicht zu!«

»Du kannst ihnen nichts verbieten«, erwiderte Mona.

»Aber er kann sie bitten!« Dörte machte einen Augenaufschlag wie eine Erzieherin, die ein bockiges Kind dazu bringen wollte, seinen Rosenkohl zu futtern. »Trudi, Rudi, seid so lieb und kommt mit uns an die Ostsee – in eurem Alter sollte man nicht mehr allein verreisen. Schon gar nicht in eine Großstadt wie Berlin. Da herrscht die Sünde!«

»Wenn das so ist, sollten wir sofort losfahren!« Rudi schnappte sich Trudi und presste ihr einen Schmatzer auf die Wange. »Nicht dass wir etwas verpassen!«

Colette beugte sich zu Micha. »Höchste Zeit für Alkohol.«

15

»Du bist dir sicher, dass du das Richtige tust, Dad?«

Jonathan schloss die Autotür und sah Jay einen Wimpern-schlag zu lang an, um glaubwürdig zu klingen, als er ihm ant-wortete: »Voll und ganz. Ich toleriere nicht, dass sich mein Sohn mit gewaltverherrlichenden Medien …«

»Das meine ich nicht.« Jay musterte seinen Vater von oben bis unten und wieder zurück. »Ich halte es bloß für mega über-trieben, dass du wie ein Rumpelstilzchen in Niklas' Geburtstags-feier platzen musst.«

»Ich platze nicht, ich klingle.«

»Du bist nicht auf der Arbeit, weißt du!«

Jonathan – noch eben mit energischen Schritten die Straße entlangschreitend – blieb stehen. »Was soll das heißen?«

»Du brauchst Niklas' Dad nicht ständig zu demonstrieren, dass du jetzt das Sagen hast!«

Jonathan schnappte nach Luft. »Ich wusste nicht, dass du seit neuestem Diplompsychologe bist!«

»Ist doch wahr!« Jay zückte sein Smartphone. »Sowohl du als auch Micha haben sich für die Leitungsstelle beworben. Du hast gewonnen. Weil du besser bist. Aber deshalb musst du nicht gleich ein bossy Arschloch werden, das seine Mitarbeiter in der Freizeit tyrannisiert.«

»Das … das denkst du von mir?«

»Liege ich falsch?« In einer Geschwindigkeit, die Jonathan selbst nach einem Jahr Training nicht erreichen würde, rasten Jays Finger über die Tastatur auf dem Display. »Dem eigenen Sohn zu unterstellen, er würde nichts anderes tun, als sich das Hirn wegzukiffen und Splatterfilme zu bingewatchen, deutet je-denfalls gewaltig auf eine Entwicklung zum Arschloch hin!«

Jonathan hielt Jay an der Schulter fest. »So redest du nicht mit mir!«

»Doch, tu ich!« Jay riss sich los. »Was willst du machen? Mich ins Heim schicken? Nein, ich weiß: Wenn wir sowieso schon unterwegs sind, fahren wir am besten noch bei allen anderen von meinen Mitschülern vorbei, damit du vor deren Eltern auch Drama abziehen kannst! Mach dich ruhig zum Vollhorst – und mich gleich dazu!« Jay klickte auf *Senden*.

»Wem hast du geschrieben?«, fragte Jonathan.

»Niklas soll rauskommen.«

»Jayden, wir hatten beschlossen …«

»Mum und du könnt beschließen, den Urlaub abzublasen. Von mir aus könnt ihr mir auch diktieren, welche Filme ich mir reinziehe – dann sehe ich ab jetzt eben nur noch pädagogisch wertvolle Arthouse-Kacke! Aber ihr könnt nicht bestimmen, den Geburtstag meines besten Freundes zu ruinieren und ihn vor versammelter Family zu blamieren. Es reicht, wenn du ihm hier auf der Straße eine Predigt hältst – und selbst das solltest du dir dreimal überlegen. Ich weiß, es ist Lichtjahre her, aber du warst auch einmal jung.«

So schnell wie Jonathan den Mund öffnete, um zu protestieren, schloss er ihn wieder: Jays Blick war todernst. Wann war er erwachsen geworden? Hatte sein Sohn nicht neulich erst auf seinen Schultern gesessen und Segelflugzeug gespielt?

»Dad, du brauchst niemanden was zu beweisen.« Jay piekste Jonathan in den Bauch.

Jonathan machte einen Laut, der zwischen Lachen und Verzweiflung lag. »Wir müssen uns unser Leben lang beweisen.«

»Ja, ja, hör auf zu labern! Es bringt dir gar nichts, wenn du dich an dem Gedanken festklammerst, dass du den Job aus Quotengründen bekommen hast.« Jays Smartphone machte einen Zwitscherton, doch er ignorierte die Nachricht, die auf dem Display erschienen war. »Soviel ich weiß, habt ihr in der Führungsetage weder Frauen noch jemanden mit Behinderung.«

»Genau deshalb bin ich jetzt da.« Jonathan seufzte. »Einmal muss man schließlich anfangen.«

»Du steigerst dich ganz schön rein, Dad! Ich glaube nicht, dass die Mumien im Vorstand plötzlich einen auf Diversity machen und jemanden befördern, nur weil er plus Gemahlin und Kind Schwarz sind! Wenn's nach denen ginge, würden die Frauen in die Küche eingesperrt und an jeder Straßenecke stünde ein Atomkraftwerk.« Nun sah Jay auf sein Handy. »Niklas kommt.«

Statt zu antworten, brummte Jonathan in sich hinein.

Jay legte den Arm um Jonathans Schulter. »Chill mal!«

Jonathan lehnte die Stirn an Jays Arm. Seit wann hatte sein Sohn solch einen Bizeps? »Du wirst es auch noch merken, was in der Welt vor sich geht.«

»Als ob ich das nicht längst tun würde! Die Musik-Müller hat letztens zu mir gesagt: ›Ihr Schwarzen habt Rhythmus im Blut!‹«

»Ja, und Schwule sind so kreativ«, sagte Jonathan.

»Nicht zu vergessen, dass Dicke gemütlich sind!« Jay lachte. »Hey, dann ist Onkel Stan ein kreativer, gemütlicher Vollblutmusiker!«

»Wusstest du das noch nicht?« Jonathan löste sich aus der Umarmung. »Es ... es tut mir leid, dass der Ägypten-Urlaub ins Wasser gefallen ist. Ich hab es mir auch anders gewünscht. Aber vielleicht könnten wir ein paar Tage rausfahren, Mum, du und ich. Was sagst du?«

Jay sagte gar nichts, denn das Haustor öffnete sich. Niklas winkte.

»Wer ist der Mann neben ihm?«, fragte Jonathan.

Jay blinzelte. »Ich ahne was.«

16

»Wenn ein Erwachsener dabei ist, reißt Jays Dad sich hoffentlich zusammen«, sagte Niklas Augenblicke zuvor im Treppenhaus zu Robert, der ihm inzwischen ebenfalls das Du angeboten hatte. »Danke, dass du mitkommst.«

Robert war froh, die richtige Entscheidung getroffen und Niklas angesprochen zu haben, als er ihn auf dem Weg zur Toilette im Türrahmen seines Zimmer hatte stehen sehen – wütend auf sein Handy starrend, leise vor sich hin fluchend. »Kein Problem. Bloß warum brauchst du Geleitschutz? Geht es um etwas Heikles?«

Während Robert ihm hinterherschnaufte, wartete Niklas bereits am Ende der Treppe. »Nicht der Rede wert. Aber Jays Vater hält momentan nicht viel von mir. Bad Influence, weißt du? Sein Sohn sollte sich lieber mit einem Jungpolitiker umgeben ... oder mit einem aus der Schach-AG.«

»Verstehe«, sagte Robert, obwohl dies gelogen war.

»Was sagen wir den anderen, wo wir waren?«, fragte Niklas.

Robert hatte zu ihm aufgeholt. »Dass Jay mit seinem Vater in der Gegend war und dir kurz draußen gratulieren wollte, um uns nicht bei unserem gemütlichen Beisammensein zu stören.«

»Und weshalb hast du mich begleitet?«

»Offiziell brauchte ich frische Luft. Ich glaube, das versteht jeder, der gerade da oben sitzt. Nimm es mir nicht übel, aber von deiner Familie benötigt man zwischendurch eine Pause.«

Gespielte Empörung breitete sich in Niklas' Gesicht aus. »Wer hat dir den Rest gegeben? Mum? Tante Dörte? Trudi?«

Robert kratzte sich am Kopf. »Das wäre, als wenn ich mich in einen Ameisenhaufen setzen würde und dir beantworten müsste, welches Insekt mich beißt.«

17

»Auf jeden Fall wünschen Rudi und ich euch viel Spaß und gute Erholung, doch es bleibt dabei: Wir fahren nach Berlin!« Trudi lehnte sich zurück und legte ihr *Es-wird-nicht-weiter-diskutiert*-Gesicht auf.

Micha massierte seinen Bauch, der wieder zu rumoren begann. »Macht, was ihr wollt. Ihr seid alt genug.«

»Vielleicht beim nächsten Mal«, sagte Robert, der sich gerade wieder mit Niklas an den Tisch gesetzt und auf Edwins Nachfrage, wo er gewesen sei, lediglich ein »Später!« gezischt hatte.

»Was verschafft uns eigentlich die Ehre, dass Sie uns so großzügig einladen, lieber Robert?« Trudi faltete die Hände. »Man könnte meinen, Sie bewerben sich darum, in den Kreis unserer Familie aufgenommen zu werden.«

Robert sah zu Edwin.

Seufzend streckte Edwin sich. »Mutter, Vater … Robert und ich … wir … wir sind zusammen.«

»Wie jetzt?«, fragte Trudi.

»Sie sind zusammen!«, sagte Rudi.

»Was heißt denn das?«, fragte Trudi.

»Das weißt du sehr gut!« Rudi zeigte auf Edwin. »Dein Sohn hat das Ufer gewechselt!«

»Es ist auch dein Sohn!« Trudis Blick wechselte zwischen Robert und Edwin hin und her. »In eurem Alter?«

Robert lachte – weshalb, wusste er selbst nicht. »Das hat nichts damit zu tun, wie alt man ist.«

»Als ich noch ein Jungspund war«, sagte Rudi, »hatte ich ein Techtelmechtel mit Möhren-Manni, dem Stallburschen vom Krötzner-Hof. Weil der mehr nach Marlene Dietrich aussah wie jedes Mädchen. Aber geküsst haben wir nicht.«

»Das will niemand hören!« Während Dörte sich dezent be-kreuzigte, schnappte Dietmar sich Trudis unangerührte Serviet-te und presste sie sich vor den Mund.

Trudi boxte Rudi auf den Oberarm. »Daran bist du schuld!«

»An dem Techtelmechtel? Hör zu, Manni und ich haben zu tief ins Glas geschaut und dann sind uns die Pferde durchge-gangen.«

»Blödsinn!« Noch einmal boxte Trudi.

Rudi schrie auf. »Lass das! Ich bin kein Schnitzel!«

»Ich meine, dass dein Sohn plötzlich andersrum ist!«

»Er ist auch dein Sohn!«

»Lenk nicht ab!« Stresspusteln bildeten sich auf Trudis Ge-sicht. »Verweichlicht hast du ihn!«

»O Mann!« Niklas stöhnte.

»Genau!« Trudi nickte so heftig, dass ihre dauergewellten Löckchen trotz Wagenladungen von Haarspray wackelten. »Zum Mann hättest du ihn erziehen müssen!«

»Und wie macht man das?«, fragte Colette.

Dietmar begann, die Serviette mit einer Konzentration aus-einanderzupflücken, als müsste er eine Bombe entschärfen, die bei der kleinsten Unachtsamkeit in die Luft ginge.

»Das wüsste ich auch gern«, sagte Mona.

»Was sind denn männliche Attribute deiner Meinung nach?«, fragte Niklas.

Trudi sah ihren Urenkel streng an. »Rede Deutsch mit mir!«

»Mit Attributen meint der Junge Eigenschaften.« Edwin be-mühte sich, ruhig zu bleiben, doch seine Stimme zitterte. Er wusste, dass sich eine absurde Diskussion ergeben würde und dennoch konnte er nicht wahrhaben, was sich soeben an der Kaffeetafel zwischen der lieben Verwandtschaft abspielte. »Sag es, Mutter, wann ist man ein echter Mann?«

»Das wollte Grönemeyer auch wissen!« Colettes Kichern verebbte, als sich diverse todernste Augenpaare in sie bohrten.

»Ein echter Mann«, antwortete Trudi, »ist handwerklich begabt, während du nicht einmal einen Nagel in die Wand hauen kannst, ohne dir die halbe Hand abzutrennen, Eddibär. Ein echter Mann trinkt Bier und keinen Wein. Und er schläft nicht mit anderen Männern, sondern mit Frauen, jawohl!«

Dietmar, dessen Serviette inzwischen in Kleinteile zerfleddert war, gab ein zustimmendes Gebrabbel von sich.

»Was feiern wir heute?«, fragte Niklas Trudi.

»Deinen Geburtstag, wieso?«

»Bravo!« Niklas klatschte. »Und glaubst du, der Klapperstorch hat mich bei Mona und Micha vor der Tür abgelegt? Falls ich korrekt informiert bin, wird ein Kind durch Geschlechtsverkehr produziert.«

»NIKLAS!« Besorgt schielte Dörte zu Dietmar – hätte sie ihren Mann nur daheim gelassen, diese Gespräche waren einfach nichts für ihn! »Achte auf deine Wortwahl!«

»Was ist?« Unverständnis breitete sich in Niklas' Gesicht aus. »Hab ich doch. Ich hätte schließlich auch *bumsen* sagen können!«

Dörte zog die Schultern hoch, als befürchtete sie, gleich mit Eiswasser übergossen zu werden.

»Weil ich eben nicht vom Storch geliefert wurde, liebe Trudi«, redete Niklas weiter, »ist mit hoher Wahrscheinlichkeit davon auszugehen, dass dein Sohn Edwin deinen Enkel Micha ebenfalls nicht durch Simsalabim bekommen hat, sondern durch ...« Mit Rücksicht auf Dörte und Dietmar, die dreinblickten, als hätten sie sich eine Salmonellenvergiftung zugezogen, begann Niklas den nächsten Satz, ohne den vorherigen zu beenden. »Und nun ist dein Eddibär zur Abwechslung nicht mit einer Frau zusammen, sondern mit einem Mann. Aber deshalb ist er nicht weniger männlich als Rudi, Dietmar oder sonst jemand!«

»Wo die Liebe hinfällt«, sagte Mona. »Das musst du akzeptieren, Trudi!«

Trudi verpasste Rudi Boxhieb Nummer drei. »Verflixt, sag doch auch mal was!«

Rudi rieb sich den Arm. »Was willst du hören, meine Teure? Dass ich dir in allem recht gebe? Dass ich unseren Sohn zu einem Weichei erzogen habe?«

»Das wäre ein Anfang!« Trudi fing zu brüllen an.

Robert holte Luft, um etwas zu sagen, schwieg jedoch, als Edwin ihm die Hand auf das Knie legte – diesen Kampf musste Edwin allein führen.

Rudi schnaufte wie die alten Herren, die im Hallenbad wasserspuckend Brustschwimmen betrieben. »Wer hat mir denn verboten, den Kleinen beim Oktoberfest mit ins Boxzelt zu nehmen, damit er mal sieht, was echte Männer tun?«

»Edwin war drei!«, brüllte Trudi. »Zu der Zeit hat er sich unter dem Bett verkrochen, nachdem ich ihm *Hänsel und Gretel* vorgelesen habe! Weil er Angst bekam, dass die Hexe ihn in den Kochtopf steckt und mit grünen Bohnen und Zwiebeln zu einem leckeren Eintopf verarbeitet!«

Mit wackligen Beinen stand Robert auf. »Wir sollten uns beruhigen!«

Mona begutachtete ihre Fingernägel. »Ich bin die Ruhe selbst.«

»Ich auch«, sagte Colette und fügte mit Blick auf Dietmar, dessen Papierserviettenschneeberg noch mehr gewachsen war, hinzu: »Dein Mann macht allerdings keinen entspannten Eindruck, Dörte. Hast du ihm verdorbenen Fisch zum Mittag serviert?«

Dörte sagte nichts. Sie beschloss, sich nicht provozieren zu lassen – schließlich wusste jeder, dass es Fisch nur freitags gab.

Robert strich Edwin über die Schulter – Einzelkämpferambitionen hin oder her, er *musste* sich einmischen. »Heute geht es weder um mich noch um Edwin, sondern um Niklas.« Mit festem Blick sah er Trudi an. »Dass Ihr Sohn und ich zusammen sind, wissen Sie nun. Wir werden darüber nicht diskutieren, auch nicht über verschiedene Ansichten von Männlichkeit.«

Niklas grinste schief. »Ehrlich, Trudilein, wenn du ins *Berghain* willst, musst du dreihundert Prozent lockerer werden. Sonst fällst du nämlich vor Schock tot um – vorausgesetzt, man lässt dich überhaupt rein.«

»Ich wusste es«, sagte Rudi. »Berlin, du heißes Pflaster! Würde mich nicht wundern, wenn die Jungs dort Ohrringe tragen.«

Robert setzte sich wieder. »Eine gewagte Hypothese.«

Trudi wedelte mit den Händen. »Ich werde mich schon daran gewöhnen, einen andersrumen Sohn zu haben! Bei den Frauen ist mein Edwin immer wieder auf die Nase gefallen, vielleicht hat er bei Ihnen mehr Glück.« Sie rang sich ein Lächeln ab und nickte Robert zu. »Gern würde ich Ihnen versöhnlich zuprosten, aber mir ist noch kein Alkohol angeboten worden.«

»Bin schon unterwegs!« Niklas sprang auf.

»Sekt bitte!«, rief ihm Trudi hinterher.

»Für mich Bier!«, raunzte Dietmar in seinen Schneeberg. »Und Schnaps!«

Trudis Augen wurde glasig. »Passen Sie gut auf Edwin auf, Robert! Er neigt dazu, dicklich zu werden. Verwöhnen Sie ihn nicht zu sehr mit Süßspeisen. Oder sind Sie nicht für den Haushalt zuständig in der Beziehung?«

Synchron rollten Mona und Colette die Augen: Mona jedoch im Uhrzeigersinn, Colette in die entgegengesetzte Richtung.

Robert beschloss, das Thema zu wechseln. »Micha, ich war so frei, Niklas' Schulfreund Jay und seine Eltern ebenfalls an die See einzuladen. Wir haben uns gerade draußen kennengelernt.«

Niklas stellte eine Bierflasche plus Glas vor Dietmar ab. »Jay war in der Gegend … mit seinem Vater … und hat mir kurz gratuliert.« Er lief rot an. »Und Robert … der … also der …«

»Ich war an der frischen Luft«, sagte Robert. »Meinen Kreislauf ankurbeln. Ich hoffe, es war in Ordnung, meine Einladung zu erweitern?« Fragend sah er in die Runde.

Michas Gesicht ballte sich zur Faust. »Der, dem die Villa gehört, kann beherbergen, wen er mag.«

»Jay …« Rudi kniff die Augen zusammen. »Wer war das noch gleich, Niklas? Der Kleine, den du Trudi und mir letztens vorgestellt hattest, als wir uns zufällig in der Innenstadt begegnet sind?«

»Nee«, erwiderte Niklas, »das war kein Kleiner, sondern eine Kleine: Rümeysa heißt sie. Jay ist der Große gewesen.«

Trudi horchte auf. »Ach, der …«

»Still!« Mona hielt Trudi die Hand vor den Mund. »Wenn du dir anmaßen solltest, das N-Wort zu sagen, werfe ich dich höchstpersönlich aus dem Fenster!«

Trudi griff Monas Hand und drückte sie nach unten. »Das haben wir früher immer so gesagt.«

Dietmar goss sich Bier ein und murmelte verschwörerisch in den Schaum.

»Früher hatten wir einen Kaiser«, sagte Edwin.

»Und früher ist vorbei«, sagte Mona, »heute benutzt man das Wort nicht mehr, basta!«

Dietmar trank einen Schluck und stieß leise auf.

»Alles ändert sich!« Trudi verfiel in ihr *Ich-steige-nicht-mehr-durch*-Kopfwackeln. »Als ich letztens zu der Tochter von der

Bobkowski Fräulein gesagt habe, hat sie mich angeschaut, als wie wenn sie mich jeden Moment skalpieren wollte.«

»Die Bezeichnung Fräulein ist sexistisch«, sagte Niklas.

»Rede Deutsch mit mir!« Trudi fauchte eher, als zu sprechen.

»Frauenfeindlich!« Niklas nickte Rudi zu. »Wenn der da nicht mit dir verheiratet wäre, würde ich ihn auch nicht Herrlein nennen.«

Rudis Schmerbauch bebte. »Was ist mit mir?«

»Frauenfeindlich, hat man so was schon gehört!« Trudi schaltete einen Kopfwackelgang hoch. »Weißt du, was wirklich frauenfeindlich ist? Mich auf dem Trockenen sitzen zu lassen! Ich hatte Sekt bestellt!«

Niklas war kurz davor, in die Küche zurückzuflitzen, doch dann hielt er inne: »Egal, welche Hautfarbe Jay hat: Er ist mein BFF!«

»Bi-Eff-Eff?« Durch Trudis gepuderte Stirn brach sich ihre Denkader. »Ich kenne nur Öff-Öff, das ist die Sau von Bauer Hollschubiak. Aber ein bisexuelles Schwein ist absurd, das wäre ja …«

»Niklas! Sekt! Flott!«, stieß Mona hervor.

Niklas eilte hinaus und nuschelte vor sich hin: »Wenn sie trinkt, redet Trudi weniger Blech.«

»Und Schnaps!«, rief Dietmar zwischen zwei Bierschlucken. »Schnaps brauchen wir!«

»Wir?« Monas Frage klang mehr nach einem empörten Ausruf. »Sprich für dich allein, ehemaliger Zwangsschwager! *Ich* habe das widerliche Gesöff ebenso wenig nötig wie der Rest von uns.«

Da wäre ich mir nicht so sicher, dachte Micha.

Robert stand auf. »Ich glaube, der Junge kann ein wenig Hilfe gebrauchen«, sagte er, während er den Raum verließ.

18

»Das geht niemals gut.« Niklas klammerte sich an der Spüle fest und starrte in den Abfluss, als wäre ihm etwas hineingefallen. »Wenn Jays Vater einige Tage mit Micha verbringt, wird er ihm irgendwann stecken, dass ich Jay den Film ausgeliehen habe.«

»Weiß Micha, dass du dir so was ansiehst?«, fragte Robert.

»Keine Ahnung. Von der DVD wird er jedenfalls nicht begeistert sein.«

»Er wird es nicht erfahren.«

Niklas schaute auf. Schweißperlen hatten sich auf seiner Stirn gebildet. Die Standpauke seines Vater würde er verkraften, aber davor, dass Micha ihm zur Strafe Laptop-Verbot aufbrummt, hatte er Respekt: So gern er seine Nase in Bücher steckte, ohne Computer konnte man die Sommerferien nicht überleben, davon war Niklas fest überzeugt!

»Jays Papa hat mir versichert, nicht zu petzen«, sagte Robert.

Niklas sah ihn an, als wäre Robert ein Superheld, der die Erde von einer Invasion Zombiekakerlaken gesäubert hatte. »Du hast Jonathan wirklich toll eingelullt.«

»Ich bin Geschäftsmann. Ich weiß, wie ich bekomme, was ich will.« Robert fluchte in sich hinein – wie großkotzig das klang! Deshalb fügte er hinzu: »Außerdem machte dieser Jonathan auf mich nicht den Eindruck, fuchsteufelswild zu sein.«

»Stimmt, ich hab ihn schon krasser erlebt!« Niklas war sich sicher, dass Jay seinen Vater bereits im Vorfeld weichgeklopft hatte, sonst hätte Jonathan mindestens einen Aufstand gemacht wie letzten Sommer, als die sauteure Kristallvase durch Niklas' Zügellosigkeit vom Regal gefallen war – da spielte man einmal Basketball in einer fremden Wohnung und dann das! »Die Richardsons direkt einzuladen wäre nicht nötig gewesen, Robert.«

»Ach!« Robert schaute zur Wohnzimmertür: Es wurde Zeit, dass sie zurückkehrten, bevor jemand peinliche Fragen stellte, warum sie so lang weg waren. »Jonathan muss sowieso noch das Okay von seiner Frau bekommen. Wie heißt sie gleich?«

»Sharon«, antwortete Niklas.

»Falls sie die Einladung annehmen, freue ich mich wirklich, wenn sie dabei sind. Jay scheint dir viel zu bedeuten.«

Niklas massierte seine Schulter. »Wie meinst du das?«

»Wie ich es sage. Es ist wichtig, einen guten Freund zu haben. Besonders wenn man sechzehn ist.« *Den letzten Satz hätte ich mir schenken können,* dachte Robert verärgert. *Ich höre mich an wie ein schleimiger Sozialarbeiter. So einer mit fettiger Vokuhila-Frisur und Jesuslatschen!*

»Hat Edwin dir von der Sache mit dem Gras erzählt?«, fragte Niklas.

Robert schmunzelte. »Ihr seid nicht die ersten Jugendlichen, die kiffen. Und auch nicht die ersten, die sich erwischen lassen. Unter uns gesagt: Mir ist jemand, der Marihuana raucht lieber als jemand, der sich volllaufen lässt.« Trotz Sozialarbeitergebaren-Gefahr hatte Robert das einfach sagen müssen. Nicht, um bei Niklas zu punkten. Sondern weil er noch nie einen aggressiven Kiffer kennengelernt hatte, wohl aber Besoffene, die ihn attackieren wollten, nur weil er Hand in Hand mit einem Mann durch die Straßen gezogen war.

»Müsst ihr erst Trauben pressen oder warum dauert das eine Ewigkeit mit dem Sekt?«, rief Trudi in die Küche.

Niklas drückte die Fingernägel in seinen Oberarm, dass es wehtat. »Alle tun so, als wäre es völlig in Ordnung, zu saufen … als gehörte es dazu.«

»So ist das bei uns Deutschen«, sagte Robert. »Ein Prosit der Gemütlichkeit.« Er ging ins Wohnzimmer zurück.

Komisch, dieser Robert, dachte Niklas. *Ist er wirklich nett oder schleimt er sich bloß ein?* Als er seinen Arm losließ, genoss Niklas es, wie der Schmerz verebbte. *Kann mir schnurz sein! Solange Micha das mit dem Torture-Porn nicht herausbekommt, heiligt der Zweck die Mittel. Schließlich befreit mich viel zu selten jemand aus einer brenzligen Lage! Und definitiv war es noch nie eine Person, die Opa angeschleppt hat!*

19

»Und dem Jayden seine Eltern kommen also mit?«, fragte Trudi.

Robert zuckte mit den Achseln. »Wenn die Dame des Hauses einverstanden ist.«

»Jays Vater ist Michas Arbeitskollege«, sagte Colette.

»Vorgesetzter.« Michas Lippen waren nichts weiter als ein Strich dünn wie Nähgarn. »Jonathan leitet die Abteilung.«

»Wie du das tust, kann ich dem seinen Namen nicht aussprechen.« Ungeduldig schielte Trudi in Richtung Küche. »Wenn ich dieses amerikanische Thie-äääätsch versuche, spucke ich entweder über den Tisch oder mir fällt das Gebiss in den Kuchen. Wenn nicht sogar beides gleichzeitig.« Sie wandte sich wieder Micha zu. »Und dieser Jo... ihr wisst schon – der ist auch ein ... also, der ist auch ... dunkelhäutig, ja?«

Micha presste die Hand auf den Bauch, der prompt wieder anfing, vor sich hin zu grummeln, nachdem er erst vor wenigen Minuten damit aufgehört hatte. »Sofern ich keinen Knick in der Optik habe, ist er das.«

»Und seine Frau?«, fragte Rudi.

»Die auch.« Niklas – flaschenbeladen – war zurückgekehrt. »Warum wollt ihr das wissen?« Er reichte Dietmar den Schnaps.

Trudi führte ihre Zunge zum linken Mundwinkel, als Niklas sich setzte und die Sektflasche zwischen die Knie klemmte, um den Verschluss zu öffnen. »Ist es heutzutage auch verboten, Interesse an seinen Mitmenschen zu zeigen, hä? Am besten, man sagt gar nichts mehr! Schweigen werde ich, bis ich im Sarg liege, das schwöre ich euch!«

Micha holte die passenden Gläser aus der Anrichte. »Sei nicht eingeschnappt, Trudi, das steht dir nicht.«

»Wo kommt dieser Jonathan her?«, fragte Rudi.

»Dschon-ä-thän«, sagte Niklas mit perfekt gelispeltem TH-Laut. *Plopp!* Er hatte die Flasche geöffnet. »Das spricht man nicht Deutsch aus. Er kommt aus München.«

Inzwischen bearbeitete Trudi ihren rechten Mundwinkel. »Nein, wo kommt er *richtig* her?«

»Ach so!« Niklas goss Sekt in das erste Glas, das Micha gerade vor ihm abgestellt hatte. »Aufgewachsen ist er in Augsburg, soweit ich weiß.«

Trudi schnappte sich das Glas, noch bevor Niklas fertig war, einzugießen. Eine Sektlache breitete sich auf der Tischdecke aus und lief in Dietmars Papierserviettenschneeberg. »Ihr denkt auch, wir wären nicht mehr ganz schrittfrisch im Hirn! Wenn einer so eine Hautfarbe hat, kommt er nicht aus Bayern. Sondern aus Afrika, aus Kenia – oder vom Mississippi.«

Niklas wischte über den Sektfleck. »Cringe!«

»Cringe?« Überfragt schaute Trudi Rudi an. »Wo ist das denn? Am Nil? Oder am Kongo vielleicht?«

»Prost, Liebchen!« Mona, die mittlerweile ebenfalls mit Sekt versorgt war, streckte Trudi ihr Glas entgegen. »Trink mal einen großen Schluck, bevor du noch weiter wirr in den Wald redest und ich mir Gedanken darüber machen muss, welche Partei du wählst.«

»Wieso?«, fragte Trudi. »Seit ich denken kann, wähle ich Adenauer.«

Zittrig drehte Dietmar den Verschluss des Kräuterschnapses auf und goss seine Kaffeetasse halb voll.

»Ach, ein Schnapsglas fehlt noch, Moment«, sagte Niklas, doch Dietmar machte eine abwehrende Handbewegung und trank die Tasse in einem Zug leer. »Zuerst Schwule und jetzt Schwarze.«

Dörte streichelte Dietmars Rücken. »Trink nicht zu viel, denk an deine Werte.«

»Meine Werte?« Dietmar knallte die Tasse auf den Tisch. Es grenzte an ein Wunder, dass sie nicht zerbrach. »Über die macht sich in dieser Familie sowieso nur jeder lustig. Als ob es so abwegig wäre, wenn man überzeugt davon ist, dass nur Mann und Frau zusammengehören!«

»Shhh!«, machte Dörte. »Ich meine nicht deine moralischen, sondern deine Blutwerte, mein Hasi! Und was Edwin und Robert betrifft: Sei barmherzig, sie sind nur verirrte Schafe!«

Robert war unschlüssig, ob er sich ärgern, lachen oder sich wundern sollte.

Mona, die gerade trinken wollte, setzte das Sektglas ab. »Das einzige Schaf hier im Raum bist du, Schwesterherz!«

»Und der da nicht?« Colette blies in Dietmars nassen Konfettihaufen, als wollte sie ihn trockenpusten.

»Der ist kein Schaf«, antwortete Edwin. »Dietmar ist ein Hornochse.«

»Und was für einer«, sagte Niklas so leise, dass niemand ihn verstehen konnte. »Will noch jemand Sekt?«

Dörte rümpfte die Nase. »Alkohol ist …«

»Eine Sünde«, unterbrach Mona sie. »Wir wissen es!« Sie starrte Dietmar an, der sich bereits zum zweiten Mal Schnaps nachschenkte und immer beömmelter aussah. »Deinen Göttergatten scheint das allerdings nicht zu stören.«

Dörte riss Niklas das Glas aus den Händen. »Alkohol ist eine prima Idee, wollte ich sagen.« Sie nahm einen so gewaltigen Schluck, dass sie zu husten anfing und prustend ins Bad lief.

Niklas präsentierte Robert sein Perlweiß-Grinsen und überreichte ihm einen Sekt. »Willkommen in der Familie. Bist du sicher, dass du mit uns verreisen willst?«

Schweigend – das Glas halb zu den Lippen geführt – sah Robert Niklas an.

Edwin stieß mit seinem Glas an das von Robert. Es klirrte. »Natürlich ist er sicher. Prost, mein Schatz!«

Robert gab alles, um überzeugt zu klingen: »Das werden bestimmt wunderbare gemeinsame Ferien«, sagte er und schmiss sich gedanklich vor dem Herrgott auf die Knie – aus Dankbarkeit, den Satz stotterfrei herausgebracht zu haben.

Teil 2

Gute Erholung!

20

»Auf der rechten Spur bleiben und die nächste Ausfahrt nehmen.«

Erleichtert seufzte Micha. Er hasste es, Auto zu fahren. Besonders Touren auf der Autobahn waren ihm ein Graus. Umso froher war er, dass ihn das Navigationsgerät nun wieder auf die Landstraße lotste.

Colette klappte die Sonnenblende herunter. »Willst du die nächsten Tage mit diesem Gesicht verbringen, Butzibiber?«

»Nenn mich nicht Butzibiber! Was passt dir an meinem Gesicht nicht?«

»Es sieht nach Protest aus!«, mischte Niklas sich von der hinteren Sitzreihe aus ein.

Mona lehnte ihre Stirn an die Fensterscheibe. »Schluck deinen falschen Stolz runter und komm klar damit, dass die Richardsons dabei sind.«

Micha krallte seine Fingernägel in den Kunststoffbezug des Lenkrads. »Falscher Stolz! So ein Schwachsinn!«

»Behandelt Jonathan dich schlecht auf der Arbeit?«, fragte Mona.

»Nee.«

»Gibt er dir zu viele Aufgaben?«, fragte Niklas.

»Nee.«

»Ist er nervig?«, fragte Colette. »Schwatzhaft? Sonst wie anstrengend?«

»Neeeeee!«

»Dann ist doch alles in Ordnung.« Niklas rollte seine Psychologie-Zeitschrift zu einem Fernrohr und begutachtete dadurch Michas Hinterkopf. »Ich frage mich, warum du ihn nicht leiden kannst.«

Als Micha beim Abbiegen den zweiten Gang einlegen wollte, verschaltete er sich und sorgte dafür, dass der Wagen einen empörten Laut von sich gab. »Ist gut, ihr habt recht und ich meine Ruhe.«

»Sei nicht bockig!« Colette klappte die Blende wieder hoch und setzte dafür ihre (pinke) Sonnenbrille auf die Nase, die bis eben am Ausschnitt ihres (pinken) Tops geklemmt hatte. »Man kann nicht immer gewinnen. Bei der nächsten internen Bewerbungsrunde hast du mehr Glück, ganz bestimmt.«

»Es geht um Können, nicht um Glück!«, sagte Micha.

»Aber du kannst doch was!« Dörte, die bis eben gedöst hatte, gähnte.

»Schon.« Tapfer bemühte Micha sich, nicht hibbelig zu werden – Kamikazefahrern wie dem Exemplar hinter ihm, das beinah seine Stoßstange küsste, sollte man keine Aufmerksamkeit schenken. »Leider hab ich eine Menge autodidaktisch gelernt, statt offizielle Seminare zu besuchen – mir selbst kann ich allerdings kein Zeugnis ausstellen.«

»Also hat Jonathan die besseren Referenzen.« Niklas rollte seine Zeitschrift wieder auseinander. »Leb damit! Und sei froh, dass er für dich ein gutes Wort eingelegt hat, damit du für unseren Ausflug freimachen darfst.«

Micha bohrte seinen Blick auf den Asphalt der Straße. »Das wäre auch noch schöner. Mein Vorgesetzter fährt mit *meiner* Familie in den Urlaub und lässt mich im Büro zurück.«

Mona knetete ihren Nacken. »Um deinem Gedächtnis auf die Sprünge zu helfen: Robert hat die Richardsons in seinem Wellnesshotel gegenüber von unserer Villa einquartiert. Sie werden also nicht permanent um dich herum sein.«

»So ist es«, sagte Colette. »Und ab und an gemeinsam zu Abend essen, wirst du überleben!«

»Ein Wellnesshotel.« Dörte formte die Lippen zu einem O. »Gehören dem Robert alle Hotels am Strand?«

»Könnte man annehmen.« Niklas beschloss, sich den Artikel über dysfunktionale Familien für später aufzuheben und verstaute die Zeitschrift im Rucksack zwischen seinen Füßen. »Opa hat einen guten Fang gemacht mit seinem Mann.«

Dörtes Augenlid zuckte. »Egal, wie oft ich es höre, richtig klingt das nicht.«

Mona beugte sich über den mittig sitzenden Niklas und zog ihre Schwester am Hochwasser-Ärmel – das Oberteil war einfach zu günstig gewesen, um nur deshalb von Dörte in *Biene's Billig-Boutique* zurückgelassen zu werden, weil sie eigentlich eine Nummer größer trug. »Pass mal auf, Mater Dolorosa! Pass mal gut auf!« Mona scherte sich nicht um das nasse Resultat ihrer Plosivlaute. »Ich weiß ja, dass du seit deinem Eintritt in diese Freikirche längst nicht mehr alle Gurken im Glas hast, aber wenn du auch nur einen einzigen Bekehrungsversuch startest, setze ich dich postwendend in den nächsten Zug und sende dich zurück zu deinem gottesfürchtigen Dietmar, hast du mich verstanden?«

Dörte wischte sich Monas feuchte Aussprache von der Wange. »Ich kann nun mal nicht raus aus meiner Haut.«

»Ich weiß.« Mona seufzte. »Gut, dass du kein Kind hast. Man stelle sich vor, es wäre homo. Da ginge aber die Post ab in deiner Gemeinde, wahrscheinlich würdet ihr einen Trauermarsch veranstalten – und Dietmar käme vor lauter Scham nicht mehr aus eurem Partykeller, bis der letzte Tropfen Schnaps vernichtet worden ist.« Sie legte den Kopf schief. »Was nicht das Schlechteste wäre. AUTSCH!«

»Ist gut, Mona!« Niklas hatte seiner Mutter den Ellbogen in die Seite gerammt, da Dörte schon schluchzte wie ein Teenager, der seinen Schwarm beim Knutschen mit einer anderen beobachten musste.

»Du bist gemein.« Dörte zog die Nase hoch. »Du weißt genau, wie gern ich ein eigenes Kind gehabt hätte. Selbst dann, wenn es … wenn es …«

»Herrje, sprich es aus, du wirst dir schon nicht den Mund verbrennen!«, sagte Mona. »Schwul! Sogar wenn dein Kind schwul wäre.«

»Oder lesbisch«, sagte Niklas.

»Bisexuell wäre auch eine Option.« Colette setzte die Brille ab und rubbelte mit dem Stoff ihres Tops über die Gläser. »Oder pansexuell. Wobei ich nicht weiß, was das ist. Aber aufregend klingt es auf jeden Fall.« Sie drehte sich zu Dörte. »Den Heiligen in deiner Kirche entgeht eine Menge Spaß, bestelle ihnen das!«

Dörte schluchzte wieder – lauter als zuvor. »Vielleicht … vielleicht werde ich ja noch schwanger.«

»In deinem Alter, Tante Dörte?« Niklas biss sich auf die Zunge. »Sorry.«

»Er meint es nicht so.« Mona trat Niklas auf den Fuß, dass dieser aufstöhnte. »Für die Generation Tiktok sind alle über zwanzig schon im Altersheim, wo sie Pfefferminztee aus einer Schnabeltasse schlabbern, Seniorengymnastik machen und spätestens um siebzehn Uhr im höhenverstellbaren Pflegebett liegen.«

»Ich sorge mal für andere Stimmung!« Micha schaltete das Radio ein und das Navi aus. Soeben war er an einem Schild entlanggefahren, das ihm sein Reiseziel anzeigte.

Der Hit *Road to Nowhere* tönte aus den Lautsprechern.

Hey, wenn das nicht der Soundtrack zu meinem Leben ist, dachte Micha.

21

»Die Matratzen sind zu weich, aber ansonsten ist alles prächtig!«
Das Smartphone-Bild wackelte, als Trudi sich setzte. »Außerdem gehe ich nicht davon aus, dass Rudi und ich viel zum Schlafen kommen werden, dafür ist es hier in Berlin zu aufregend!«

»Was ist mit mir?«, hörte man Rudi rufen.

Trudi ließ das Smartphone sinken, dass man nur noch dunkle Streifen erkennen konnte. »Gar nichts! Schöne Grüße von Edwin und den anderen! Sie sind gut angekommen!«

»Trudi? Hallo, Trudi?« Niklas nahm Edwin das Telefon ab.

Noch einmal wackelte das Bild, dann war Trudi wieder zu sehen: Von oben starrte sie in die Kamera, dass ihre Nasenlöcher aussahen wie Eingänge in ein gigantisches Höhlenlabyrinth. »Hallo, mein Schöner!«

»Bist du enttäuscht, dass sich Techno anders anhört als Bata Illic?«, fragte Niklas grinsend.

Trudi schnaufte: Die Höhleneingänge zogen sich zusammen und weiteten sich wieder. »Wenn du deine Uroma aufziehen willst, musst du früher aufstehen! Mir war klar, dass Techno anders klingt als wie das, was Rudi und ich sonst so hören. Ihr Jugendlichen mögt es flott!«

Jay, der neben Niklas saß, verkniff sich ein Lachen.

»Nur etwas laut war es«, sprach Trudi weiter. »Aber wofür hat mein Hörgerät einen Knopf zum Ausschalten?«

Nachdem Jay ihm etwas ins Ohr geflüstert hatte, fragte Niklas: »Heute Abend bleibt ihr wohl im Hotel, oder? Die ganze Zeit am Straßenrand zu stehen, um die Parade anzugucken, war sicherlich anstrengend.«

»Unsinn«, erwiderte Trudi. »Wir haben gesessen. Auf einem Wagen.«

Ungläubig sah Jonathan seinen Sohn an. Wenn er sich nicht mit den anderen auf der Terrasse der Pizzeria befände und dieses Telefonat live mitbekommen würde, hätte er nicht geglaubt, was die Oma seines Mitarbeiters Micha gerade erzählte.

Trudi kicherte. »Ein paar Herren haben uns mitfahren lassen. Die waren wirklich nett, nur etwas sonderbar gekleidet.«

»Fast nackt waren die!«, rief Rudi.

»Ruhe!«, sagte Trudi. »Auf dem Wagen war es praktisch. So ein Junge mit grünen Haaren und ganz vielen von diesen Pörzinks im Gesicht hat uns Hocker organisiert. Rudi und ich kamen uns vor wie Charles und Camilla, die am Hofstaat entlangchauffiert werden.«

Rudi hustete – so hustete er nur, wenn er sich verschluckt hatte: Wahrscheinlich war er wieder dabei, sich die Wampe vollzuschlagen ... mit echter Berliner Currywurst? Oder bloß mit einer trockenen Schrippe als kleinen Hungertöter bis zur nächsten Hauptmahlzeit? »Sag, dass nur wir zwei mitgefahren sind!«

»Nur wir zwei sind mitgefahren«, wiederholte Trudi. »Für Ulla und die anderen war kein Platz. Die haben es sich zwar in einem Café gemütlich gemacht und das Treiben von dort aus beobachtet, aber eins ist klar: Rudi und ich hatten die Premiumsitze und den perfekten Überblick! Vom Wagen aus konnten wir alles sehen!«

»Was für ein Bild!«, rief Rudi. »Als wäre ein Schwarm bunter Zitteraale über Berlin eingefallen, der zu Uffta-Uffta-Musik am Durchdrehen ist.«

»RUHE!« Trudi räusperte sich. »Jedenfalls sind wir noch topfit, um nachher auf die Piste zu gehen.« Wieder kicherte sie – dermaßen grenzdebil, dass Niklas sich fragte, ob jemand seiner Urgroßmutter Extasy-Pillen unter ihre Knoblauchdrageés gemischt hatte.

»Wenn ihr ins *Berghain* wollt, solltet ihr euch schwarz anziehen.« Beinah wollte Niklas hinzufügen, dunkle Klamotten seien der dortige Dress-Code, doch dann hätte er sich von Trudi wieder anhören können, dass er Deutsch mit ihr reden sollte. Also meinte er bloß: »Das ist angeblich die Kleiderordnung dort, habe ich gelesen.«

»Ach, Junge, heute geht es weder auf den Berg noch auf den Heinz!« Trudis Stimme hatte den Singsang angekommen, der normalerweise immer dann einsetzte, wenn sie das dritte Glas Sekt gepichelt hatte. »Die netten Herren haben uns ein besonderes Tanzlokal empfohlen. Sie meinten, ich wäre eine formidable Crack-Queen … was immer das auch heißt.«

Niklas schluckte. »Ich glaube, du meinst eine Drag-Queen, Trudi!«

Edwin reichte es, immerhin war das ein Video-Call (woher wusste Trudi, wie so etwas funktionierte?): Nicht nur seine Familie bekam live und in Farbe mit, was seine durchgedrehten Eltern berichteten, sondern auch die Richardsons, die Roberts Einladung nach Jays »dezentem« Erinnerungsservice an die abgeblasene Ägypten-Reise – seinem erhofften Jahreshighlight nach einem ätzenden Schuljahr – tatsächlich gefolgt waren. Einerseits, um den schief hängenden Haussegen wieder ins Lot zu bringen, andererseits war Jonathan der Ansicht, einen Robert Mallmann näher kennenzulernen, konnte für seine Businesskontakte die Kirsche auf dem Sahnehäubchen sein, nach der er schon ewig gegiert hatte. »Schluss jetzt!« Edwin entriss Niklas das Smartphone, ohne dass dieser sich von Trudi und Rudi verabschieden konnte. Dann sprang er auf und entfernte sich vom Tisch, um den sie sich vor wenigen Minuten versammelt hatten, weil sie den ersten Urlaubstag bei Pizza und Pasta ausklingen lassen wollten.

Verlegen nickte Micha Jonathan und Sharon zu: »Meine Großeltern sind … speziell!«

Jonathan grinste. »Zweifelsohne.«

Michas Mund war trocken. »Wo bleibt nur die Bedienung?«

»Chill mal, Micha!« Niklas zog an seinem Mittelfinger, bis er knackte. »Das hier ist kein Zehn-Sterne-Restaurant, wo man Schleimschnecken serviert und dir aus dem Mantel hilft.«

Allein bei dem Gedanken an warme Kleidung wurde Micha schwarz vor Augen. Er mochte den Sommer, aber so heiß wie gerade brauchte es wirklich nicht zu sein!

»Du und deine Ungeduld.« Mona machte ein tadelndes Geräusch und blickte Sharon peinlich berührt an, als wäre sie noch immer mit Micha verheiratet und müsste für sein Benehmen um Verzeihung bitten. »Wir sind doch eben erst gekommen.«

»Eben?«, erwiderte Micha. »Das ist mindestens fünf Minuten her und niemand lässt sich blicken.«

Colette nestelte am Träger ihres (pinken) Sommerkleids und richtete ihr Wort an Robert, mit dem alle inzwischen per Du waren. »Was sagst du dazu? Als Experte?«

Als Robert sich vorbeugte, blitzten seine Augen auf, dass Sharon dachte: *Das ist wirklich ein Mann wie aus dem Modekatalog.* »Was soll ich sagen?«, fragte er. »Wenn das Restaurant zu meinem Unternehmen gehörte, wäre es ein No-Go, neue Gäste nicht willkommen zu heißen.« *Hör auf zu protzen, du Lackaffe,* tadelte er sich selbst, bevor er weitersprach. »Aber weil dem nicht so ist, stört es mich nicht. Ich habe ein paar anstrengende Konferenzen hinter mir, jetzt erhole ich mich — das geht schwer, wenn man sich ärgert.«

»Da hörst du es!« Gouvernantengleich sah Mona Micha an; danach sagte sie zu Jonathan: »Ich hoffe, auf der Arbeit hat er sich besser im Griff.«

»Kein Kommentar.« Jonathan fuhr sich über das markante Kinn. »Ich habe Jay schwören müssen, in seiner Gegenwart kein Sterbenswörtchen über den Beruf zu verlieren, während wir hier sind.«

Jay grinste, dass seine Brackets an den Zähnen funkelten. »Und wenn Dad seinen Schwur bricht, muss er barfuß durch die Ebbe – egal, wie viele von diesen ekligen Wattwürmer dort herumglibbern.«

»Wattwandern in der Ostsee.« Dörte vergrub das Gesicht in den Innenflächen ihrer Hände, um ein Grinsen zu verstecken.

»Was kann ich dazu, wenn die Kids von heute nichts mehr lernen?«, entgegnete Jonathan.

Kurz war es still – dann lachten alle gleichzeitig los, mit Ausnahme von Jay, der nicht verstand, was so witzig sein sollte, und von Micha, der gar nicht hingehört hatte, sondern immer noch auf der Lauer nach einem Kellner lag.

»Unaufmerksam ist so was!« Mit der Serviette fächelte Micha sich Luft zu. Seit er und die anderen vor zwei Stunden aufgebrochen waren, um die Strandpromenade entlangzuspazieren, hatte Micha nichts getrunken. Und dabei war es so heiß, dass er befürchtete, nicht mit seinen eingepackten Shirts auszureichen, weil er nonstop schwitzte. Ganz zu schweigen von den Hosen: »Arschwasser-Micha« hatten seine Mitschüler immer gesagt, wenn er selbst hinten am Schwitzen gewesen war. Bis eben hatte Micha sogar seinen Strohhut getragen, damit seine Nahezu-Glatze keinen Sonnenbrand abbekam – obwohl er damit aussah wie ein betagter Selbstversorger aus einer Wohnwagen-Kommune. Lag der Grund für die unerträgliche Hitze am Klimawandel oder wurde er im Alter immer mimosenhafter? Micha streckte den Hals – wenn er nicht bald etwas zu trinken bekam, würde er zum Tier. »Hast du wen vom Personal gesehen?«, fragte er Edwin, als dieser sich wieder setzte und Grüße von Trudi und Rudi ausrichtete.

»Mir ist niemand aufgefallen«, antwortetet Edwin. Er blickte drein, als befürchtete er, dass seine Eltern nicht lebend aus Berlin zurückkehrten – obwohl er wissen müsste, dass Trudi und Rudi, aka die Unverwüstlichen, auch ein Bad in Salzsäure überstehen würden, ohne mit der Wimper zu zucken.

Micha unterdrückte ein bösartiges Knurren: Kohldampf hatte er ebenfalls. Übergewicht hin oder her, heute war Völlerei angesagt, das stand so fest wie der morgendliche Klogang nach dem ersten Kaffee. Wenn er nicht gleich etwas zwischen die Zähne bekäme, das er mit einer eisgekühlten Cola (einer richtigen mit Zucker!) herunterspülen konnte, würde er zu einem Monstrum mutieren.

Eine Frau mit blauschwarzem Haar, das sie zu einem Dutt hochgesteckt hatte, näherte sich lächelnd. Sie trug eine anthrazitfarbene Hose aus leichtem Stoff und eine weiße Bluse, die trotz der Hitze, welche selbst am Abend nicht nachlassen wollte, bis oben zugeknöpft war.

Endlich wird man hier bedient, dachte Micha. *Ich war kurz davor, anzunehmen, das wäre eine Filmkulisse.*

»Hallo zusammen!« Die Frau neigte den Kopf zur Seite, um das dreieckige Sonnensegel nicht zu streifen, das über den Tisch gespannt war und mehr schlecht als recht für Schatten sorgte – fancy Look schön und gut, doch es ging nichts über einen klassischen Sonnenschirm!

Robert rückte vom Tisch ab, um aufzustehen, verharrte jedoch in Habachtstellung, als Micha zu reden begann.

»Haben Sie schlechte Augen oder warum bemerken Sie uns erst jetzt?«, fragte er die Frau – und erschrak: Das war nicht er, der gesprochen hatte, sondern das gierige Monster in ihm, das nach Befriedigung seiner körperlichen Bedürfnisse verlangte, bevor es vor lauter Frust das Segel in tausend Teile zerfetzte und sich danach unter den Zapfhahn legte, um endlich seine Kehle zu ölen. »Ähm, es … es sollte nicht unhöflich klingen.«

Die Frau zog ihre perfekt nachgezogene Augenbraue hoch. »Das tat es aber.«

Robert wollte etwas sagen, doch Micha war schneller.

»Hören Sie, bringen Sie mir ein großes Glas Cola und vergessen Sie die Karte nicht, wenn Sie wiederkommen!« Er blickte die anderen an. »Was möchtet ihr trinken?«

Nun wanderte auch die zweite, nicht minder perfekt geschminkte Braue der Frau nach oben. »Ich verstehe. Nun, dann sollte ich mir etwas zum Schreiben organisieren. Bei so vielen Menschen kann ich mir nicht merken, wer was bestellt.«

Erneut öffnete Robert den Mund, doch die Frau streckte den Arm aus und zischte ihm ein »Schon gut« zu, dass er an das Meme von Spider-Man denken musste, der sich an einen Baum schmiegte und sagte »I lay back and watch this escalate«.

Konsterniert musste Micha mitverfolgen, wie sich die Frau eine der Papierservietten angelte und danach einen Kugelschreiber aus ihrem Bauchtäschchen zog, das locker um die Hüften gebunden war. Sie hauchte gegen die Mine, stützte sich auf der Tischplatte ab und brachte die Serviette in Position. »Ich höre.«

Das ist der Gipfel, dachte Micha. *Wenn Jonathan nicht dabei wäre, würde ich mich weitaus weniger zivilisiert verhalten!*

Verwirrt vom sonderbaren Schauspiel bestellten alle nacheinander ihre Getränke.

»Lassen Sie mich raten!«, sagte die Frau, als Robert an der Reihe war. »Ein Wodka-Tonic ohne Eis.«

Robert strahlte, dass seine Augen funkelten. »Woher Sie das nur wissen!«

»Sie sehen aus wie einer, der dieses Gesöff liebend gern in sich hineinschüttet.« Die Frau zwinkerte Robert zu, drehte sich um und verschwand.

Mona starrte ihr hinterher. »Da ist aber jemand selbstbewusst.«

»Vielleicht mag sie ihren Job nicht«, sagte Colette. »Vielleicht studiert sie und hat andere Ziele, als Kellnerin zu sein.«

Dörte horchte auf. »Ist sie nicht zu alt, um zu studieren?«

»Wieso sollte sie?«, fragte Sharon. »Meine Kusine hat mit fünfzig noch einmal die Uni besucht.«

Erst jetzt bemerkte Micha, dass sein Unterkiefer zitterte. »Ich bin sprachlos! So eine unmögliche Bedienung findet man sonst nur in Berlin.« Er stand auf.

»Butzibiber, wo willst du hin?«, fragte Colette.

»Bin gleich zurück!«, antwortete Micha, »Und nenn mich nicht Butzibiber!« *Schon gar nicht vor Jonathan,* dachte er und steuerte dann auf die weit geöffnete Flügeltür des Restaurants zu.

Die Frau überreichte gerade einem Mann hinter dem Tresen die Serviette mit der notierten Bestellung und wechselte ein paar Worte mit ihm. Als sie sich schwungvoll umdrehte, bemerkte Micha, dass sich eine Strähne aus ihrem Dutt gelöst hatte und ihr ins Gesicht gefallen war.

Er atmete durch, zog den Bauch ein und ging auf sie zu. »Ich möchte Sie sprechen.«

Bevor die Frau die Strähne hinter das Ohr steckte, zwirbelte sie daran – eine Geste, die Micha aus dem Konzept brachte.

»Also ...« Er räusperte sich. »Ich erwarte, dass Sie uns mit mehr Respekt bedienen! Ansonsten sehe ich mich gezwungen, Ihren Vorgesetzten über Ihr ungezogenes Verhalten zu informieren!« *Ungezogenes Verhalten* ... hatte er das gerade wirklich gesagt? War der Geist von Trudis altem Dorfschullehrer Herrn

Sauerampfer, von dem sie unzählige Anekdoten zu berichten wusste, in ihn gefahren? Und wie vertrug der sich mit seinem inneren Hunger-Durst-Heiß-Monster?

»Ich muss Sie enttäuschen«, erwiderte die Frau. »Ich habe gar keinen Vorgesetzten.«

Micha traute seinen Ohren nicht. »Sie betreiben ein Restaurant, obwohl Sie kein Gespür für Kundenfreundlichkeit haben?« Mittlerweile war es ihm egal, ob er wie Herr Sauerampfer oder wie Wachtmeister Alois Dimpfelmoser wirkte. Er streckte den Brustkorb heraus und verschränkte die Hände hinter dem Rücken. »Ich geben Ihnen einen Tipp, meine Liebe: Besuchen Sie einen Benimmkurs oder Sie können Ihren Laden schneller dichtmachen, als Weihnachten vor der Tür steht.«

»Ich könnte Ihnen eine passende Antwort geben.«

Etwas am Blick der Frau irritierte Micha. Warum wirkte sie amüsiert? War es etwa ihr Plan, das eigene Geschäft mit Karacho gegen die Wand zu fahren? Hatte er es mit einer Geistesgestörten zu tun?

»Aber schließlich hat der Gast immer recht!« Sie deutete einen Diener an. »Ich bin sicher, ab jetzt werden Sie an dieser Pizzeria nichts mehr auszusetzen haben.«

Micha präsentierte ein Haifischgrinsen. »Das wäre reizend.« Er ging auf die Terrasse zurück, nicht ohne sich noch einmal umzublicken und die Frau anzustarren, als wäre sie eine freche Göre, die schon spüren würde, wo es endete, wenn man sich nicht zusammenriss.

»Ich hoffe, du warst lediglich auf der Toilette und hast keinen Aufstand geprobt?«, empfing Colette ihn. »Über unfreundliche Kellner sollte man sich immer erst beschweren, nachdem das Essen serviert wurde.«

»Warum?«, fragte Dörte.

Niklas stieß Jay an. »Wahrscheinlich hat Colette Panik, dass man ihr sonst auf die Lasagne spuckt.«

Jay würgte. »Oder den Cocktail mit Spülwasser streckt.«

»Jayden!« Sharons Stimme war sanft, aber bestimmt.

»Niklas!« Monas Stimme war monoton – sie hatte nicht wirklich den Impuls, Niklas zu maßregeln. Doch wenn Sharon ihrem Sohn etwas sagte, musste sie wenigstens so tun, als ob ihr die Erziehung des eigenen Kindes wichtig war.

Die Frau kam zurück – wie Micha zerknirscht feststellen musste weder mit Getränken noch der Speisekarte. Ob Fachkräftemangel in der Gastronomie herrschte oder nicht – diese Person gehörte definitiv nicht in ein Restaurant! Durchaus möglich, dass sie gar nicht die Inhaberin war, sondern nur die Ehefrau des Besitzers, die nichts zu befürchten brauchte und sich deshalb benehmen konnte wie die Abrissbirne auf der Baustelle. Typisch Italiener, jedes Familienmitglied packte mit an – einerlei, wie geeignet es für die Aufgabe war. Micha saugte die Luft ein und biss sich in die Innenseiten der Wangen: Sein hungriges Monster hatte ihn tatsächlich so weit gebracht, zu reden wie sein verhasster Kollege Matti alias Mister Wandelndes Vorurteil, der sich gern um sein Heimatland sorgte und am Wochenende mit anderen verunsicherten Bürgern Pläne zur Rettung der Nation schmiedete.

Allen Ernstes setzte sich die Frau jetzt auf den freien Stuhl neben Robert! War Micha Opfer der Versteckten Kamera? »Gleich geht es los, ich hab die Großbestellung durchgegeben«, sagte sie mit elfengleicher Stimme. »Wir werden sofort bedient. Man bittet tausendmal um Entschuldigung, aber der Ober hat uns nicht ankommen sehen, er musste etwas aus dem Weinkeller holen.«

»Was denn?«, fragte Dörte.

»Rebhühner, Schwesterherz«, sagte Mona, »und die Ananas-Torte mit ganzen Früchten.«

Micha presste die Hand auf seinen Magen. »Warum …? Wieso …?« Als die Frau ihn angrinste, dass ihre Grübchen zum Vorschein kamen und sie plötzlich eine frappierende Ähnlichkeit mit Robert aufwies, ging Micha ein Licht auf. *Das ist der peinlichste Augenblick in meinem Leben,* dachte er – und vergaß dabei völlig den Abend, an dem er sich ausgesperrt hatte und lediglich mit einer Feinripp-Unterhose und kleinkarierten Filzpantoffeln im Treppenhaus ausharren musste, bis Niklas heimkam, weil er kein Geld für einen Schlüsseldienst verschwenden wollte.

»Darf ich vorstellen«, sagte Robert, »die Dame, die dafür gesorgt hat, dass wir nicht verdursten, ist Stella, meine Tochter.«

22

»Hui, das Gras haut rein!« Niklas musste husten.

»Ich hab mehr reingemacht als sonst.« Jay nahm den Joint entgegen, den Niklas ihm hinhielt. »Weil ich nicht wusste, wie oft wir uns abseilen können.«

Niklas sah sich um. Sie waren allein auf dem kleinen Spielplatz hinter dem Wellnesshotel – die Kinder, die tagsüber hier die Zeit totschlugen, bis Mama und Papa endlich ihre Moorpackung bekommen hatten und startklar für den Strand waren, lagen um diese Zeit längst in ihren Betten. »Wenn wir erwischt werden, lande ich in einem Systemsprenger-Internat!«

»Laber nicht!« Jay, der auf dem unteren Ende der Rutsche saß, neigte sich so weit nach hinten, bis er sich in Liegeposition befand und den klaren Sternenhimmel sehen konnte. »Was machen wir schon, außer uns ein bisschen abzuschießen!« Er zog am Joint – keine gute Idee, denn nun rieselte Asche auf seinen

Hals, die er fluchend abwischte. »Dein Alter hat sowieso ganz andere Probleme. Wahrscheinlich gräbt er gerade ein Loch, in das er sich verkriechen kann.«

Niklas kletterte die Sprossen an der Rutsche empor. »Ich wusste nicht, dass Menschen so rot werden können.«

»Es war gemein von Stella, sich als Kellnerin auszugeben.« Jay zog erneut, wobei er dieses Mal den Kopf anhob, um sich nicht wieder einzusauen. »Aber mega witzig!«

Breitbeinig rutschte Niklas auf Jay zu, der sich gerade noch aufsetzen konnte. »Uff! War dein Rücken schon immer so hart?«

»Klar!«, sagte Jay. »Ich habe überall Muskeln, sonst sähe das ziemlich bescheuert aus, oder?«

»Angeber!« Niklas nahm Jay den Joint aus der Hand. »Ich mag Micha echt gern, aber das war eine spitzen pädagogische Maßnahme von dieser Stella! Er hätte nicht loszupoltern brauchen wie der letzte Oberbonze, nur weil er Hunger und Durst hat! Wie arschig das ist!«

Jay lehnte seinen Nacken an Niklas' Brust. »Mein Exemplar von Vater hätte genauso reagieren können. Unsere Dads nehmen sich nicht viel.«

»Außer dass deiner sich die Beförderung geschnappt hat und nun Michas Boss ist.«

»Verhält er sich scheiße?«, fragte Jay.

Niklas nahm einen Zug. O Mann, das reichte für heute, ihm war tierisch schwindelig und er musste es noch auf sein Zimmer schaffen! »Nicht dass ich wüsste.«

»Wäre auch strange gewesen! Wenn man weiß, wie man ihn nehmen muss, ist mein Dad okay. Immerhin hat er dichtgehalten wegen dem Horrorfilm.«

Noch, dachte Niklas, sagte aber: »Woran Robert nicht unschuldig ist.« Er erinnerte sich daran zurück, wie sehr Robert auf Jonathan eingeredet hatte: »... machen Sie kein Drama draus ... wir waren alle mal jung ... braucht doch niemand zu erfahren ... kommt bestimmt nicht wieder vor ... wie schön wäre es, wenn Sie uns an die Ostsee begleiten!«

Jay nickte. »Auf jeden! Ich allein hätte ihn niemals so weichkochen können wie der Freund von deinem Opa! Der ist schwer in Ordnung. Ob er auch mit Micha reden kann? Dass er sich nicht so haben soll, weil er abgekackt hat gegen meinen Dad?«

»No way«, sagte Niklas. »Micha ist in seiner Eitelkeit gekränkt. Der leckt noch eine ganze Weile seine Wunden.«

Jay fasste in seine Hosentasche. »Wenn man's nicht weiß, würde man nix mitkriegen. Oberflächlich sieht es aus, als würden unsere Alten sich voll gut verstehen.« Er dachte an vorhin, als Jonathan den zunächst kirschlolliroten, dann bettlakenbleichen Micha zur Seite genommen und ihm zugeraunt hatte: »Mach dir nichts draus! Als Kellnerin wäre Stella wirklich ein Totalausfall.«

Micha starrte auf Stella, die sich mit allen anderen unterhielt, als würden sie sich seit Jahren kennen, ihm jedoch die kalte Schulter zeigte. »Sie ist aber keine Kellnerin.«

»Ich bin Sachbuch-Autorin«, hatte Stella beim Essen erzählt. »Gerade schreibe ich an einem Aufsatz über Toxic-Masculinity.«

Blitzartig änderte Micha die Sitzhaltung: Bis eben noch mit gespreizten Beinen auf seinem Stuhl lungernd schlug er sie nun übereinander. Er hatte keine Lust, sich als Schulbeispiel für raumeinnehmende Macho-Gebaren in Stellas Text wiederzufinden – und um sicherzugehen, dass dies nicht passieren würde, musste er bei passender Gelegenheit erneut beteuern, wie untröstlich er war, Stella herumkommandiert zu haben. *Wobei sie mich provoziert hat*, sinnierte er. *Es wäre ein Leichtes gewesen, zu sagen »Da liegt ein Missverständnis vor, ich bediene hier nicht!«. Aber nein, die verwöhnte Tochter (die alberne Aufsätze schreibt, welche lediglich darauf abzielen, Männer in ein schlechtes Licht zu rücken), hat es sichtlich genossen, mich vorzuführen!*

Niklas steckte Jay den Filter des Joint zwischen die Lippen. »Micha ist höflich zu deinem Dad, aber angespannt.« Er fokussierte seinen Blick auf den Stamm der Rotbuche, damit die Welt aufhörte, sich zu drehen. »Weil dein Dad über ihm steht.«

»Scheiß Karriereleiter!« Jay faltete einen Flyer auseinander, den er soeben aus der Hosentasche befreit hatte. »Mum reißt sich den Arsch auf, um jung zu bleiben und in der Agentur nicht ins Backoffice abgeschoben zu werden und Dad hat ständig Minderwertigkeitskomplexe.«

»Wieso? Er ist doch jetzt ein hohes Tier in der Firma!«

»Hallo?« Jay stand auf und zeigte auf sein Gesicht.

»Sorry!« Niklas streckte Jay die Hand entgegen und ließ sich hochziehen. »Jemand, der blond und blauäugig ist, kann selten nachvollziehen, wie es sich anfühlt, wenn ...« Er stockte.

»Shut up!« Jay tippte auf den Flyer. »Der ist nicht weit weg.«

Laut las Niklas vor: »›Hanfbauernhof *Marlie* – handgemachte Hanfprodukte aus der Region.‹ Meinst du, da gibt es ...«

»Das hier?« Jay inhalierte ein letztes Mal und drückte den Stummel an der Rutschbahn aus. »Meine Mum sagt, nein. Dass sie das gar nicht verkaufen dürfen, wir sind ja nicht in Holland.«

»Du hast den Flyer deiner Mum gezeigt?«

»Sie war dabei, als ich ihn gefunden habe. Er liegt an der Rezeption von unserem Hotel aus. Wenn ich nur daran denken sollte, dass es dort was zu rauchen gibt, liefert sie mich im nächsten Waisenhaus ab, hat sie gemotzt.«

Niklas war erleichtert: Der Schwindel hatte nachgelassen. »Offiziell dürfen sie nix verticken. Aber unter dem Ladentisch?«

Jay zeigte sein schönstes Lächeln. »Kann man rausfinden.«

23

»Ich habe Jayden gesagt, dass wir nicht zum Hanfhof fahren werden, weil ich nicht glaube, er macht sich etwas aus Hanftee, Hanföl und dergleichen.« Sharon wusste nicht, ob sie lachen oder weinen sollte. »Dabei wissen er und ich genau, was er dort will. Der Junge macht mich fertig! Hoffentlich hört er mit dem Kiffen bald auf, ich kann ihn doch nicht mein Leben lang bewachen!«

»Irgendwann muss man loslassen.« Gedankenverloren blickte Mona in die Flammen, die in der Feuerschale loderten. *Wenn ich eines Tage in einer hübschen Villa wie dieser lebe,* dachte sie, *richte ich in meinem Garten auch so ein lauschiges Plätzchen ein.* Doch prompt wurde sie von der Realität überfallen: ein Zimmer, Küche, Bad plus ein Vermieter, der sie in schöner Regelmäßigkeit für ihre verspäteten Überweisungen runterputzte, als sei sie ein Kleinkind, das mit den Fingern im Bonbonglas erwischt wurde. Die Jahre, in denen sie auf großem Fuß lebte, waren vorbei, dafür hatte sie zu selten auf ihre Finanzberaterin gehört.

»Loslassen …« Dörte nippte an ihrem Kräutertee. »Irgendwann muss man das durchaus. Über den richtigen Zeitpunkt lässt sich diskutieren.«

Mona griff zur Weinflasche und kippte ihr Glas viel zu voll. »Mit dir spreche ich nicht über solche Dinge! Du wirfst mir sowieso nur vor, was für eine Rabenmutter ich war, als ich mich von Micha getrennt habe.«

»Ein Kind braucht Vater *und* Mutter.« Dörtes Ton war schneidend.

Sharon hätte nun die Stirn gekräuselt, wenn ihr Schönheitschirurg nicht regelmäßig für ein tadellos geglättetes Gesicht sorgen würde. »Ist diese Ansicht nicht antiquiert?«

»Und wie!« Als Colette den Kopf neigte, klapperten die (pinken) Strasssteine, die an ihren (pinken) Ohrringen baumelten.

»Für Dörte allerdings nicht.« Mona nahm einen großen Schluck. »Seit sie in ihrer Freikirche ist, wurde ihr Gehirn dermaßen oft in die Waschmaschine gesteckt, dass ich mich frage, wie sie es schafft, vor Schleudertrauma geradeaus zu laufen.«

Dörte warf ein Holzscheit in die Schale und stellte sich vor, es handelte sich dabei um Mona. »Spotte nur, du wirst sehen, wo dich das hinführt!«

Mona hatte ihr Glas kaum abgesetzt, schon führte sie es wieder zum Mund. »Es kann nur besser werden.«

»So schlimm?« Colette verlagerte ihr Gewicht auf die andere Pobacke: Sie hätte hier eine bequemere Sitzmöglichkeit bauen lassen als die harte Steinbank!

»War nur dahergeredet!« Das Letzte, das Mona wollte, war, sich vor ihrer Schwester die Blöße zu geben. »Alles ist bestens. Ich besitze ein Dach über dem Kopf, bin gesund – und ich muss mich mit keinem Kerl abmühen, der wie eine Klette an mir haftet.«

Sharon nahm ihr Glas, das sie neben sich auf dem Tischchen mit der hübschen Mosaikplatte abgestellt hatte. »Man gewöhnt sich an alles, sogar an klebrige Männer.«

Kurz war es still, dann lachten Mona und Sharon gleichzeitig, während Dörte überfordert am Etikett des Teebeutelfadens zog und Colette peinlich berührt ihr Nagelbett betrachtete.

»Ich und mein Mann«, sagte Dörte, »also der Dietmar und ich …«

»Schon gut!« Mona wischte sich über die Augen. »Ich weiß, was folgt: Ihr führt eine dermaßen harmonische Ehe, dass dir das Glück zu den Ohren herauskommt.« Inzwischen hatte sie das Weinglas über die Hälfte geleert. »Sofern ich mich recht erinnere, bezieht sich das Gebot ›Du sollst nicht lügen‹ auch auf einen selbst, richtig?«

Dörte ließ vom Etikett ab. »Du sollst nicht falsch Zeugnis reden *wider deinen Nächsten*.‹ Man soll andere nicht täuschen.«

»Ist das deine Rechtfertigung, dich selbst zu verarschen?«, fragte Mona.

»Wie bitte?«

Mona nahm noch einen Schluck. »Wenn du meinst, dein Dietmar sei der Traumprinz, mach dir ruhig weiter etwas vor!«

Dörte merkte, wie sich die Schleuse zu ihrem Tränenkanal öffnete. »Du bist nur neidisch.«

»Stimmt.« Mona leerte ihr Glas. »Ich bin unendlich neidisch darauf, unter der Fuchtel eines Gemahls zu stehen und am Samstagabend mit ihm vor dem Fernseher zu lümmeln, um mir die Dauerwelle von Thomas Gottschalk anzugucken.«

Sharon stellte ihr Glas wieder ab, ohne etwas getrunken zu haben. Wenn der Wein solche eine Wirkung bei ihr hatte wie bei Mona, wollte sie nicht zu viel davon nehmen – zumindest heute. »Man muss sie ja nicht gleich heiraten, die Männer.«

Mona nickte. »Aber in meinem Alter ist Flirten anstrengend.« Schwankend stand sie auf und fasste sich an die Hüften. »Zu dick. Weil ich einfach zu gern nasche. Das Tiramisu vorhin in der Pizzeria hätte ich mir wirklich verkneifen sollen. A moment on the lips, forever on the hips.« Ihre Hand wanderte zum Kinn. »Zu schwabbelig, da kann ich noch so lange Klopfübungen machen und teure Cremes einreiben.«

»Pah!« Dörte umklammerte die Teetasse. »Du hast viel dringlichere Baustellen.« In Zeitlupe wanderte ihr Blick zu Monas Busen und verharrte dort.

Mona ließ sich auf die Bank zurückplumpsen. »Ich liebe dich auch, Schwesterchen!«

»Es gibt ein Zaubermittel.« Colette legte die Handflächen aufeinander und machte eine Geste, die Dörte von Yoga-Übungen kannte. »Selbstliebe. Bewegung und gesunde Ernährung schaden ebenfalls nicht.«

»Das ist *eine* Variante.« Sharon hatte sich umentschieden und kostete vom Wein. »Man kann es auch anders lösen.«

Dörte beugte sich vor. »Ich wusste es doch, dass du ...« Sie presste die Faust vor den Mund. »Entschuldige, das ist mir so rausgerutscht.«

»Schon gut«, sagte Sharon, »ich gehöre nicht zu denen, die behaupten, sie sähen nur so aus, weil sie Sport machen und Körner knabbern.«

»Pardon?« Colette schlug die Beine übereinander.

»O nein«, wehrte Sharon ab, »das sollte kein Seitenhieb gegen dich sein!«

»Was hast du alles machen lassen?«, fragte Mona.

»Ach, hier ein wenig was weggeschnippelt, dort ein bisschen was drangeschraubt und da etwas abgesaugt.« Sharon schaute in die Sterne. »Sagen wir mal so: Nicht alles an meinem Körper wird demnächst sechsundvierzig.«

Dörte musterte Sharon, als sei sie der riesige, festlich geschmückte Weihnachtsbaum bei *Harrods*, der ihr von ihrem London-Urlaub mit Dietmar und seiner Mutter Bringfriede eindrucksvoll in Erinnerung geblieben war. »Der Robert ... hat der auch Schönheitsbehandlungen?«

»Reden wir von Botox?«, fragte Sharon.

Dörte hob die Schultern. »Ich kenne mich nicht aus. Aber ist alles echt an dem Robert? Für sein Alter sieht er ... gut aus.«

»Dörtilein!« Mona goss sich Wein nach. »Du schwärmst für fremde Männer? Pass auf, dass du nicht vom Blitz getroffen wirst!«

»Du bist ein Hagelmaul!«, erwiderte Dörte. »Man wird sich wohl erkundigen dürfen!«

Sharon schwenkte das Glas in ihrer Hand, als wäre statt Wein Cognac darin. »Ich glaube, Robert hatte verdammtes Glück, als der liebe Gott die Schönheit verteilte.«

Colettes Blick wurde trüb. »Edwin hat es gut getroffen.«

Mona trank. »Die schönsten Männer sind schwul.« Ihr Blick bohrte sich in Sharons Dekolleté. »Den Robert lassen deine Brüste kalt: rausgeschmissenes Geld!«

»Ach, die sind auch nicht echt?« Dörte vergaß, ihren Mund zu schließen.

»Natürlich nicht!« Sharon streckte sich. »Wenn man gestillt hat, sieht man oben anders aus, sofern man nicht nachhilft.«

Mona bedeckte ihren Busen, indem sie ihre Strickjacke enger um sich wickelte. »Darf ich … darf ich mal …«

Sharon stand auf. »Du bist nicht die Erste, die das fragt.«

»Was hast du vor?«, fragte Dörte.

Mona erhob sich ebenfalls – dieses Mal schwankte sie noch mehr als zuvor. »Was wohl, du naive Ordensschwester!« Sie stellte ihr Glas ab, um beide Hände freizuhaben.

Dörte hatte begriffen. Als hätte sie einen Schlag bekommen, sprang sie auf, dass der Tee aus der Tasse schwappte. »Ich …«

»Du darfst auch!« Sharon griff Dörtes freie Hand und legte sie auf ihre linke Brust.

Mona befummelte Sharons rechte Brust. »Das fühlt sich eigentlich ganz normal an. Colette, was meinst du?«

Colette spannte die Zehen an. »Lasst mich da raus!!«

»Stören wir?«

Gleichzeitig kreischten die vier Frauen auf, als habe sich der irre Sensenmörder von hinten an sie herangeschlichen, der ihnen jetzt den Garaus machen wollte.

Es war jedoch kein Killer, sondern Robert, der sich nun mit Edwin an der Hand aus der Dunkelheit schälte.

Mona und Dörte ließen Sharon los und setzten sich wieder auf ihre Plätze, den Blick auf ihre Schuhspitzen gerichtet, als hatte man sie während der Klausur beim Abschreiben erwischt.

»Verzeihung!« Sharon lachte laut. »Jugend forscht.« Sie sank auf die Bank zurück. »Habt ihr Jonathan gesehen?«

»Oder Micha?« Mona wagte es, wieder aufzublicken.

»Die Jungs?«, fragte Colette, während sie gleichzeitig beschloss, es Mona nicht übelzunehmen, nach Micha gefragt zu haben – schließlich hegte Colette zu ihm nichts weiter als eine Freundschaft mit Benefits.

»Micha ist spazieren.« Edwin konnte kaum verbergen, dass ihn die nächtliche Fummelaktion zweier Bekannter an einer nahezu Fremden aus dem Konzept gebracht hatte.

»Was mit den anderen ist, wissen wir nicht«, log Robert, denn er hatte keine Lust auf Unruhe, wenn er erwähnte, dass Micha nicht allein war.

Stumm schenkte Dörte ihren Ledersandalen weiterhin so intensive Aufmerksamkeit, als wollte sie mit dem Geist des dafür verstorbenen Tieres Kontakt aufnehmen.

Sharon strich sich eine Haarsträhne aus der bügelglatten Stirn. »Ich rufe Jonathan an.« Sie nahm ihr Handy aus der Tasche und las die Textnachricht, die sie eben erst bemerkt hatte. »Zumindest der Aufenthalt einer der Vermissten hat sich geklärt: Jonathan wünscht gute Nacht, er ist schon im Hotel.«

Mona sah zur Terrassentür, die in das Esszimmer der Villa führte. *Muss ich mich nun um Niklas sorgen?*, fragte sie sich. *Wie anstrengend dieses Muttersdasein war!* Doch dann fiel ihr etwas ein: *Das ist kein Desinteresse, sondern mein Erziehungsstil!* Sie grapschte sich ihr Glas. *Zum Wohl, Monsieur Laissez-Faire, du brillanter Pädagoge!*

24

Jonathan konnte nicht sagen, wie oft er sich von links nach rechts gedreht hatte. Er kannte das Dilemma zu gut: Es dauerte meistens so lange, bis er sich an eine neue Matratze gewöhnt hatte, dass er erst in der letzten Nacht selig schlummerte, bevor es schon wieder nach Hause ging. Außerdem schmeckte er immer noch den Knoblauch von dem überbackenen Zeug, das er in der Pizzeria gegessen hatte und dessen Name ihm schon wieder entfallen war. Fluchend stand er auf und torkelte zum Badezimmer, um Wasser zu trinken. Wie heiß es war! Die Klimaanlage wollte er nicht anstellen, sonst würde er sich erkälten. Nachdem er seinen Durst gestillt und mit Mundwasser gegurgelt hatte, betrachtete er sich lange Zeit im Spiegel. Was sollte der Blödsinn? Nach unzählbaren Überstunden und Entbehrungen gönnte er sich und seiner Familie einige Tage Urlaub – doch während alle anderen noch auf den Beinen waren, versauerte er in einem stickigen Hotel und spielte den Scheintoten. Er griff seinen Hoodie, zog sich Hose, Socken und Schuhe an. Zumindest einen Absacker konnte er noch trinken, das bewahrte ihn auch vor Alterskommentaren seiner Frau am Frühstücksbüffet à la »Soll ich dem Greis das Essen pürieren?«.

»Nachts ist es frischer, als man denkt, nicht wahr?« Am liebsten hätte Micha sich dafür geohrfeigt, so unentspannt zu agieren.

Stella, deren strenger Dutt inzwischen einem locker gebundenen Pferdeschwanz gewichen war, sah ihn durchdringend an. »Atmen Sie mal tief durch.«

Was für eine Pleite, sie hat mich durchschaut, dachte Micha, während er tat, wie ihm geraten. »Es ist mir immer noch peinlich, dass ich Sie behandelt habe wie … wie …«

»Wie eine Kellnerin?«, fragte Stella.

»Wie eine *freche* Kellnerin.«

»Frech!« Als Stella den Kopf schüttelte, schwangen die vom Zopfband umschlossenen Locken hin und her. »Würden Sie das auch zu einem vierzigjährigen Mann sagen?«

»Ich … verstehe nicht.«

»Das ahnte ich.« Stella ließ ihren Blick über das Meer streifen, das sich in scheinbar unendlicher Weite friedlich vor ihnen erstreckte. Das Mondlicht reflektierte auf dem Wasser, doch sie hatte den Eindruck, dass unter der Oberfläche Millionen Fische zu Gast bei einem Konzert waren und mit winzigen Taschenlampen leuchteten, um der gerade vorgetragenen Ballade einen pathetischen Touch zu verleihen. *Dreh nicht frei,* dachte sie, *wo sollen Fische Taschenlampen herbekommen – und wie sollten sie diese bedienen, ganz ohne Hände?* »Ein Kind ist frech. Oder ein Junge von vierzehn, fünfzehn Jahren. Meinetwegen kann auch ein Mädel in den Zwanzigern frech sein. Aber noch nie habe ich jemanden sagen hören, dass ein gestandener Kerl frech ist. Mir wiederum wird dies ständig vorgeworfen, natürlich nur von Männern – und von meiner Patentante, der Kuh! Dabei bin ich zweiundvierzig!«

Also scheint etwas dran zu sein, lag Micha als Antwort auf der Zunge, doch er konzentrierte sich auf den Sand zwischen seinen Zehen, um besonnen zu reagieren. Stattdessen fragte er: »Ist das eine Erkenntnis aus den Recherchen zu Ihrem neuen Buch über toxische Männlichkeit?«

Stella verzog das Gesicht und hob ein Bein an. »Ja und nein.«

Micha streckte ihr die Hand entgegen. »Was heißt das?«

Sie hielt sich bei Micha fest. Mit der freien Hand zog sie einen Muschelsplitter aus der Fußsohle. »Selbstverständlich stütze ich mich auf wissenschaftliche Studien – ich schreibe keine

Fantasy-Storys. Aber ich spreche auch aus eigener Erfahrung. Sie sind nicht der erste Mann, der mich von oben herab behandelt.« Stella ließ seine Hand los und ging Richtung Uferpromenade, um zurück in ihre Schuhe zu steigen, die sie dort ausgezogen hatte.

Micha dackelte ihr hinterher. »Glauben Sie mir, einen vierzigjährigen männlichen Kellner würde ich ebenfalls als frech bezeichnen, wenn er …«

»… wenn er sich so benimmt wie ich!« Stella winkte ab. »Das glauben Sie doch selbst nicht!«

So hatte Micha sich den Verlauf des Gesprächs nicht vorgestellt, als er Stella vor einer halben Stunde von Robert und Edwin weglockte, um bei einem entspannten Strandspaziergang die Wogen zu glätten.

»Und ich sage Ihnen noch etwas.« Als Stella sich zu ihm umdrehte, wirkte sie eher traurig statt wütend. »Wenn weder meine Augen noch mein Haar dunkel wären, hätten Sie mich nicht für die Angestellte eines italienischen Restaurants gehalten.«

»Nun mach mal einen Punkt!« Micha zog an seinem Shirt: Der von vorn kommende Wind ließ es nach hinten wehen, sodass sich seine Speckröllchen abzeichneten – etwas, das es unverzüglich zu kaschieren galt. »Glaubst du, ich bin so engstirnig, dass ich davon ausgehe, jeder Italiener arbeitet in einer Pizzeria? Niemals würde ich derartige Vorurteile haben!« *Gut, dass ich nicht in Dörtes Kirche bin,* sprach er zu sich selbst. *Für diese handfeste Lüge würde ich von Satan persönlich auf den Dreizack gespießt!*

Energischen Schrittes ging Stella weiter. »Erstens bin ich kein Italiener, sondern eine Italienerin. Zweitens bin ich auch eine Deutsche. Und drittens: Ich kann mich nicht erinnern, dir das Du angeboten zu haben.«

»Ich dir auch nicht!«

Stella blieb stehen. »Hä?«

Beinah wäre Micha in sie hineingelaufen, doch im letzten Moment bremste er ab. »Du hast mich gerade ebenfalls geduzt.«

Stöhnend setzte Stella sich wieder in Bewegung. »Dann ist das ja geklärt. Fein!«

»Fein!« Micha überholte. »Warum reden Männer und Frauen ständig aneinander vorbei?«

Stella hatte ihre Schuhe erreicht und schlüpfte hinein. »Vielleicht, um danach Versöhnungssex zu haben?«

»Ist das ein Angebot?«

Stella prustete los. »Das hättest du wohl gern!«

»Immerhin sind wir jetzt beim Du.«

»Wenn das kein überzeugendes Argument ist.«

Micha räusperte sich. Was tat er eigentlich? Er war mit Colette hier! Andererseits war er ihr gegenüber zu nichts verpflichtet. »Spaß muss sein, was?«, sagte er, bevor er sich um Kopf und Kragen redete.

»Ich lach mich tot!« Stella schenkte dem Meer einen letzten Blick, dann sagte sie zu Micha: »Komm schon, sonst schicken unsere Väter die Küstenwache los!«

Michas Bauch knurrte so laut, dass Stella lachte. »Bist du immer noch hungrig nach diesem fürstlichen Abendessen?«

»Das nicht. Ich habe einen nervösen Magen. Und ich müsste lügen, wenn ich behaupte, das mit Edwin und Robert ganz selbstverständlich hinnehmen zu können.« Er trat Sand zur Seite. »Nun darfst du mir gern vorhalten, dass ich ein intoleranter Hetero bin, der steinzeitliche Vorstellungen von Liebe und Beziehung hat.«

Zunächst wurden ihre Schritte langsamer, dann blieb Stella erneut stehen. »Das maße ich mir nicht an.« Eine tiefe Längsfalte bildete sich auf ihrer Stirn. »Ich kann dich verstehen. Es ging mir nicht anders, als Papa sich geoutet hat. Und ich habe mich viel zu lange widerlich benommen, bis ich irgendwann gemerkt habe …« Ohne ihren Satz zu beenden blickte sie Micha fest in die Augen. »Freu dich für Edwin, dass er glücklich ist. Ich verspreche dir: Mein Vater ist herzensgut, er würde Edwin nie wehtun.«

Micha seufzte. »Sie scheinen sich wirklich zu lieben.«

»Das denke ich auch.« Sie stürmte los, rannte nahezu. »Je eher wir wieder da sind, umso eher kommen wir an einen Schlummertrunk.«

Ächzend bemühte Micha sich, zu Stella aufzuschließen. »Worauf trinken wir denn?« Er umschloss seine Hose, damit sie wegen des ausgeleierten Gummibunds nicht nach unten rutschte.

Stellas Lachen hallte über den Strand. »Worauf wohl? Auf die Liebe!«

Die Liebe … Micha spürte ein Stechen in den Seiten – morgen würde er Muskelkater haben. Es war höchste Eisenbahn, an seiner Kondition zu arbeiten und abzunehmen, bevor er mit seinem Opa Rudi in einen Wettstreit um den größeren Schmerbauch treten würde.

»Sei keine lahme Ente!«, rief Stella, ohne sich zu Micha umzudrehen.

Egal, was Stella davon hielt: Frech war die treffendste Bezeichnung für sie. Micha konnte sich nicht mehr zusammenreißen, sah auf ihren Po, dessen perfekte Rundungen sich unter dem Stoff der Bermudas abzeichneten. Niemals hätte er es für möglich gehalten, neidisch auf Dörte zu sein: Wäre er gläubig wie sie, könnte er den Herrn darum anflehen, standhaft zu bleiben und sich nicht bis über beide Ohren in diese unmögliche Person zu verlieben.

25

»Ach. Hallo.« Micha ärgerte sich, dass sein Lächeln wahrscheinlich nicht sehr überzeugend war.

»Hallo.« Jonathan lächelte zurück.

»Auch noch wach, ja?«

»Ja.«

»Hm.« Micha deutete zur Strandpromenade. »Stella und ich waren noch ... wir waren noch frische Luft schnappen.«

Jonathan schwieg.

Mit der Spitze ihres Zeigefingers kreiste Stella hektisch über die Daumenkuppe. »Ich geh schon vor.«

»Warte!«, sagte Micha. »Wir kommen.« Er sah Jonathan an. »Oder ... oder willst du gar nicht zum Lagerfeuer?«

»Hm ... doch.«

»Na dann.«

Stella war vom Kreisen in ein nervöses Klopfen übergegangen. Das war ja nicht zum Aushalten, wie die beiden Hähne sich verhielten! Was kam als Nächstes? Plusterten sie ihr Federkleid auf und hackten sie sich gegenseitig die Augen aus? Oder ließen sie direkt ihre Hosen runter, um einen Größenvergleich abzuhalten? »Ich kann nicht warten, ich muss mal.« Sie sprintete los. Wie bescheuert war sie eigentlich? Warum log sie, nur um sich den beiden Testosteron-Trotteln zu entziehen? Hatte sie das nötig, weshalb sagte sie nicht einfach, was ihr stank? Sie könnte dabei ja höflich bleiben, behaupten »Ich fühle mich gerade nicht wohl in eurer Gegenwart, habe den Eindruck, ihr müsst noch etwas klären!«, sich dann freundlich nickend umdrehen und verschwinden. Andererseits hatte sie Micha gerade schon ihre Meinung aufgedrückt, vielleicht war es besser, zu schweigen. Ihre Nasenlöcher bebten, als sie heftig ausatmete. Alles nur wegen

Robert! Musste ihr Vater gleich die ganze Kelly Family anschleppen anstatt bloß seinen Edwin? Das war typisch für ihn, wenn er sich unsicher fühlte, waren seine Spendierhosen riesig. Lag darin das Geheimnis seines Erfolgs oder handelte es sich um eine Schwäche, die ihn eines Tages noch in den Bankrott treiben würde? Mit Micha allein schien man sich gut unterhalten zu können – wenngleich man ihn hie und da noch erziehen musste. Doch in Gesellschaft verwandelte er sich in einen ungehobelten Klotz, wie er am frühen Abend in der Pizzeria grandios bewiesen hatte. Die Jungs konnte sie noch nicht einschätzen, mehr als drei Worte hatten sie nicht gewechselt – aber warum sollte man sich in deren Alter auch für das Leben einer Ü-Vierzigerin interessieren, die Bücher schrieb, statt sich auf Social-Media-Kanälen zu blamieren! Blieben noch die Frauen der ruhmreichen Reisegruppe: Sharon und sie hatten keinerlei Schnittmenge – sie waren Feuer und Wasser, Licht und Schatten, Sommer und Winter. Im Gegensatz zu Sharon interessierte Stella sich weder für Mode noch dafür, wie sie aussah. Niemals würde sie sich unters Messer legen wie das Barbie-Püppchen es offensichtlich regelmäßiger tat, als sie selbst ihre Gardinen wusch! Was würde ihre Mutter jetzt sagen? »Du hast gut reden, Stella-Kind! Wer von Natur aus bildschön ist wie du, weiß nicht, was es heißt, unzufrieden mit seinem Äußeren zu sein. Verurteile niemanden, der sich bemüht, mitzuhalten!« Sie legte einen Gang zu und ignorierte Micha, der bereits zum dritten Mal ihren Namen rief – und das in einer Art, die implizierte: »Du kannst mich nicht mit Jonathan zurücklassen, er wird mir wehtun!« Ihre Mutter hatte recht – wie viel zu oft. Sharon war ein armes Opfer. Eine sich dem hiesigen Schönheitsideal Unterwerfende! Stay young, stay pretty! Immerhin hatte Sharon einen reichen Kerl, der ihren OP-Wahn finanzieren konnte. Stella kniff die Augen zusammen. Was war mit ihr los, seit wann ließ sie sich zu solchen Gedanken hinreißen? Hatte sie Tante Fulvia nicht immer dafür verabscheut, wenn diese predigte »Eine Frau muss zusehen, dass sie sich eine gute Partie anlacht, sie würde es ja doch nicht schaffen, sich selbst durchzubringen!«? Wer sich prächtig mit Fulvia verstehen würde, war die arme Dörte. Ob die jemals aus ihrem selbst gewählten Schneckenhaus gekrochen kam, bezweifelte Stella genauso stark wie die Wahrscheinlichkeit, dass Mona bis zur Abreise auf weitere Drinks verzichtete. Die einzige wirklich sympathische Person war Colette – was die nur an einer Milchsemmel wie Micha fand?

»St...!« Micha hatte das vierte Mal angesetzt, um Stella zum Stehenbleiben zu bringen, doch er riss sich zusammen. Sie war nicht seine Mama, die ihn im Landschulheim ablieferte und sich nun verdünnisierte! Er atmete durch und wandte sich an Jonathan. »Kommst du?«

»Hm.«

»Ist das ein Ja?«

Jonathan nickte.

Still schlichen die beiden nebeneinander her. Ein kühler Wind wehte vom Meer zu ihnen und hätte nun Michas Haar zerzaust, wenn noch genug zum Zerzausen auf dem Schädel gewesen wäre. Die Luft roch salzig. Konnte Luft eigentlich salzig riechen?

Micha strich sich über den rumorenden Magen. »Sag mal, Jonathan. Ist zwischen uns alles gut?«

Jonathan blieb stehen. »Wie kommst du darauf?«

»Ich habe das Gefühl, ...« Wie sollte er den Satz beenden? Vielleicht: »Du kannst mich nicht leiden.« Oder: »Du hast viel mehr Erfolg, während ich der ewige Aktenträger und Exceltabellen-Befüller bleibe.« Micha seufzte. »Ich gönne dir deine Beförderung, ehrlich!«, sagte er schließlich. »Und ich hoffe, du bist nicht befangen mir gegenüber.« Er senkte den Kopf. »Wenn ich mich sonderbar verhalte, hat es nichts mit dir zu tun.«

Jonathan brummte. »Du bist nicht sonderbar.«

»Nicht?«

»Nein ... wenn schon, dann bin ich es.«

Beschwichtigend hob Micha die Hände. »Nein, nein, du benimmst dich absolut korrekt!«

»Du dich auch.« Jonathan stutzte. »Das mag es sein!«

Fragend schaute Micha ihn an.

»Wir zensieren uns ständig, seit wir nicht mehr auf derselben Stufe stehen.« Jonathan fröstelte – wie dumm von ihm, erst jetzt zu erkennen, was los war! »Keine Flachwitze mehr in der Kantine. Kein gemeinsames Auskotzen über die viele Arbeit.«

Micha schluckte. »Das gehört sich nicht, du bist schließlich mein Boss.«

Jonathan kicherte. »Mir ist schnurz, was sich gehört. Ich würde mich wohler fühlen, wenn du dich mir gegenüber nicht verstellst.«

»Das tue ich nicht. Ich nehme mich zusammen.«

»Warum?«

»Du könntest mir kündigen.«

Jonathans Kichern wich einem donnernden Lachen, dass die Silbermöwe, die ein auf dem Bordstein liegendes Stück Pizza verkostete, empört aufblickte. »Erstens habe ich das nicht vor, weil ich dann schön blöd wäre. Zweitens: Wie sollte ich das tun? Wie lange bist du bereits in dem Laden?«

Micha überlegte kurz. »Siebzehn Jahre. Mein Gott, damals war an Niklas noch nicht einmal zu denken!« *Und mein Vater hat sich noch nicht für behaarte Männerbrüste interessiert,* fügte er gedanklich hinzu.

»Siehst du!«, entgegnete Jonathan. »Sofern ich dich nicht dabei erwische, wie du goldene Löffel klaust, dürfte es schwer werden, dich vor die Tür zu setzen.«

Erleichtert stellte Micha fest, dass sein Magen sich beruhigte. »Das würdest du nicht merken, ich bin Profi-Kleptomane!«

Beide sahen sich an.

»Komisch ist es trotzdem«, sagte Micha.

»Das ist okay, meinst du nicht?«, fragte Jonathan. »Und man gewöhnt sich an alles.«

Mit dem Fuß scharrte Micha über den Asphalt. »Klar, dass du das so siehst, du bist schließlich auf dem Siegerpodest.«

Jonathan zog die Braue nach oben. »Ich sage nur eins: Seit ich befördert wurde, habe ich jeden Montag, Mittwoch und Freitag eine zweistündige Sitzung mit den Herren Neubauer und Altmann.«

Ein rasender Schmerz durchfuhr Michas Kopf — wie wenn man Eis aß und vom Hirnfrost überfallen wurde. »Mit dem zweiköpfigen Monster? Das ... das wusste ich nicht ... ich dachte, du musst nur montags leiden!«

Jonathan schaute wie ein Hund, der vor der Schlachterei angebunden wurde und keine Chance erblickte, an die saftigen Wurstauslagen hinter dem Schaufenster zu gelangen. »Seit diesem Monat nicht mehr. Die Schnittstellenkommunikation müsse verbessert werden — das war das Ergebnis vom letzten Audit.«

Micha entwich ein dezentes Lachen. »Schnittstellenkommunikation, was für ein Balla-Wort!« Er lachte lauter.

Jonathan drehte die Kordel seines Hoodies. »Spotte du nur!«

»Tut mir leid.« Die Tränen liefen Micha über die Wangen. Es gelang ihm nicht mehr, die Contenance zu wahren. Er lachte, bis die Möwe — das Pizzastück im Schnabel — entnervt das Weite suchte: Nicht mal nachts konnte man in Ruhe dinieren!

Jonathan hatte sich von Michas hysterischem Lachen anstecken lassen. »Na, immer noch scharf auf meinen Posten?«

»Nein danke!« Micha wischte sich über die nassen Wangen. »Nicht einmal für das Doppelte der Kohle!« Er klopfte Jonathan auf den Rücken und ging noch immer lachend Richtung Ferienvilla. *Wie wundervoll, dass Robert die Richardsons eingeladen hatte,* dachte er. *Ich fühle mich wie ... ja, wie nur?* »Gut, Papa!«, hörte er plötzlich Niklas' Stimme in seinem Kopf. »Du fühlst dich einfach nur gut.« Ein wohliger Schauer lief Micha über den Rücken: Gut ... kein noch so gefühlsduseliger Vergleich konnte es treffender beschreiben als dieses kleine Wörtchen.

26

Jonathans Mund war schneller als sein Verstand. »Bei deiner neuen Haarfarbe denkt man, der rote Luftballon von Pennywise schwebt unter der Laterne.«

»Der Horrorclown?«, frage Sharon. »Reizend! Jetzt weiß ich, woher Jay die Vorliebe für blutrünstige Filme hat.« Sie widerstand dem Impuls, sich in die Frisur zu fassen und bemühte sich, Jonathan anzusehen, als ließe sie sein Kommentar kalt. »Belege demnächst einen Buchhaltungskurs weniger, mein lieber Mann, und absolviere dafür eine Komplimente-Fortbildung!«

»Er hat doch nur Spaß gemacht.« Micha blinzelte, als er in Monas Augen sah: »Wage es nicht, ins selbe Macho-Horn zu blasen!«, bedeutet ihr Blick.

Jonathan, um Deeskalation bemüht, küsste Sharon auf die Wange, was diese huldreich erduldete. »Was macht ihr hier?«

»Wir warten auf Kundschaft«, sagte Sharon. »Mit meiner Haarfarbe dürfte ich auf der Straße schließlich schnell auffallen.«

Überfordert tätschelte Jonathan Sharons Arm. »Sehr witzig.«

»Mal im Ernst!«, mischte Mona sich ein: Manchmal war ihr Sharons Art einfach zu vulgär. »Stella hat sich zu uns gesellt – und gesagt, ihr kämt jeden Moment hinterher.«

Sharon nickte. »Bloß war das schon vor einer halben Stunde.« Sie bohrte ihre French-Nails in Jonathans Haut. »Davon abgesehen, dass du angeblich im Bett bist!«

Jonathan ließ von Sharons Arm ab. »Ich konnte nicht schlafen. Und dann haben Micha und ich uns festgequatscht.«

»Siehst du«, sagte Mona zu Sharon, »sie sind weder überfallen worden noch in die nächste Kneipe abgebogen.« Nun wandte sie sich an Micha. »Wir wollten gerade los, um nach euch zu sehen.«

Micha zückte sein Smartphone: »Ein kurzer Anruf und die Sache hätte sich aufgeklärt.«

Jonathan puffte Micha an. »Dann wären wir vorgewarnt.«

»Wie bitte?«, fragte Micha.

»Stell dir vor, ich umschließe gerade die drallen Hüften einer Seemannsbraut und das Telefon klingelt: Sofort wäre ich reumütig zu meiner rot leuchtenden Gattin gewieselt und hätte ihr einen vom Pferd erzählt, wo ich war. Aber wenn Sharon mir stattdessen nachspioniert, kann sie mich in flagranti erwischen.«

Sharon zog ein silbernes Etui aus der Jeanstasche, nahm eine Zigarette heraus und steckte sie sich zwischen die Lippen. »Da befürchtet man, der Gatte liegt mit gebrochenem Genick im nächstbesten Straßengraben, verlässt die gemütliche Feuerstelle und schlägt sich über die Promenade, um ihn zu retten – und zum Dank wird einem Eifersucht und Lust am Schnüffeln unterstellt.« Sie zündete sich die Zigarette an und nahm einen tiefen Zug. »Unseren Söhnen seid ihr nicht zufällig begegnet?«

Micha und Jonathan schüttelten die Köpfe.

Sharon drehte das Gesicht zur Seite, um niemandem Rauch in die Augen zu blasen. »Es ist kurz vor Mitternacht. Allmählich mache ich mir Sorgen.«

Jonathan winkte ab. »Sieh dich doch um! So gut wie niemand turnt noch draußen umher.«

»Genau«, sagte Micha, »wir sind nicht auf Mallorca, sondern an der Ostsee – und dazu an einem Ort, an dem vor allem junge Eltern oder greise Rentner ihren Urlaub verbringen. Niklas und Jayden werden kaum in einen Club gestiefelt sein, um sich zu besaufen.«

Sharon schickte die nächste Rauchschwade in Richtung Sternenhimmel. »Soweit ich weiß, trinkt Jay nicht, sondern er raucht lieber.« Ein weiteres Mal inhalierte sie. »Von wem der Bursche das nur hat!«

Mona zog ihre verrutschte Strickjacke über die Schulter. »Besser, sie kiffen, als wenn sie sich Heroin spritzen.«

»Vielen Dank für diesen Gastbeitrag!« Michas Ton war streng. »Ich bevorzuge einen Sohn, der überhaupt keine Drogen nimmt.«

»Ich auch«, erwiderte Jonathan. »Dem Verhalten muss man früh genug einen Riegel vorschieben. Ich sehe Jay schon am Strand lungern inmitten von dauerbreiten Nichtsnutzen, die an Bongs ziehen und in den Tag hineinleben.«

Mona schaute zum Meer. »Am Strand liegt im Moment niemand. Höchstens morgen früh wieder. Und dabei dürfte es sich statt um Junkies eher um ältere Damen mit Badekappen handeln: Deren einzige Droge ist *Klosterfrau Melissengeist*.«

Micha, der sein Telefon noch immer in der Hand hielt, gab den Code zum Entsperren ein. »Ich rufe Niklas jetzt an, es wird Zeit, dass er ins Bett kommt.«

Sharon aschte auf die Straße. »Das gilt auch für Jayden!«

Mona zog Micha am Shirt, bevor er Niklas' Nummer aufgerufen hatte. »Dort!« Sie zeigte zur Böschung, hinter der gerade zwei Gestalten zum Vorschein gekommen und in den Schein der Straßenlaterne getreten waren.

Micha steckte das Smartphone ein. »Wenn man vom Teufel spricht.«

Gerade wollte Jonathan Jay und Niklas zurufen, als er sah, wie die zwei sich umarmten.

Was wird das denn, dachte Sharon – und fing zu röcheln an, weil sie vergessen hatte, den Rauch auszuatmen.

Niemand schenkte ihr Beachtung, alle Augenpaare waren gebannt auf das Spektakel nicht weit von ihnen gerichtet:

Jay und Niklas küssten sich.

Michas Magen verkrampfte, dass er befürchtete, jeden Moment auf die Toilette zu müssen.

Jonathan spürte ein Kribbeln: Machte sich der linke oder der rechte Arm bemerkbar bei einem Herzinfarkt?

»Immerhin kiffen sie nicht«, flüsterte Mona.

»Mein Baby!« Sharon merkte nicht einmal, wie ihr die Zigarette aus der Hand fiel. »Er ist noch so jung!«

Mona legte den Finger auf ihre Lippen. »Leise. Lasst uns verschwinden, bevor sie uns bemerken, das wäre … «

»JAYDEN!« Jonathans Stimme hallte so laut über die Straße, dass die Möwe, die sich hinter dem nächstbesten Strandkorb verschanzt hatte, um dort ungestört ihre Pizza zu essen, beschloss, auf die Nordseeinsel Minsener Oog umzuziehen – wie sie aus verlässlicher Quelle wusste, gab es dort keine Menschen.

Jay schaute auf. »Dad? Mum?«

»Micha?« Niklas fragte sich, ob zwei Leute die gleiche Wahnvorstellung durch Drogen bekommen konnten. »Mona?«

»Was macht ihr hier?«, riefen nun beide im Chor.

»Was wir hier machen?« Micha ärgerte sich, dass seine Stimme weitaus weniger gefährlich klang als Jonathans. »Wir haben uns Sorgen gemacht, wo ihr steckt!«

Langsam kamen die Jungen auf ihre Eltern zu.

»Wir leben ja noch«, sagte Jay.

»Das sehe ich!« Sharon führte die Hand zum Mund und stellte fest, dass ihre Zigarette verschwunden war.

»Seid ihr verrückt?« Jonathans Pupillen waren tellergroß.

Niklas blieb stehen, doch Jay griff seine Hand und zog ihn weiter.

»Wieso verrückt?«, fragte Jay.

Jonathan überhörte seinen Sohn und stierte Micha entgeistert an. »Ist das ansteckend?«

»Was?« Mona reckte das Kinn.

Inzwischen waren Jonathans Halsmuskel so stark angespannt, dass es aussah, als würde es ihm gleich die Haut zerreißen. »Na, das da!« Er nickte in Richtung Jay und Niklas, die mutig auf ihn zugingen. »Zuerst Michas Vater, dann sein Sohn …«

»Ansteckend, ha!« Sharon zündete sich die nächste Zigarette an. »Sei nicht albern, Jonathan! Färbt etwa deine Haut ab, wenn du jemanden umarmst?«

»Komm mir nicht so!« Jonathan brüllte.

»He!« Mona machte eine Geste, als versuchte sie, einen durchgegangenen Hengst zu beruhigen. »Wir sollten einen Gang runterschalten!«

Jay hatte sich vor den anderen aufgebaut. Sein Blick war fest, doch er konnte ein leichtes Zittern nicht verbergen. »Schönen Abend gehabt?«

Sharon inhalierte derart heftig, dass die Zigarette bereits zur Hälfte heruntergebrannt war. »Nicht so schön wie deiner, nehme ich an.«

Jonathan sah mittlerweile aus wie der unheimliche Hulk, der in wenigen Sekunden alles kurz und klein schlug.

»Wir gehen dann mal.« Jay zog Niklas weiter.

»Wo wollt ihr hin?«, fragte Mona.

»Schlafen!« Niklas war froh, endlich das erste Wort herausgebracht zu haben.

»Wie bitte?« Micha befürchtete, es nicht mehr rechtzeitig aufs Klo zu schaffen.

Jay drehte sich um. »Keine Panik: Niklas biegt in die Villa ab und ich ins Hotel. Wir bleiben ganz brav!«

»AUS!« Man hätte meinen können, hinter Jay stand ein zähnefletschender Rottweiler, den Jonathan zur Raison bringen wollte, bevor dieser seinem Sohn in die Wade biss. »ZIEH DAS GANZE NICHT INS LÄCHERLICHE!«

»Das tue ich nicht.« Jay sprach immer leiser, je lauter Jonathan wurde – erfahrungsgemäß half nur das, um seinen Dad wieder geschmeidig zu bekommen. »Ich habe nur keine Lust, mit dir oder Mum über mein Liebesleben zu sprechen.«

»Liebesleben?« Jonathan brach der Schweiß aus. »Du bist fast noch ein Kind!«

Jay ließ Niklas' Hand los und trat einen Schritt auf Jonathan zu. »Du bist scheinheilig, weiß du das? Wenn du mich mit einem Mädchen hättest knutschen sehen, würdest du vor Stolz platzen!« Nun ahmte er Jonathans Stimme nach: »Ho, ho, mein Sohn hat seine erste Freundin, ho, ho, jetzt ist er ein richtiger Mann!« Er ging einen weiteren Schritt vor, dass nur noch ein Blatt Papier zwischen ihn und seinen Vater passte. »Und dann würdest du mir eine Zigarre in den Mund stecken und mir einen Whisky einschenken!«

Jonathans Hulk-Gesicht hatte sich in das eines geprügelten Packesels verwandelt. »Das denkst du von mir?«

Sharon ließ die Zigarette fallen und drückte sie mit der Schuhspitze aus. »Ganz unrecht hat der Junge nicht. Wenn dieser eine Dödel im Fernsehen seine Schwulenwitze reißt, kringelst du dich vor Lachen.«

Unfähig, etwas zu erwidern, wechselte Jonathans Blick zwischen Sharon, Jay und Niklas hin und her.

»Das ist doch etwas anderes«, sprang Micha Jonathan zur Seite.

»Wieso?«, fragte Niklas.

»Weil … weil …« Micha sah Jonathan an.

»Weil es Witze sind«, sagte dieser, »nichts weiter!«

»Alles klar!« Jays Nüstern bebten. »Soll ich dir mal ein paar schöne Menschenfresser-Witze erzählen, Dad? Oder den, wo der Schwarze in die Tierhandlung geht?«

Sehnsüchtig starrte Micha auf Sharons Zigarettenetui. Was würde er darum geben, eine rauchen zu können!

Zu allem Überfluss schnorrte sich nun auch noch seine Ex eine Kippe. »Es ist wirklich anstrengend.« Mona paffte mehr als auf Lunge zu rauchen. »Am besten, man sagt gar nichts mehr, dann fühlt sich auch niemand beleidigt.«

»Was für eine infantile Bemerkung.« Niklas fuhr sich durch das Haar – er würde es waschen müssen, bevor er zu Bett ging, es fühlte sich an, als hätte sich der halbe Strand darin verfangen. »Hier ist gerade ganz schön viel Drama! Jay und ich, wir mögen uns – so what?«

»Aber Kind!« Mona erschrak vor sich selbst – so gluckenhaft kannte sie sich nicht. »Du hättest doch mit mir über deine Probleme reden können!«

»Welche Probleme?«, fragte Niklas.

Mona paffte weiter. »Es ist nicht einfach, wenn man merkt, dass man schwul ist.«

»Pft!«, machte Niklas. »Ich habe früh gelernt, ohne deinen Beistand klarzukommen.«

Mona wollte antworten, brachte jedoch keinen Ton heraus. Niklas sagte die Wahrheit und sie hatte es nicht anders verdient, als diese zu hören.

»Und außerdem«, sprach Niklas weiter, »scheinen Jay und ich am wenigsten Probleme damit zu haben, dass wir zusammen sind.« Nun gestikulierte er wie ein Marktschreier, der seine Ware feilbot. »Vor mir allerdings stehen vier Personen, die ein Geschiss darum machen, als würden wir im Mittelalter leben!«

»Stimmt.« Jay ging zu Niklas zurück und griff nach seiner Hand. »Ihr wisst nun also Bescheid, kommt damit klar!«

»Du suchst dir immer den schwierigsten Weg aus, Junge!« Jonathan sah nach oben, um zu verhindern, dass ihm die Tränen über die Wangen liefen.

Jay konnte nicht glauben, was er hören musste. »Ich suche mir gar nichts aus, Dad! *Ich bin!* Ob ich will oder nicht.«

Sharon hakte sich bei Jonathan ein. Sie konnte sich nicht mehr beherrschen und fing zu schluchzen an. »Dein Vater macht sich doch nur Sorgen! Und ich mir auch!«

Jay zuckte die Achseln. »Das kann ich leider nicht verhindern.«

»Du hast es sowieso nicht leicht.« Sharon wischte sich über die Augen.

»Bla, bla!«, sagte Jay. »Ob ich jetzt von der Horde Neonazis abgestochen werde, weil ich Schwarz bin oder weil ich Schwarz *und* schwul bin, ist doch egal!«

Sharon vergrub ihr Gesicht in Jonathans Brust und weinte leise in den Stoff des Hoodies.

»Und noch was!« Jay drückte Niklas' Hand so fest, dass dieser das Gesicht schmerzlich verzog. »Von Niklas weiß ich: Es gibt gar keine Ebbe und Flut an der Ostsee – du hast mich verarscht, Dad!«

Jonathan schluckte. »Lasst uns schlafen. Wir reden morgen weiter.«

Als hätte endlich jemand die erlösenden Worte gesagt, machten sich alle auf den Heimweg. Niemand sprach, bis sie angekommen waren.

Mona deutete zum Schein der Feuerschale. »Ich schau nach Edwin und den anderen.«

»Viele Grüße«, sagte Micha. »Ich leg mich ins Bett.«

»Gute Nacht.« Niklas atmete tief ein, dann umarmte er Jay.

Jay fuhr ihm über den Rücken. »Schlaf schön«, flüsterte er. »Immerhin: Falls mein Alter sich doch noch wegen deinem Splatterfilm bei Micha verplappert, ist das jetzt unserer kleinste Sorge.«

»Was für ein Glück!« Niklas löste seine Umarmung. »We're lucky guys.«

Während er zusammen mit Mona zur Villa lief und sich Jay mit Sharon als Schatten auf die Lobby des Hotels zubewegte, blieben Jonathan und Micha mitten auf der Straße stehen.

»Können wir das erst einmal für uns behalten?«, fragte Jonathan.

»Wem sollten wir es sagen?«, erwiderte Micha.

»Auf keinen Fall jemanden aus dem Betrieb!« Jonathan starrte Jay hinterher. »Niemand soll schlecht über meinen Sohn sprechen.«

»Bauschen wir es nicht auf!«, sagte Micha. »Die Jungs probieren sich vielleicht nur aus.«

Ohne seinen Blick von Jay zu lösen, antwortete Jonathan: »Experimente kennen wir doch alle. Aber das sieht mir nach Liebe aus.«

»Das war's wohl mit Enkelkindern.« Am liebsten hätte Micha sich selbst eine gescheuert – er hörte sich an wie seine Oma Trudi!

Jonathan schien etwas Ähnliches zu denken, denn nun begann er zu kichern. »Wann sind wir so spießig geworden?«

Micha seufzte. »Irgendwann zwischen Volljährigkeit und Haarausfall.«

27

»Du siehst aus wie ein Pizzabelag. Hast du nicht geschlafen?«

Micha musste an die Silbermöwe und ihr Abendessen denken. »Schon«, antwortete er Edwin, »aber nicht besonders gut.«

Edwin sah über das Meer. Da draußen konnte er ein Schiff ausmachen. Kein romantischer Passagierdampfer, sondern ein Lastenungetüm, das Schweinekeulen, Bananen oder Einbauküchen importierte. »Ich kann dir schlecht sagen, dass du weniger grübeln solltest. Du würdest es sowieso tun.« Mit der rechten Hand formte er ein Flachdach über seinen Augen, um sie vor der Sonne zu schützen: Obwohl es noch vor dem Frühstück war strahlte diese bereits so sehr, dass es ein Postkartentag zu werden schien. »Wenn es um die eigenen Kinder geht, fällt es schwer, einen gesunden Abstand zu wahren.«

Micha wusste nicht, ob er Mona für ihre Tratscherei verfluchen oder dankbar sein sollte. »Dass es dir nichts ausmacht, wenn Niklas mit Jay zusammen ist, wundert mich nicht.«

»Was soll das heißen? Meinst du, wir nehmen die Jungen mit zum CSD und führen sie in die Schwulenszene ein, oder was?« Edwin ließ eine wütendes Schnaufen von sich. »Am besten, ich vererbe dem Bengel meine Latexanzüge und die Halsbänder mit den Goldnoppen!«

Micha verschluckte sich und fing so heftig zu husten an, dass Edwin ihm auf den Rücken klopfte. »So meinte ich das nicht, Paps!«

»Wie denn dann?« Edwin holte ein letztes Mal aus und schlug energisch auf Michas Rücken.

»AU!« Micha hatte sich auf die Zunge gebissen. »Ich meine nur, dass du es logischerweise normal findest, wenn man ... also wenn man mit Männern ...«

In diesem Moment wünschte Edwin sich, er hätte Micha nicht angeboten, ein paar Schritte zu laufen, nachdem er ihn in aller Herrgottsfrühe auf der Terrasse sitzend und Löcher in die Luft starrend vorgefunden hatte. »Ich mache nichts mit Männern! Ich mache was mit Robert!«

Prompt hustete Micha wieder. Too much information!

»Darüber hinaus, werter Sohn: Ich brauche nichts normal zu finden, was normal ist!«

»Hab's begriffen!« Micha räusperte sich. »Bitte gestehe mir zu, dass ich mich erst noch daran gewöhnen muss, dass alle in meiner Familie plötzlich schwul werden!«

»Du bist es auch geworden?«

»Was nicht ist, kann noch kommen.« Micha zuppelte an seinem Shirt. »Puh, ist das heiß.«

Edwin schlüpfte aus den Sandalen. »Los!«

»Was ›los‹?«

»Wir erfrischen uns!« Er knöpfte sein Hemd auf und warf es in den warmen Sand.

»Im Meer?«

Edwin stülpte sich bereits die Hose von den Beinen. »Wo denn sonst, Sherlock?«

»Du weißt doch, ich schwimme nicht gern in offenen Gewässern.« Während Micha dies sagte, streifte er sich bereits das

Shirt über den Kopf. Sein Bewegungs- und sein Stimmapparat schienen heute asynchron zu laufen. »Du hast ja eine Badehose drunter!«, stellte er mit Blick auf Edwin fest.

Wie ein Model drehte Edwin sich um die eigene Achse. »He, ich mache Strandurlaub! Da muss man immer bereit sein.«

Micha pellte sich aus seiner Jeans und genoss es, dass der Hosenknopf nicht mehr auf seine Plauze drückte. *»Immer bereit«*, dachte er. *Es wird Zeit, mit Niklas über Verhütung zu sprechen. Verflixt, ich hatte gehofft, damit noch zehn, zwanzig Jahre warten zu können!*

Edwin grinste, als Micha vor ihm stand. »Warum eigentlich nicht! Gute Idee!« Er zog die Badehose aus, ließ sie fallen und eierte ins Wasser.

Erst jetzt bemerkte Micha, dass er keine Unterhose trug. Stimmt ja, das gestrige Theater mit Niklas und Jay hatte ihm so sehr auf den Magen geschlagen, dass ihm ein Pups mit Land entwichen war, sodass er die Unterhose ausgewaschen und zum Trocknen über das Bettgestell gehängt hatte. Und heute morgen war er nur schnell in die Jeans geschlüpft, um nicht splitterfasernackt auf der Terrasse zu sitzen – er bewohnte die Ferienvilla schließlich nicht allein. Verstohlen sah Micha sich um. Es war niemand am Strand, abgesehen von einem Pärchen in weiter Ferne, das immer wieder einen Stock ins Meer warf, den ein Schäferhund zurück an Land brachte, einer rüstigen Rentnergruppe in Funktionskleidung, die mit Walking-Sticks ausgerüstet am Wasser entlangspurtete, als trainierte sie für Olympia, und einem Mann, der zusammen mit einem Kleinkind eine Sandburg mit Muscheln verzierte. »Platz da!« Micha rannte an seinem Vater vorbei und stürzte sich ins Nass. Brr, von draußen sah das Meer wärmer aus! Prustend kämpfte er sich voran, johlte und schrie wie ein kleines Kind, das zum ersten Mal Berg- und Talbahn fuhr. Als er sein Gesicht ins Salzwasser eintauchte, waren für einen kostbaren Augenblick alle Sorgen weggewaschen. Er hatte sogar seine Gedanken vergessen, die ihm normalerweise das Baden im Meer vermiesten: dass eine Feuerqualle seinen Hintern malträtierte oder ein Aal ihm den Pimmel abbiss.

Nun hatte Edwin ihn erreicht, hielt sich an Michas Schultern fest und strahlte ihn an.

Jauchzend riss Micha sich los. »Weiß Robert, wo du bist?«

»Vorhin hat er noch geschlafen wie ein Murmeltier im Vollrausch. Aber ich habe ihm getextet, dass wir an den Strand gehen, damit er sich nicht sorgt.«

Micha lachte. »Wie bei einem alten Ehepaar!«

Edwin stimmte in sein Lachen ein. »Alt stimmt. Ehepaar … schauen wir mal.«

Im hohen Bogen spuckte Micha Wasser aus, das er beinah verschluckt hätte. »Es kommt mir vor, als würde ich Robert schon ewig kennen.«

»Und das ist gut oder schlecht?«, fragte Edwin.

»Gut, glaube ich.« Micha sah zum Lastschiff. Es war bereits so weit entfernt, dass es wie eine Requisite der Augsburger Puppenkiste wirkte – bloß bestand das Meer dort aus Plastikfolie. »Du hast einen guten Fang gemacht: Robert sieht blendend aus, ist eloquent, sympathisch und vermögend. Wie doof, dass er nicht dreißig Jahre jünger ist, ich würde ihn dir glatt wegschnappen.«

»Hat man so was schon gehört!« Jetzt lachte Edwin so sehr, dass er sich nach hinten fallen ließ und kurz mit dem Kopf unter Wasser tauchte. Hechelnd kam er wieder zum Vorschein. »Vor wenigen Minuten zermarterst du dir noch das Hirn über Niklas' Liebesleben und nun bist du drauf und dran, mir meinen Mann auszuspannen!«

»Das liegt vielleicht am Wasser!« Micha zitterte. Zeit, wieder an den Strand zu kommen. »Rückweg?«

»Ich dachte, wir schwimmen richtig weit raus – bis dort, wo man nicht mehr stehen kann.«

»Lieber nicht!«, sagte Micha. »Bei meinem Glück bekomme ich einen Wadenkrampf und ertrinke. Also: Abmarsch!«

Edwin nickte. »Aye, aye, Kapitän!« Als er zum Strand blickte, strahlte er über beide Ohren. »Guck mal an, wir werden erwartet!«

Micha blinzelte: Winkend stand Robert am Ufer. Und neben ihm – das durfte doch nicht wahr sein! – Stella. Instinktiv hielt sich Micha die Hände vor seinen kleinen Freund, obwohl dieser im Meer gut getarnt war. So ein Dreck! Reichte es nicht, sich gestern vor Stella blamiert zu haben, musste er ihr wirklich nackt gegenübertreten? Mit zehn Kilo Übergewicht und einem von der Kälte eingelaufenen Schrumpelwürstchen? »Mir bleibt auch nichts erspart!«, schimpfte er vor sich hin, während er in Zeitlupe auf die beiden zuwatete.

28

»Typisch Edwin.« Robert deutete auf Edwins Hose, aus dessen Tasche nicht nur seine Brille, sondern auch sein Smartphone ragte. »Er macht es Dieben wirklich leicht.«

Stella strich sich ihr Haar aus der Stirn, das der Wind unermüdlich durcheinanderwirbelte – sie ärgerte sich, ohne Zopfband vor die Tür getreten zu sein. »Reg dich ab, Papa! Es ist nichts passiert.«

»Nicht einmal ein Handtuch hat er dabei. Er wird sich erkälten.«

»Du benimmst dich wie Mama!«

Robert erinnerte sich an Antonella. Nie hatte sie Stella aus dem Haus gelassen, ohne zu prüfen, ob sie warm angezogen war und einen Notgroschen im Portemonnaie hatte, um sie von der nächsten Telefonzelle aus anrufen zu können, falls sie ihre Mutter brauchte. Wen betüddelte sie jetzt, wo sie wieder in ihr Dorf in Süditalien zurückgekehrt war? Die Tochter ihres Neffen Elio? Den Enkel der Nachbarin, auf deren Wäscheleine immer Unterröcke hingen, die so groß waren wie Zirkuszelte? Oder Lorenzo, den Kater, von dem Stella berichtete, er sei so dick, dass seine Beine kaum den Boden berührten?

»Guten Morgen!« Edwins Stimme riss Robert aus seinen Gedanken.

»Kommt raus, ihr zwei Seelöwen!« Robert sah auf seine Armbanduhr. »Die Damen haben Kaffeedurst!«

»Und was hat das mit uns zu tun?« Edwin kam näher. »Brauchen sie mittlerweile betreutes Trinken, können sie ihre Tassen nicht mehr selbst zum Mund führen?«

Robert ächzte. »Wenn es nicht so früh am Tag wäre, würde ich lachen.«

Micha wusste nicht, was er machen sollte. *Stell dich nicht mimosenhaft an, du Spießer,* dachte er, *nackt zu sein ist etwas völlig Natürliches!*

»Ist dir schon einmal aufgefallen, dass das immer diejenigen sagen, der ihr Körper tadellos ist?«

Das war die Stimme seiner Oma Trudi! Unverschämterweise hatte sie sich in Michas Kopf gehackt und sprach zu ihm – etwas, das höchst selten passierte ... und so gut wie nie weiterhalf.

»Humbug, meine Pfirsichblüte!« Und das war Rudi – der hatte Micha noch gefehlt! *»Mir macht es ebenfalls nichts aus, mich so zu präsentieren, wie der liebe Gott mich geschaffen hat – und das, obwohl ich ein, zwei Pfund zu viel auf den Rippchen habe!«*

»*Ha!*« Micha zuckte zusammen, so schrill hallte Trudis Lachen in seinem Schädel. »*Dein Bauch ist so dick, der bietet einen prima Sichtschutz für dein Geschlechtsteil!*«

»*Geschlechtsteil.*« Rudi brummte. »*Wie vornehm wir uns heute ausdrücken, Verehrteste! Sonst nennst du ihn doch auch immer ...*«

Micha ging in die Knie und stülpte seinen Schädel ins Wasser, um seine Großeltern aus den Ohren zu spülen – nicht um alles Geld der Welt wollte er erfahren, welchen Kosenamen Trudi für den Dödel seines Opas hatte! Als er wieder auftauchte, standen sie immer noch da: Robert sah mit seiner marineblauen Stoffhose, die ihm bis zu den Knöcheln reichte, und einem farblich abgestimmten Hemd so aus, als wollte er die Passagiere eines Kreuzfahrtschiffes an Deck willkommen heißen.

Wie Micha sich eingestehen musste, war Stella ungeschminkt nicht minder attraktiv als gestern in Bemalung. Unter ihrem hautengen Spaghettiträger-Oberteil hatte ein BH unmöglich Platz. Sein Blick wanderte zu ihren Brustwarzen, die sich durch den Stoff abzeichneten. Wie froh war er, dass die Wassertemperatur dafür sorgte, dass sich nichts in seiner Hose regte. *Hose? Welche Hose?*

»Stella!« Nur wenn man Edwin gut kannte, so wie Micha, hörte man einen Funken Nervosität aus seiner Stimme heraus – während seiner Laufbahn als Lehrer hatte sein Vater es perfektioniert, in jeder Lebenslage selbstbewusst aufzutreten. Ob Taylan und Linus sich auf dem Schulhof einen Ringkampf boten, bei dem das Blut spritzte, die Eltern von Doreen-Peggy ihm wegen eines schlechten Zeugnisses mit Klage drohten oder seine esoterisch durchgeknallte Kollegin Frau Przyblla-Plock ihn vor der Impfung gegen Corona warnte, weil den armen Verirrten dadurch ein Abhör-Chip eingepflanzt würde: Stets behielt Edwin die Contenance, um es bis zur Pension durchzustehen und nicht als Nervenbündel vorzeitig den Dienst zu quittieren wie zwei Drittel des Kollegiums. »Stella, meine Liebe!«

»Was ist?«, fragte Stella Edwin.

»Du hast zwei Optionen.« Edwin hatte den Ton angeschlagen, mit dem er einem Schüler verdeutlichen wollte, dass er sich nun zu entscheiden hatte, ob er zu lernen begann, um das Notabitur zu schaffen, oder weiterhin faul blieb und sich damit seine Karriere verbaute. »Entweder du schaust woanders hin oder du musst damit klarkommen, dass ich jetzt aus dem Wasser steige. Und ich trage keinen Smoking.«

Für den Bruchteil einer Sekunde blitzte Überrumpelung in Stellas Gesicht auf. »Ich ... gehe mal ein paar Schritte.« Damit machte sie kehrt, dass ihr Haar noch einmal wüst in alle Richtungen wehte, und schlenderte zur Promenade.

Micha atmete auf. Wenn er sich nur eine Scheibe von Edwins souveränem Auftreten abschneiden könnte! Er stakste neben seinem Vater aus dem Wasser, nicht ohne den Bauch einzuziehen und sein Gemächt mit den Händen zu bedecken. Kurz überlegte er, ob sein Verhalten als homophob gedeutet werden konnte: der Hetero, der einem Schwulen nicht nackig gegenübertreten wollte – aus Angst, sofort von ihm vernascht zu werden. Doch seine Scham war zu groß, als dass er Rücksicht darauf nehmen konnte, wie andere ihn deuten würden.

»Nimm meine Badehose«, sagte Edwin zu Micha, als sie ihren Klamottenhügel erreicht hatten. »Jeans an klatschnassen Beinen, das ist kein schönes Gefühl.«

»Hmmm, weißt du etwa, wovon du sprichst?« Robert drückte Edwin einen Kuss auf die Wange.

Micha zog sich die Badehose über, ohne Stella aus dem Blick zu lassen, die zackig auf die Promenade zumarschierte und nicht im Traum daran dachte, sich nach den beiden entblößten gestrandeten Pottwalen umzudrehen – wie sollte sie sonst jemals wieder in Stimmung kommen?

»Habt ihr gut geschlafen?«, fragte Robert.

»Wie ein Scheintoter.« Edwin schubberte sich über den Kopf, als seien dort noch Haare, die man von Wassertropfen befreien musste.

»Geht so.« Micha lockerte das Bändchen an Edwins Badehose – er musste wirklich abnehmen, sogar sein Vater war schlanker als er! »So gut man eben schlafen kann, wenn der eigene Sohn ...« Er zwang sich, nicht weiterzusprechen. Robert und Edwin waren nicht die Personen, von denen er Verständnis für seine Gefühlslage einfordern konnte – oder?

»Ich kann mir denken, was du meinst«, sagte Robert wider Erwarten. »Es ist nie schön, wenn die Kinder nicht so sind, wie man es gern hätte.«

»Ich weiß gar nicht, wo mein Problem liegt.« Micha fuhr sich über die von Gänsehaut überzogenen Arme. Das Bad im Meer war erfrischend, doch nun musste er trotz knallender Sonne ein Bibbern unterdrücken. »Nie wollte ich so ein engstirniger Vater sein, der bestimmt, wie sein Kind werden soll, noch bevor es auf die Welt gekommen ist.«

»Das tust du auch nicht!« Edwin wischte über das Display seines Smartphones und schob es tief in die Hosentasche zurück. »Du lässt den Jungen ja machen.«

Robert nickte. »Und dass dein Kopf Karussell fährt, ist verständlich.«

»Kleine Kinder, kleine Sorgen, große Kinder ...« Edwin unterbrach das Rezitieren schlauer Sprüche aus dem Küchenweisheitenkalender, als er in Roberts und Michas angewiderte Gesichter schaute. »Die Hauptsache ist, dass zwei Menschen sich gern haben«, sagte er stattdessen in der Hoffnung, dass dieser

Wortbeitrag auf mehr positive Resonanz stieß. »Niklas hat sein Leben noch vor sich. Er sollte nicht verstecken, was er ist.«

»Amen!« Micha hielt sich die Nase zu und mühte sich darin ab, Wasser aus seinen Ohren zu pressen.

»Zieh es nicht ins Lächerliche.« Das war nicht Edwins Lehrerstimme, das war der private Edwin, wenn er es todernst meinte. »Du hast bei mir akzeptiert, dass ich mit einem Mann zusammen bin, also kannst du das auch bei deinem Sohn.«

Micha überlegte. Hatte er es wirklich akzeptiert? Als er seinem Vater in die Augen schaute, erinnerte er sich plötzlich an ihren gemeinsamen Ausflug vor unzähligen Jahren, als Micha noch in die Vorschule gegangen war. Es regnete in Strömen, doch Edwin hatte Micha fest versprochen, mit ihm in den Wald zu gehen und Kastanien zu sammeln. Also stiegen sie in ihre Gummistiefel, streiften sich ihre gelben Regencapes über und liefen durch die Pfützen und das nasse Laub, bis Michas Beutel randvoll mit Kastanien gewesen war. Am Nachmittag saßen sie mit Mama zusammen vor dem prasselnden Kamin und bastelten Kastanienmännchen. Dabei hörten sie Mamas alte Märchenplatte und lachten über Edwins Bastelergebnis: eine Figur, die fatale Ähnlichkeit mit Opa Rudi besaß. Die Zeiten waren vorbei. Mama war tot, er selbst so alt, wie er nie zu werden glaubte. Und vor ihm stand sein Vater: verliebt in einen Menschen, der ihm offenbar so gut tat, dass Edwin aus dem Lächeln nicht mehr herauskam. Micha blinzelte. Ja. Er konnte voller Überzeugung behaupten, Edwins Schwulsein zu akzeptieren. Also würde er es auch bei Niklas können – doch erst einmal musste er aus dem nassen Shirt raus und dann schleunigst frühstücken: Ein ordentliches Frühstück verhinderte, dass man tagsüber zu viel in sich hineinschaufelte: die Grundlage von jeder Diät! So war es doch ... oder?

Edwins Telefon klingelte. »Mona! … Natürlich weiß ich, wo Micha steckt: direkt neben mir! … Wie bitte? …Nein, Niklas und Jay sind nicht bei uns.« Er reichte Micha das Smartphone. »Sie will dich sprechen.«

»Hallo?«

»Sie sind weg!« Mona hörte sich an, als habe sie geweint.

»Wer ist weg?«, fragte Micha.

»Die Tauben im Dachstuhl.« Mona schnaufte in den Lautsprecher. »DIE JUNGS NATÜRLICH!«

Beinah wäre Micha das Telefon in den Sand gefallen. »Was heißt das?«

»Was soll das schon heißen!« Monas Stimmt kippte ins Hysterische. »Verschwunden! Verschollen! Fortgelaufen! Nicht mehr da! Sharon hat mich angerufen: Jay war nicht in seinem Schlafzimmer. Und dann musste ich feststellen: Niklas fehlt ebenfalls.«

Robert und Edwin rückten nah an Micha heran. Er aktivierte den Lautsprecher, sodass sie zuhören konnten. »Hat Niklas seine Reisetasche mitgenommen?«

»Moment …« Kurz war es still. »Sie steht neben dem Schrank«, sagte Mona schließlich.

»Hallo Mona!«, sprach Robert ins Handy. »Vielleicht sind die beiden nur spazieren. Sie kommen sicherlich bald zurück!«

»Und wenn nicht?« Mona brüllte. »Was, wenn sie durchgebrannt sind? Immerhin sind wir gestern nicht zu Bett gegangen, als herrsche eitel Sonnenschein! WIR HABEN DIE ZWEI BEIM KNUTSCHEN ÜBERRASCHT!« Sie atmete laut ein und aus. »Und nicht sonderlich gut darauf reagiert, wenn ihr mich fragt! Ich mache mir solche Vorwürfe!«

»Wir werden sie finden!«, sagte Edwin.

»Wenn sie überhaupt verschwunden sind«, sagte Robert und rief dann nach Stella, um sie zum Umkehren zu bringen.

Michas Magen meldete sich. »Hast du eine Idee, wo sie sein könnten?«

»Ich nicht. Aber Sharon.« Wieder nahm Mona einen tiefen Zug – rauchte sie etwa schon wieder? Wo hatte sie die Zigaretten her, sie hatte sich doch geschworen, niemals mehr welche zu kaufen. »Der Flyer lag auf Jays Nachttisch.«

»Welcher Flyer?«, fragte Micha.

»Von einem Hanf-Bauernhof hier in der Gegend! Den hat Jay gestern genau durchgelesen.«

Robert rümpfte die Nase. »Meinst du wirklich, die beiden fliehen auf einen Bauernhof, um sich dort als Stallburschen zu behaupten? Hätten sie den Flyer dann nicht mitgenommen? Ich glaube, das ist ein wenig weit hergeholt.«

Stella hatte sie erreicht. »Die Kinder werden vermisst«, teilte Edwin ihr mit.

»Weit hergeholt, weit hergeholt«, gab Mona den Lora-Papagei. »Es ist der einzige Anhaltspunkt! Wer weiß, ob sie nicht so dämlich sind und glauben, sie könnten sich noch schnell mit Kiffermaterial eindecken, bevor sie weiterziehen und das Land endgültig verlassen.«

»Republikflucht?« Ohne Unterlass strich Stella sich ihre Haarsträhnen aus dem Gesicht. »Jetzt übertreibst du aber.«

»WAS WEISST DU SCHON, STELLA!« Micha war froh, noch einen Rest Wasser in der Ohrmuschel zu haben, um sein Gehör vor Monas Schreiattacke zu schützen. »SOFERN ICH RICHTIG INFORMIERT BIN, HAST DU KEINE KINDER, UM DIE DU DICH SORGEN MUSST!«

Stella stülpte die Unterlippe vor. Es war besser, nichts zu erwidern. Muttertiere am Rande des Nervenzusammenbruchs konnte sie noch nie ausstehen.

»Ich … ich wollte dich nicht anschnauzen«, sagte Mona.

»Schon gut«, entgegnete Stella, obwohl sie dies in jenem Moment absolut nicht so meinte.

»Colette findet auch, ich würde zu schwarz sehen … aber Niklas ist doch mein Baby!«

Stella ballte die Fäuste. Wenigstens Colette schien einen klaren Kopf zu behalten.

Seit wann hegt Mona so starke Gefühle für den Jungen, dachte Micha. *Sie hatte es nicht einmal für nötig gehalten, zur Schulaufführung zu erscheinen, wo Niklas die männliche Hauptrolle in diesem Stück mit der behüteten Jungfrau spielte, deren Ehre in Gefahr war. Man weiß erst zu schätzen, was man hat, wenn man es verloren glaubt.* »Pass auf, Mona«, sagte er, »wenn es dich beruhigt, sattle ich das Auto und wir suchen nach den Kindern.«

»Das ist wohl selbstverständlich! Sieh zu, dass du deinen Hintern hierher bewegst, damit Sharon, Jonathan und wir losfahren können!«

»Wäre es nicht besser, wenn ihr euch aufteilt und jeder woanders sucht?«, fragte Robert.

»Das schon«, erwiderte Mona. »Aber die Richardsons sind nicht mit dem Auto gekommen, sondern mit dem Zug. Wegen der Umwelt.«

Micha runzelte die Stirn. »Und Edwins Wagen? Wenn sie damit fahren, könnten du und ich mit meinem Auto …«

»HERRGOTT, MICHA! SOLLEN WIR NOCH ZEHN STUNDEN EINEN SCHLACHTPLAN MACHEN ODER UNS AUF DER STELLE IN BEWEGUNG SETZEN, BEVOR SIE ÜBER ALLE BERGE SIND?«

»Nichts als blinder Aktionismus«, flüsterte Stella ihrem Vater ins Ohr.

»Arroganz steht dir nicht«, entgegnete Robert. »Wenn es um das eigene Kind geht, setzt der Verstand aus.«

Stella beugte sich zum Telefon. »Mona? In zehn Minuten ist Micha bei euch, dann fahrt ihr los. Wir anderen schauen uns in der Gegend um. Eine Person wird in der Villa bleiben, falls Jay und Niklas zurückkehren. Und noch jemand von uns bewacht die Hotelrezeption – da könnten sie auch auftauchen.«

Micha war beeindruckt: Die Frau konnte delegieren!

Mona schluchzte. »Polizei ... was ist mit der Polizei?«

Stella überlegte nicht lang. »Wenn ihr bis zum Mittag nichts erreicht habt, melden wir die beiden als vermisst, in Ordnung?«

Mona schwieg.

»Bist du noch da?«, fragte Stella.

»Gut. Aber wir warten keine Sekunde länger!«

»Keine Sekunde, ich verspreche es dir!« Stella war bereits losgelaufen, während die Männer ihr hinterherjoggten.

Micha hielt sich die Seiten. Partout konnte er sich nicht vorstellen, dass sein Sohn ausgerissen war. Dafür hatten sie ein zu gutes Verhältnis. Andererseits stellte man aus Liebe die verrücktesten Dinge an. Als er damals hoffnungslos in die Mathe-Referendarin verschossen war, hätte er sich ein Bein dafür amputiert, wenn sie mit ihm ins Kino gegangen wäre.

Kaum nachdem Edwin aufgelegt hatte, klingelte es schon wieder. »Hallo Mutter!«, sagte Edwin japsend und fügte gedanklich hinzu: *Wie schön, dass du noch lebst!*

»Warum schnaufst du, mein Junge?«, fragte Trudi. »Machst du Frühsport?«

»So ähnlich.« Beinah wäre er im Sand umgeknickt.

»Ich wollte dir nur sagen, dass wir auf dem Heimweg sind. Es war eine wunderbare, ganz wunderbare Erfahrung!«

»Für Vater auch?«, fragte Edwin, um sich durch die Blume zu erkundigen, ob Rudi das Abenteuer ebenfalls lebendig überstanden hatte.

»Ach, dein Vater ist weniger belastbar als ich. Gerade sitzt er neben mir und schläft. Und das, obwohl eine Bombenstimmung im Bus ist: Ulla hat Sekt spendiert.«

»Ich schlafe nicht!«, rief Rudi. »Ich betreibe nur Augenpflege!«

Trudi kicherte. »Wie du meinst, Schollihäschen.«

»Hör mal, Mutter«, Edwin musste husten, hoffentlich hatte er sich von seinem Abstecher in See nichts weggeholt, »ich rufe dich nachher zurück, gerade ist es schlecht mit …«

»Wir waren auf einer einmaligen Veranstaltung«, redete Trudi unbeeindruckt weiter. »Zuerst dachte ich, die freundlichen Herren von der Loveparade gehen mit uns auf eine Schlagernacht-Party. Aber dann hat sich herausgestellt, dass es sich um eine Schlager-Nacktparty handelt.«

»Das war aber nicht weiter schlimm«, rief Rudi. »Weil man seine Kleidung an der Garderobe abgeben konnte. Sehr praktisch!«

»Was haben wir getanzt! Sogar Ulla hat durchgehalten, ohne sich ins Höschen zu machen.«

»Sie hatte ja auch keines an!«, rief Rudi.

Wieder kicherte Trudi. »Schön war's, so schön … nur etwas frisch untenrum!«

»Bis später!« Edwin legte auf. Gerade konnte er die wilden Geschichten seiner Eltern so sehr gebrauchen wie eine Horde aufgestachelter Erziehungsberechtigter am Elternsprechtag. Hoffentlich bauten Jay und Niklas keinen Mist!

Teil 3

Der nackte Wahnsinn

29

Mona sah aus dem Fenster. Sie zog ein Gesicht, als würde Micha sie im Schritttempo durch den *Safari-Park Hodenhagen* chauffieren, während eine Gruppe zähnefletschender Löwen alles gab, die Autoscheibe zu zertrümmern, um an das kalte Büfett im Inneren zu gelangen. »Und du bist wirklich sicher, dass wir hier richtig sind?«

»Meine Fresse: JA!« Durch den Rückspiegel schmetterte Micha seiner Ex einen tödlichen Blick entgegen.

»Tzz, tzz, tzz!«, machte Dörte, die sich zwischen Mona und Sharon gequetscht hatte und heftig bereute, darauf bestanden zu haben, mitzukommen – was sollte sie schon bei der kopflosen Suche nach zwei vom Weg der Tugend abgekommenen Jugendlichen erreichen!

»Fluchen bringt rein gar nichts, Micha!« Am liebsten hätte Mona theatralisch die Beine übereinandergeschlagen, doch war dafür zu wenig Platz.

Jonathan musterte Micha von der Seite. »Um ehrlich zu sein, ich mache mir auch meine Gedanken, wo w... wo wir hier si... si...« Er konnte nicht weitersprechen – die Schlaglöcher auf dem Trampelpfad, auf den sie vor über zehn Minuten eingebogen waren, sorgten für zu viel Vibration.

Sharon klappte den Flyer auf: »Hanfhof – ihr Spezialist für H... H... Hanfprodukte im He... eee... eee... Herzen von Mimmmmimmmmimmm...« Die nächste Schlaglochansammlung war derart brutal, dass sie besorgt die Hand zum Mund führte, um zu prüfen, ob sie sich die frisch aufgespritzten Lippen blutig gebissen hatte.

So konzentriert starrte Mona aus dem Fenster, als suchte sie nach einem Eichhörnchen in den Baumkronen. »Ich sehe hier kein Mimmmimmmimmm, geschweige ein anderes Anzeichen menschlicher Zivilisation! Ich sehe nur Wald, Wald, Wald.«

»Also … Micha!« Jonathan hatte seine Diplomatenstimme aufgelegt. »Ich glaube, du hast dich verfahren.«

Micha pustete sich eine imaginäre Haarsträhne aus dem Gesicht. »Ich folge nur dem Navi – und das sagt …«

»Weiter geradeaus fahren!«, ertönte die Computerstimme just in diesem Moment.

»Da hört ihr es!«

Jonathan kam eine Idee. »Wie heißt die Straße gleich, wo der Hof ist?«, fragte er Sharon.

Mit dem Finger fuhr sie über die Zeilen. »Engelwurz-Allee dreiunddreißig.«

Jonathan neigte sich zum Navi-Bildschirm. »Ach, du m... m... meine Scheiße.«

»Was ist?«, riefen Mona und Sharon im Chor, während Dörte wieder eine Reihe tzz, tzz, tzz abließ.

»Michael, raste jetzt nicht aus«, sagte Jonathan, »wir sind auf der falschen Spur!«

»Hä?«, machte Micha.

»Engelwurz-Allee lautet die Adresse.« Jonathan war von der Diplomatenstimme in die des Erklär-Bärs gewechselt. »Du hast aber Engelwutz-Allee eingegeben.«

»Erzähl keinen Stuss«, sagte Micha. »So eine Straße gibt es nicht!«

Rattaknoff-wroom!

Mona hielt sich den Kopf, mit dem sie gerade aufgrund eines weiteren rekordverdächtigen Schlaglochs gegen die Scheibe genuckt war. »Anscheinend schon. Sonst wären wir nicht auf dem Weg dorthin.«

»Herrjemine!« Dörte jammerte vor sich hin.

Wie gern hätte Sharon nun eine geraucht! »Dreh sofort um!«

Jonathan tippte auf dem Navi herum. »Unfug! Wir ändern nur das Reiseziel.«

Stotternd fuhr der Wagen noch ein paar Meter, dann hielt er an.

»Danke!« Jonathan war froh, tippen zu können, ohne sich der holprigen Straße wegen den Finger zu brechen.

»Ich habe nicht angehalten«, sagte Micha. »Nicht freiwillig jedenfalls.« Er drehte den Zündschlüssel um – erfolglos.

Mona beugte sich zu seinem Ohr. »Versuch es noch einmal!«

Michas Magen verkrampfte. Er tat, wie Mona ihm geheißen: nichts. Das Auto rührte sich keinen Millimeter. Micha traute sich nicht, auf die Tankanzeige zu gucken. Es war ohnehin unnötig: Aus den Augenwinkeln war das rote Blinklicht deutlich zu erkennen – sie hatten keinen Sprit mehr.

Sharon umschloss das Feuerzeug in ihrer Hosentasche. »Ich glaube es nicht. Das ist ja wie in einem schlechten Horrorfilm!«

Jonathan schnallte sich ab. »Du ... du hast doch einen Reservekanister im Kofferraum, ja?«

Stoisch sah Micha geradeaus. »Schon.«

Erleichtert atmete Jonathan aus.

»Aber der ist leer.«

Entgeistert atmete Jonathan ein.

»Es ... es ist mir letztens schon einmal passiert, dass ich liegengeblieben bin.« Micha schluckte seinen Kloß im Hals hinunter. »Und da ging das Notfallbenzin drauf.«

»Aber Micha!« Dörte hörte sich an wie ein Kita-Kind, das nicht wahrhaben wollte, dass es sich bei dem Weihnachtsmann, der jedes Jahr an Heiligabend lachend vor ihm stand, um den eigenen Papa handeln sollte. »Du hast den Kanister doch wieder aufgefüllt, nicht wahr?«

»Pah!« Mona ließ sich in die Rückenlehne fallen. »Da kennst du meinen Ex-Gatten aber schlecht!«

Micha umschloss das Lenkrad so fest, als hatte er vor, es zu erdrosseln. »Ich … ich wollte es längst tun.«

»Bravo!« Mona sackte zur Seite und lehnte die Stirn an das kühlende Fensterglas. »Ich weiß schon, warum ich mich von dir habe scheiden lassen!« Sie entsperrte ihr Smartphone. »Kein Netz … das hat uns noch gefehlt!«

Jonathan kramte sein Telefon hervor. »Bei mir ebenso.«

Sharon öffnete die Tür. Wenn sie nicht sofort Nikotin bekam, würde ein Mord geschehen! »Mich braucht ihr nicht zu fragen, ich habe mein Handy in der Eile vergessen!«

Dörte faltete die Hände. »Und ich …«

»Sprich nicht weiter!« Mona buffte Dörte in die Seite. »Eher hatte der Ötzi einen Thermomix, als dass du ein Handy besitzt.«

»Unsere Gemeinde sieht Handys kritisch«, erwiderte Dörte.

Monas knirschte mit den Zähnen. »Du kannst uns ja Hilfe herbeibeten, Herzchen!«

Micha stieg ebenfalls aus und zückte sein Smartphone. »Zero!« Er presste alles zusammen, was es zusammenzupressen gab. Wenn er sich nicht sofort hinter dem nächsten Busch erleichtern konnte, würde er mit Sharon ein Doppelmörderpärchen abgeben! »Ich … ich …« Er stöhnte auf und wackelte los. »Ich schau mal, ob ich da hinten Empfang habe.«

Als er wenig später die Packung Tempos in seiner Tasche bemerkte, stieß er einen Seufzer aus. *Das wäre die Krönung gewesen,* dachte er, während er sich säuberte. *Vier aufgebrachte Eltern und eine Heilige bleiben mitten in der Pampa mit dem Wagen liegen – und wenn ihre Leichen nach Tagen gefunden werden, ist das Erste, was der eine Kommissar zum anderen sagt: »Schau mal, der Dicke mit der Glatze – der hat 'nen verschissenen Hintern!«*

30

»Wann hast du es das letzte Mal probiert?« Stella nippte an ihrem Kaffee.

»Kurz bevor du mich angerufen hast«, antwortete Colette. »Niklas geht einfach nicht an sein Handy.«

»Und wenn du deine Nummer unterdrückst?«

»So clever war ich auch schon.«

»Tut mir leid.« Stella kramte in ihrer Kulturtasche nach einer Migränetablette. »Es ist ohnehin ein sinnloses Unterfangen. Als ob den zwei Hübschen gerade nach Reden zumute wäre.«

»Wenn jedes Familienmitglied weiterhin Sturm klingelt, sind höchstens ihre Akkus bald alle«, sagte Colette.

Stella drückte die Tablette aus dem Plastik und schluckte sie, ohne nachzuspülen. »Stimmt. Dann wird es eine Suche nach der Nadel im Heuhaufen.« Sie lehnte sich über die Brüstung des Balkons und schaute vom ersten Stock in den Garten. »Magst du rüberkommen?«

Colette brummte durch den Smartphone-Lautsprecher. »Du hast gesagt, ich soll in der Hotellobby warten.«

Stella nahm noch einen Schluck Kaffee. »Hm … schon. Aber du hast diesem Evrim Bescheid gegeben, dass er dich sofort anrufen soll, falls die Jungs wieder auftauchen. Wenn du dir den Hintern plattsitzt, bringt das die zwei auch nicht schneller zurück.«

»Meinetwegen«, entgegnete Colette. »Ich komme. Oder sollten wir auch irgendwo suchen?« Sie dachte an Edwin und Robert, die sich auf der Strandpromenade nach den Ausreißern umsahen. »Stella? Bist du noch da?«

»Ja!«

»Warum stöhnst du so?«

»Ich laufe.«

»Wie … du läufst? Wir sind über vierzig! In unserem Alter läuft man nicht mehr!«

Stella antwortete nicht. Sie hatte das Ende der Treppe erreicht, rannte durch die Terrassentür in den Garten – schnurstracks in Richtung Laube. Denn von ihrem Balkon aus hatte sie etwas Verdächtiges an der Klinke der angelehnten Laubentür hängen sehen. Am Ziel angekommen nahm sie das hellblaue T-Shirt in die Hand und faltete es auseinander: Ein Hase mit Irokesenhaarschnitt grinste ihr entgegen und entblößte dabei seinen Goldzahn. Das war Niklas' Shirt! Sie linste durch den Türspalt – und grinste selig.

Auf Zehenspitzen schlich sie durch das Gras zurück zum Haus.

»Stella? Hallo?«

»Hey!« Stella hatte das Telefon wieder am Ohr.

»Was war?«, fragte Colette. »Ich konnte dich nicht mehr hören.«

»Weil ich nichts gesagt habe.«

»Ich verstehe nur Bahnhof! Warum läufst du? Und warum schweigst du?«

Stella drehte sich zur Laube um, in der sie schlummerten – Arm in Arm, gebettet auf den Auflagen für die Luxusliegen: Niklas und Jay. »Ich habe sie gefunden!«

»Was? Wen?«

»Fragst du das ernsthaft?«

»Das glaube ich nicht!«

»Komm her und überzeuge dich!« Stella legte auf. Während sie Roberts Nummer auswählte, schlenderte sie zur Terrasse zurück. »Viel Aufregung um nichts«, sprach sie zu sich selbst. »Der Eierstock denkt, die Kinder sind über alle Berge – und dabei hatten sie bloß das Bedürfnis, in Ruhe gelassen zu werden. Muss Liebe schön sein!« Sie drückte auf *Anrufen*. Aus dem geräumigen Wohnzimmer ertönte ein ihr wohlbekannter Klingelton. Kopfschüttelnd ging Stella zum Kaminsims, auf dem Roberts Telefon lag. »Fantastisch! Und ich habe nicht einmal Edwins Nummer.«

»Huhu!« In der Terrassentür stand Colette und strahlte Stella an. »Ich möchte alles hören: jetzt!«

»Die Jungs sind hier. Sie haben in der Gartenlaube übernachtet – und pennen noch immer.«

Colette trat über die Schwelle und sackte in den Ohrensessel. »Meinst du sie … sie haben …«

»Es genossen, nicht an Mamis Rockzipfel zu hängen?« In der Hoffnung, Edwins Nummer in Roberts Kontakten zu finden, griff Stella nach dessen Smartphone. Vergebens, es war gesperrt. »Das will ich meinen!«

»Puh!« Colette sackte noch ein Stück nach unten, dass sie beinah vom Polster rutschte und auf dem Fliesenboden zum Liegen kam. »Dann kann ich mir ja doch noch eine Pediküre im Hotel gönnen, jetzt, wo die verschollenen Söhne wieder aufgetaucht sind.«

»Sie waren nie weg«, sagte Stella.

»Einerlei!« Colette rappelte sich hoch. »Kommst du mit?«

»Zur Pediküre?«

Colette nickte. »Endlich muss *ich* niemanden die Füße polieren, sondern kann mich selbst verwöhnen lassen. Die haben dort kleine Fische, die dir die Haut von den Zehen knabbern.«

Stella kicherte wie ein Schulmädchen, das eine schweinische Geschichte auf der Doktor-Sommer-Seite der *Bravo* gelesen hatte. »Bin dabei. Aber ruf bitte Micha an und gib Entwarnung. Edwins Nummer hast du nicht zufällig, oder?«

Colette hatte bereits auf Michas Namen in ihrem Telefonbuch geklickt. »Nein, aber er kann seinen Vater informieren. Mir fällt ein Stein vom Herzen, dass den Jungs nichts passiert ist!« Ihr Gesicht verfinsterte sich, als die ausdruckslose Stimme ihr mitteilte, dass der Teilnehmer nicht erreichbar sei. Wie gut, dass Sharon ihr Fotos vom gemeinsamen Abend am Lagerfeuer geschickt hatte, sodass sie die Möglichkeit hatte, bei ihr anzurufen. »Es ist nicht zu fassen! Sharon ist auch nicht erreichbar – bloß ein Freizeichen!«

»Vielleicht sind sie noch auf diesem sonderbaren Hanfhof«, sagte Stella. »Und der ist so weit in der Walachei, dass sie kein Signal haben.«

Stella hatte recht – zumindest halbwegs: Dass Micha und die anderen sich in der Walachei aufhielten, war richtig. Auch dass sich dort zu keinem der mitgenommenen Telefone eine Verbindung aufbauen ließ, stimmte. Dass sie sich jedoch auf dem Hanfhof befanden, war das einzig Falsche an ihrer Mutmaßung.

31

»Meine Füße bringen mich um!« Sharon stützte sich auf Jonathans Schulter ab. »Wenn uns ein Wolf begegnet, muss ich dran glauben. Wegzurennen schaffe ich nicht!«

»Selbst schuld!« Jonathan starrte auf Sharons Riemchensandalen mit den gigantischen Kork-Absätzen. »Was ziehst du auch solche Treter an!«

Sharon mühte sich darin ab, einen Zweig loszuwerden, der sich in ihrer Frisur verfangen hatte. »Als ich mich in Schale geworfen habe, war ich nicht darauf eingestellt, zu kraxeln!«

Mona kratzte an dem Stich auf ihrem Arm, den sie einem Ungetüm von Mücke zu verdanken hatte. »Um diese Zeit würden wir zu Mittag essen. Und danach hätten wir uns einen Strandkorb mieten und über das Meer schauen können!«

Zum x-ten Mal prüfte Jonathan sein Smartphone nach Empfang – ohne Erfolg. »Wenn ich meinen Sohn in die Finger bekomme, kann er etwas erleben.« Er zog Sharon weiter.

Mona drehte sich zur murmelnden Dörte um. »Betest du etwa?«

Nickend wischte Dörte den Schweiß von ihrer Stirn. »Wir rennen bei sengender Hitze durch die Prärie. Weit und breit ist keine Rettung in Sicht. Ein Gotteswunder täte nicht schaden!«

»Hast du wenigstens Jay und Niklas in deine Gebete eingeschlossen?«, fragte Mona. »Göttlicher Beistand täte ihnen nicht schaden. Denn wenn ich die Bengel wiedersehe, garantiere ich zumindest bei einem für nichts!«

»Ich sorge für den anderen!« Sharon stöhnte. Sie war sicher, dass sich bereits blutende Blasen an ihren Fußsohlen gebildet hatten. »Die sollen mir nach Hause kommen!«

»Erst einmal müssen *wir* nach Hause kommen!« Micha befreite seinen Fuß vom Gestrüpp, das aus der Erde wucherte. »Wir hätten auf der Straße zurückgehen sollen!« Er verkniff sich einen Fluch. Warum bloß waren die anderen auf Jonathans Vorschlag eingegangen, querfeldein zu latschen? »Wenn wir hier abbiegen, landen wir in wenigen Minuten auf der Hauptstraße«, hatte Jonathan gesagt, während er das Navigationsgerät wie eine Wünschelrute vor sich hielt. »Tja, ich weiß auch nicht!«, lauteten seine resignierten Worte eine halbe Stunde später – das Navi hatte längst kein Signal mehr und die unfreiwillige Wandergruppe war endgültig im Funkloch verschollen.

Dörtes Schnaufen holte Micha in die Gegenwart zurück. »Es ist nicht zu fassen! Der Mensch verblödet an der Technik! Statt selbst zu denken, googeln wir! Statt die Augen offenzuhalten, hören wir auf einen Kasten, der uns sagt, dass wir nach links oder rechts gehen sollen! Und was ist das Ende vom Lied?«

Ohne zu zögern würde Sharon ihre letzte Zigarette gegen Wasser eintauschen. »Ein Quintett älterer Herrschaften steht dumm im Wald herum und verdurstet jeden Moment.«

»Der Kelch geht an uns vorbei!« Wenn er nicht so erschöpft gewesen wäre, hätte Jonathan einen Sprint hingelegt: Vor ihm tat sich eine Lichtung auf, die den Blick auf Zelte und Wohnmobile freigab. Dahinter befand sich eine Bucht.

»Wo sind wir?«, fragte Mona.

»In Sicherheit!« Sharon lachte hysterisch.

Dörte bekreuzigte sich. »Danke, Herr!«, sagte sie lautlos. Sie würde am Leben bleiben – Burgitta, die Kanaille von Nachbarin, die schon lange ein Auge auf ihren Dietmar geworfen hatte, würde ihn nicht vor den Traualtar zerren können! Bliebe nur zu hoffen, dass es auch Niklas und Jayden gut ging, wobei Dörte sich bereits darauf eingestellt hatte, dass sich die beiden längst auf einem Schiff nach San Francisco befanden und sich in diesem Augenblick umgeben von grölenden Matrosen in engen Hosen Totenköpfe auf die Oberarme tätowieren ließen. Wenn der Allmächtige Erbarmen hatte, würde er das Schiff sinken lassen!

32

»Zum letzten Mal, Mutter!« Edwin gab alles, um nicht loszubrüllen. »Ich habe deine Platte von Roger Whittaker nicht! Der ist überhaupt nicht mein Fall!«

»Quatsch keine Opern!« Trudi stöhnte in den Lautsprecher – gottlob hatte sie diesmal bloß einen herkömmlichen Anruf und keinen Video-Call getätigt; wer weiß, was Edwin zu Gesicht bekommen hätte! »Wer schmilzt bei Whittakers Stimme nicht dahin wie ein Schweizer Käse in der Sonne?«

»Trotzdem habe ich die Platte nicht!«

»Wie ärgerlich«, sagte Trudi. »Dein Vater und ich hätten gern etwas Entspannendes gehört nach der ganzen Techno-Musik.«

»Ich denke, ihr habt auch Schlager gehört?« Ein eisiger Schauer erfasste Edwin, als er daran dachte, wie Trudi ihm von der speziellen Party berichtet hatte, bei der man sich endlich einmal nicht zu überlegen brauchte, was man anzog.

»Das schon! Aber keine langsamen. So ein Album von dem Roger Whittaker wäre genau das richtige, jetzt wo wir Berlin Adieu sagen mussten. Ich wüsste auch den passenden Titel: *Abschied ist ein scharfes Schwert.*«

»Wer hat ein Schaf im Herd?«, rief Rudi.

»Ruhe!« Trudi räusperte sich. »Macht nichts, hören wir halt den Helmut Lotti! Kennst du eigentlich den Auftritt, wo er zusammen mit den Hupfdohlen vom DDR-Fernsehballett …«

»Tut mir leid, Mutter, ich muss auflegen! Bis später!« Edwin tippte auf den roten Kreis und fiel Robert in die Arme.

Robert küsste ihn auf die Glatze. »Angst, dass Micha versucht, dich anzurufen und es ist besetzt? Hast du nicht die Anklopf-Funktion aktiviert?«

»Anklopf-Funktion? Um ehrlich zu sein, kann ich Trudi gerade noch weniger ertragen als ohnehin schon.« Edwin rieb seine Nase an Roberts breiter Brust. »Und wo suchen wir jetzt?«

»Was weiß ich … wir könnten beim Mini-Golf nachsehen, doch ich bezweifle, dass sich Jay und Niklas für Windmühlen und Schneckenhaus-Labyrinthe interessieren.«

Edwin lachte in Robert hinein. »Hör zu!« Er löste seinen Griff und sah Robert ernst in die Augen. »Ich verkünde hiermit offiziell, dass du meine Familie intensiv kennengelernt hast.«

»Hab ich das?«

Edwin nickte. »Für meine Zwecke ist es völlig ausreichend!«

»Deine Zwecke? Was meinst du damit?«

Edwin griff Roberts Hand. »Sie wissen nun hoffentlich, dass du weder ein windiger Geschäftsmann bist noch jeden Abend einen anderen Kerl auf die Matratze schmeißt.«

»Das wäre auch noch schöner! In meinem Alter reicht mir einer!«

»Wie charmant.«

»Finde ich auch.« Mit dem Daumen strich Robert über Edwins Handrücken. »Immerhin habe ich mich für dich entschieden.«

»Tausend Dank für deine Barmherzigkeit!« Edwin zerrte Robert mit sich mit. »Mal im Ernst: Wir haben nun als Familie etwas unternommen und wir werden uns an Geburtstagen sehen.«

»Nicht an Weihnachten?«

»Du hast wohl ein Rad ab! Als ob Dörte und Dietmar an Heiligabend mit zwei Schwulen unter dem Tannenbaum sitzen würden!«

»Und die anderen?«

Edwin blieb stehen. »Bist du scharf darauf, mit Trudi und Rudi oder Mona und Colette Weihnachten zu verbringen?«

Robert setzte sein Pokerface auf, bis aus Edwin ein »Sag schon!« herausplatzte. »Wenn ich es mir recht überlege: Mit dir allein auf einer einsamen Berghütte – das stelle ich mir erholsamer vor.«

Edwin verkniff sich die Frage, wie er jemals auf den Berg kommen sollte. »Jedenfalls reicht es, wenn wir uns alle Jubeljahre begegnen. Du bist ja nicht mit jemanden aus der Sippe zusammen, sondern mit mir.« Er ging weiter, Roberts Hand noch immer fest umschlossen.

»Und Micha?«, fragte Robert.

»Schauen wir mal.«

»Was meinst du?«

Edwin hörte auf damit, sich nach allen Seiten umzugucken. Was er tat war affig – als ob Niklas und Jay jeden Moment um die nächstbeste Ecke biegen würden! »Wie es sich entwickelt.«

Robert brummte. »Meinst du, Micha mag mich nicht?«

»Sagen wir es so: Wenn du eine Frau wärst, hätte er einen Narren an dir gefressen.«

»Das Letzte, das ich sein möchte, ist eine Frau!«

»Wie sexistisch!« Edwin schmiegte sich an Robert.

»Mag sein. Ist trotzdem so. Und warum kann Micha mich als Mann nicht leiden?«

»Er kann dich leiden! Sehr sogar. Ich habe den Eindruck, dass alle dich ganz toll finden.«

Robert legte sein Dandy-Grinsen auf. »Tja, ich bin eben unwiderstehlich.«

»Aber ein Mann – und deshalb … gewöhnungsbedürftig.«

»Aha.«

»Gib Micha Zeit, sich mit der neuen Situation anzufreunden. Er ist auf einem sehr guten Weg.«

»Du hörst dich an wie mein alter Religionslehrer.«

Edwin kämpfte gegen den Impuls an, den Körperkontakt zu Robert zu lösen, als er mitbekam, wie zwei Herren mit kurzen Hosen, Bierbauch und weißen Socken in Gummisandalen pikiert tuschelten. »Nach dem Urlaub gehörst du wieder mir allein. Und wenn Micha das Bedürfnis hat, dich zu sehen, gesellst du dich zu unserem Mittwochsfrühstück.«

»Sofern ich nicht arbeiten muss.« Robert würdigte die Tuschel-Opas keines Blickes. »Ich glaube, dein Sohn hat erst einmal ganz andere Sorgen als das Liebesleben seines alten Herrn.«

»Vielleicht ist es doch vererbbar.«

»Was?«

»Na, das Schwulsein. Vielleicht ist Niklas schwul, weil ich jetzt auch ...«

Robert blieb stehen. »Lass den Schwachsinn! Was bringt es, sich darüber graue Haare wachsen zu lassen?«

Edwin fuhr sich über die Glatze. »Du hast recht, der Gedanke ist mühselig.«

Robert ließ Edwins Hand los und betrachtete ihn, als wäre er ein Schaustück in der Konditorei, bei dem er nicht wusste, ob er es exakt so bestellen sollte oder lieber mit einer zusätzlichen Buttercreme-Etage. »Dass ihr Geisteswissenschaftler immer alles zerpflücken müsst!«

»Es ist ein Fluch und eine Gabe zugleich.«

»Du hast zu viel *Monk* gesehen.«

Edwins Ohrläppchen wurden heiß. »Touché. Doch du musst nachsichtig mit mir sein! Immerhin liegt es bei dir etliche Jahre zurück, als du erkannt hast, dass du auf Männer stehst. Du hast dich daran gewöhnt, für dich ist es normal.«

»Für mich schon.« Robert nickte zu den beiden Sandalen-Trägern, die noch immer starrten, als seien er und Edwin das achte Weltwunder. »In solchen Momenten wird man jedoch daran erinnert, dass es in den Köpfen einiger reizender Mitmenschen nicht normal ist.«

»Lass uns zur Villa gehen«, sagte Edwin.

»Endlich.«

»Endlich? Wie jetzt? Du hättest das doch auch vorschlagen können!«

Abwehrend hob Robert die Arme, dass sein Bizeps sich deutlich unter dem engen Hemd abzeichnete. »Niklas ist *dein* Enkel! Du hast zu entscheiden, was du tust.«

Edwin nahm seine Brille ab und wischte mit dem Zipfel des T-Shirts über die Gläser. »Die Jungen werden schon zurückkommen, was?«

»Das werden sie.« Robert zog Edwin zu sich heran, umarmte ihn und atmete seinen unbeschreiblichen Geruch ein. »Falls du dich dunkel erinnerst: Wir waren auch mal fünfzehn.«

»Die beiden sind sechzehn, hast du vergessen, dass du bei Niklas' Geburtstag gewesen bist?«

»Hab's verdrängt.«

Edwin gab Robert einen Klaps vor die Brust. »Als ich sechzehn war, bin ich mit der schönen Alma auf den Wäscheboden geschlichen. Sie wollte mir was zeigen.«

»Ihre Briefmarkensammlung war es sicherlich nicht, vermute ich.«

»Wir konnten jedenfalls keinen Erwachsenen um uns herum gebrauchen ... warum sollte das bei Jay und Niklas anders sein?« Edwins blickte ins Leere. »Sie werden eine harte Zeit durchmachen, besonders in der Schule. Kinder können grausam sein.« Er dachte daran, wie er kurz vor seiner Pensionierung die Tür zum Krankenzimmer geöffnet und in das bleiche Gesicht seiner Schülerin Samira geschaut hatte. Sie hatte es vorgezogen, eine Überdosis Schlaftabletten zu schlucken, anstatt jemals wieder die Klasse zu betreten, wo ihre Mitschülerinnen sie wie hungrige Hyänen erwarteten. Noch heute schreckte Edwin aus dem Schlaf, weil er sich Vorwürfe machte, nicht mitbekommen zu haben, was vor seiner Nase abging.

»Hast du mir nicht letztens erzählt, dass Niklas ein Bein gestellt wurde, weil er Nagellack trägt?«, fragte Robert. »Der weiß, wie sich Mobbing anfühlt.«

»Nagellack, pah!« Edwin machte ein knurrendes Geräusch. »Niklas wird bald viel größere Probleme haben!«

»In der Tat«, erwiderte Robert. »Und Jay erst. Schwarz und schwul … fehlt nur noch, dass er im Rollstuhl sitzt und blind ist.«

»Wie böse von dir.«

»Aber wahr … leider.« Roberts Miene wurde ernst. »Umso wichtiger, dass die zwei sich nicht von den ganzen Arschlöchern einschüchtern lassen!«

Edwin beschloss, nach Beratungsstellen und Gruppen für queere Jugendliche zu recherchieren; auf diese Idee hätte er längst kommen sollen.

Eine Weile liefen sie schweigend nebeneinander her. Dann sagte Robert: »Wie lang warst du mit Alma zusammen?«

»Gar nicht«, antwortete Edwin. »Wir hatten bloß ein wenig Spaß … sie war meine Erste.«

»Hmm«, machte Robert. »Möglich, dass Jay und Niklas nur ein wenig experimentieren. In der griechischen Antike gab es Hauslehrer für Knaben. Die haben ihnen beigebracht, was man macht, wenn …«

»Möglich ist viel!« Edwin strich sich über die Glatze. Er hätte an Sonnenöl denken müssen! »Und wenn du nicht auch in die Grübelfalle tappen willst, wie ich alter Geisteswissenschaftler, sollten wir es dabei belassen. Die Jungs werden schon ihr Ding machen – solange sie nur zurückkehren.«

Robert öffnete das Tor zum Grundstück der Villa. »Hast du den Schlüssel mitgenommen?«

»Nein, ich dachte, das würdest du tun.«

»Ich denke nicht einmal an mein Handy«, antwortete Robert, während sie am Haus entlanggingen, um über die Terrasse hineinzukommen.

Als die Zweige des Schwarzen Holunders die Sicht freigaben, stießen Edwin und Robert einen überraschten Laut aus.

»Niklas?«, sagte Edwin.

»Jayden?«, sagte Robert.

Colette lehnte sich in ihrem Gartenstuhl zurück und prostete den beiden mit ihrem Drink zu. »Die verlorenen Söhne sind heimgekehrt.«

»Eigentlich waren sie nie weg.« Stella schielte über den Rand ihrer Sonnenbrille.

»Nicht einmal im hintersten Winkel hat man seine Ruhe!« Niklas gähnte und rekelte sich auf der Bank. »Dabei habe ich extra ein *Bitte-nicht-stören*-Zeichen angebracht.«

Stella lachte. »Ich bin zu direkt, als dass ich subtile Botschaften wie ein Shirt, das über der Klinke hängt, verstehen könnte.«

»Opa, setz dich hin!« Niklas sprang auf, lief Edwin entgegen. »Du bist ganz käsig!«

»Wie gut, dass ihr wieder da seid!« Gestützt von Niklas stieg Edwin die Stufen zur Terrasse empor und ließ sich auf den nächstbesten Stuhl sinken. Alles um ihn herum drehte sich. Er hatte sich wohl mehr gesorgt, als er zugeben mochte.

Robert nahm ebenfalls Platz. »Wo habt ihr gesteckt?«

»Im Gartenhäuschen.« Niklas reichte Edwin sein Glas Wasser, das dieser in einem Zug leerte. »Hier in der Villa war die Stimmung zu eisig.«

»Bei mir im Hotel auch.« Jay gähnte »Ich konnte eh nicht schlafen.«

Beinah wäre Edwin die Frage herausgerutscht, wie Niklas und Jay sich mitten in der Nacht verabreden konnten, doch rechtzeitig fiel ihm ein, wie dumm dies gewesen wäre: Im neumodischen Zeitalter des Smartphones konnte jeder jeden erreichen – überall und immer. Verrückte Welt! Apropos Smartphone: »Habt ihr euren Eltern Bescheid gegeben?«, fragte er die Jungen.

»Das würden sie gern.« Colette rührte in ihrem Drink, dass die Eiswürfel klapperten. »Jedoch erreichen sie niemanden.«

Edwin, dessen Teint gerade rosig geworden war, erbleichte wieder. »Ob was passiert ist?«

»Nicht ausflippen!«, sagte Colette. »Oder wollt ihr zurück auf die Promenade, um nun statt nach den Kindern nach Micha und Co zu suchen?«

Bevor Edwin antworten konnte, sagte Niklas: »Es ist wirklich abgrundtief dämlich von euch, anzunehmen, ich wäre mit Jay durchgebrannt.«

Jay schmunzelte. »Wer sind wir, Romero und Julia?«

»Du meinst Romeo«, sagte Edwin, »Romero war ein Erzbischof, der …«

»Herr Oberlehrer hat Sendepause!«, schnitt Robert ihm das Wort ab.

Ehrfurchtsvoll sah Niklas Robert an: Der Mann wusste, wie man mit seinem Opa umsprang! »Welchen Sinn macht es für uns, stiften zu gehen? Micha und Mona sind keine Bestien, die werden mich weder verprügeln noch ins Internat schicken, weil ich schwul bin!«

Jay vertrieb eine Fliege, die großes Interesse an seiner Nase zu haben schien. »Bei meinem Dad wäre ich mir nicht sicher.«

Stella fuhr hoch. »Er schlägt dich doch nicht etwa?«

»Blödsinn!«, sagte Jay. »Aber das mit dem Internat könnte er bringen!« Mit Blick auf Niklas fassungsloses Gesicht fügte er hinzu: »Zumindest den Vorschlag. Aber da habe ich auch noch ein Wörtchen mitzureden! Und Mum sowieso. Vor der kuscht Dad, auch wenn er es selbst gar nicht merkt.«

»Wollt ihr …« Colette ärgerte sich, dass sie die Worte kaum über die Lippen brachte. »Wollt ihr reden? Über euch zwei? Wie es euch geht?«

»Wieso?«, fragte Jay.

»Wozu?«, fragte Niklas.

»Und warum mit euch?«, fragten beide synchron.

Das war deutlich – Colette schwieg. Wie sehr hätte sie sich in ihrer Jugend einen Erwachsenen zum Reden gewünscht. Andererseits gab es damals kein Internet, keine Chatrooms oder Influencer, die zu allem ihren Senf abgaben. Und ob sie an Niklas' Stelle jemanden wie sie – die lose Bekanntschaft, aka Freundschaft Plus, des eigenen Vaters – als jemanden zum Herzausschütten akzeptiert hätte?

Niklas sorgte für einen Themenwechsel: »Wie wär's mit Schwimmen? Es ist krass heiß, ich brauche eine Abkühlung, sonst zerlaufe ich!«

»Ich bin dabei!« Robert streckte sich. »Was ist mit dir?«, fragte er Edwin. »Ist dein Kreislauf wieder in Ordnung?«

»Schwimmen geht immer.« Edwin bezweifelte, ob das stimmte, aber sein Ego gestattete ihm nicht, einen auf invalide zu machen.

»Wir bleiben da.« Stella wackelte mit den Zehen. »Colette und ich haben uns gerade die Füße auf Hochglanz trimmen lassen, da brauchen wir keinen Sand an unserer Haut.«

Colette nippte an ihrem Drink und grunzte lediglich bestätigend.

Fragend sah Robert Jay an.

»Und ob ich komme!« Jay sprang auf. »Ich gehe kurz rüber ins Hotel und hole mein Zeug.«

»Eine reine Männerrunde«, sagte Niklas. »Das wird 'ne voll fette Schwulenparade auf der Promenade!«

»ALSO NIKLAS!« Colette fielen fast die Augen aus den Höhlen, doch die anderen verfielen in ein lautes, befreiendes Lachen.

33

»Willst du wirklich mitkommen?« Mona war unschlüssig, ob sie Mitleid mit ihrer Schwester haben oder sie schallend auslachen sollte.

»Wieso nicht?« Kraftlos ließ Dörte die Arme hängen. »Wenn ich nicht sofort etwas zu trinken kriege, falle ich um.«

Sharon schwante etwas. »Dörte, mein Liebes, du hast das hier gelesen, nicht wahr?« Mit ihren kunstvoll verzierten French-Nails tippte sie auf das Schild, das an dem Pfahl angebracht war, neben dem die notgedrungene Wandergruppe stand.

»Orpheus«, las Dörte vor. »Und? Das ist einer aus der griechischen Mythologie.«

Mona strich sich die klatschnassen Haarsträhnen aus dem Gesicht. »Schau, was darunter steht, du doofe Nuss!«

»FKK-Camping für Gays.« Dörte wandte sich ab, als würde jeden Moment ein nackter Jüngling hinter den Buchstaben hervorspringen. »Ich weiß nicht, was ihr meint.«

»Jetzt tu nicht so!« Mona machte einen Schritt auf Dörte zu. Zunächst dachte Micha, seine Ex wollte sie von hinten erdrosseln, doch riss Mona an Dörtes Schulter, dass sie sich wieder umdrehte. »FKK heißt in jedem Fall nicht Freikirchlicher Klub, Schwesterherz!«

Zu Dörtes Hitzepickeln hatten sich hektische Flecken gesellt. »Mir ist schon klar, dass es hier um … dass man …«

»Dass man hier so herumläuft, wie der liebe Gott einen geschaffen hat!«, sprang Jonathan Dörte zu Hilfe, weil er befürchtete, sie würde jede Sekunde vor Scham im Boden versinken.

»Für mich wäre das nichts«, sagte Dörte. »Aber wenn es glücklich macht, dann bitteschön. Mitten im Wald können sie ja keinen großen Schaden anrichten, diese Fröhlichen.«

Micha betrachtete die Baumkronen, die sich majestätisch im Wind wiegten. Wenn das nicht Inklusion at its best war: Lasst sie sein, wie sie sein wollen, doch nicht vor meiner Haustür!

»Welche Fröhlichen?« Sharon verkniff sich einen Schmerzlaut – gleich konnte sie ausruhen und die Schuhe des Grauens abstreifen, bevor ihre Zehen endgültig abgestorben waren.

Dörte deutete zum Schild. »Da steht's doch: ›FKK-Camping für Gays‹. Und gay heißt fröhlich.«

Jonathan verschluckte sich und hustete, dass Micha ihm auf den verschwitzten Rücken klopfen musste.

Mona sah Sharon an und bat sie mit den Augen um Entschuldigung dafür, mit solch einer Schwester geschlagen zu sein. »Vor dreitausend Jahren«, sagte sie zu Dörte. »Aber inzwischen bedeutet gay etwas Anderes!«

»Und was?«, fragte Dörte.

Micha betastete seine Fast-Glatze: So heiß wie sie sich anfühlte, konnte man garantiert schon Teile seines Gehirns durchschimmern sehen, weil die sadistische Schnalle von Sonne seine Schädeldecke weggebrutzelt hatte. »Schwul. Gay heißt schwul.«

Dörte vergrub die Hände in ihrem Gesicht. »Allmächtiger! Sie sind überall!«

»Wie scheinheilig du bist!«, sagte Mona. »Eben hast du noch gesagt, dass sie im tiefen Wald niemanden stören.«

»Die Nackten!« Dörte spreizte die Finger und lugte hindurch. »Ich meinte die Nackten! Aber nicht die Schwulen!«

»Oha!« Mona stieß einen anerkennenden Pfiff aus. »Sie hat es gesagt! Und es ist nicht einmal etwas passiert. Kein Blitz hat sie erschlagen, keine Dämonenkrallen haben sie in die Tiefe gezogen!« Mona griff sich Dörtes rechten Mittelfinger und machte eine Schraubbewegung, dass Dörte kreischte und die Hände vom Gesicht sinken ließ.

Sharon stöhnte auf. *Was bin ich froh, bis aufs Blut mit meiner Schwester verkracht zu sein, dass ich nicht mal weiß, wo sie wohnt,* dachte sie. *Wir hätten uns ansonsten schon gegenseitig gekillt.*

»Es sind nicht nur Schwule!« Mona pressten die Zähne zusammen, dass sie kaum zu verstehen war. »Es sind NACKTE SCHWULE!«

Kurz dachte Sharon, Dörte würde ohnmächtig, doch dann fasste sie sich wieder.

»Wie soll ich das nur Dietmar erklären!« Dörte jammerte eher als zu sprechen.

Mona schob Dörte an, dass diese sich in Bewegung setzte. »Die Menschen haben ganz andere Dinge gemacht, um zu überleben. Da ist ein Besuch im schwulen Nudistenverein wirklich ein Schiss!«

Im Gänsemarsch gingen sie den schmalen Pfad hinunter, der von aus der Erde ragenden Baumwurzeln durchzogen war. Niemand sprach ein Wort, wenn man von Sharons Wehklagen aufgrund ihrer geschundenen Füße absah.

»Warum ist keiner hier?«, fragte Jonathan schließlich.

»Vielleicht ist irgendwo eine Schwulen-Demo«, sagte Sharon.

»Da drüben an der Bucht sind sie!«, sagte Micha.

»Haben sie … haben sie etwas an?« Über Dörtes Hitze- und Stresspickel breitete sich eine leuchtende Schamröte aus. »Sind sie … sind sie etwa NACKT?«

Mona musste sich arg zusammenreißen, Dörte keine zu scheuern. »Es ist so heiß, dass sich mein Schweiß an Stellen sammelt, wo ich nicht einmal wusste, dass ich dort Stellen habe. Wir sind in einem FKK-Gebiet und die Boys liegen am Meer. WAS GLAUBST DU DENN, DU KNALLTÜTE? DASS SIE MIT NERZMÄNTELN UND FELLMÜTZEN BEKLEIDET AUF ROBBEN REITEN?«

»Mona, Schluss jetzt!« Micha funkelte seine Ex durchdringend an.

»Was macht ihr denn für einen Radau?« Ein älterer Mann steckte seinen Oberkörper aus der Öffnung eines Zeltes.

»Gelobt sei der Herr«, flüsterte Dörte, als sie feststellte, dass er angezogen war.

»Entschuldigung«, sagte Jonathan. »Wir wollen nicht stören, aber wir haben uns verlaufen.«

»Wie kann man sich hier verlaufen?«, fragte der Mann. »Da drüben ist doch die Hauptstraße.«

Sharon hob die Braue – beziehungsweise hätte sie sie gehoben, wenn es durch das in die Stirn gespritzte Hyaluron nicht unmöglich gewesen wäre. »Sieh mal an, da drüben also.« Sie boxte Jonathan auf den Arm. »Und du willst mal Pfadfinder gewesen sein? Dass ich nicht kichere!«

»Wir sind Städter!« Mona strengte sich an, unbekümmert zu klingen. »Natur überfordert uns, wir würden uns sogar im Park verirren.«

Der Mann kroch aus dem Zelt.

Dörte riss den Mund auf. »Steh uns bei!«, formte sie lautlos mit den Lippen, als sie bemerkte, dass er zwar ein Shirt trug, untenrum allerdings unbekleidet war.

Fasziniert beugte Mona sich zu Sharon. »Halluziniere ich?«

Sharon rang nach Luft. »Ich … ich hätte nicht gedacht, dass so etwas möglich ist.«

»Das muss doch weh tun«, sagte Mona.

Micha kämpfte dagegen an, weiterhin auf das Ungetüm zu starren, doch wie bei einem Verkehrsunfall konnte er nicht wegsehen. Ob man Sharons Schönheitsbehandlungen auch zwischen den Beinen durchführen konnte, um für einen Vergrößerungseffekt zu sorgen? So musste es sein!

Jonathan gelang es als Erstes, dem Mann wieder ins Gesicht zu blicken. »Bitte, können Sie uns helfen? Wir sind mit dem Auto liegengeblieben. Und Handyempfang haben wir auch nicht.«

Der Mann schloss die Augen und reckte sich, dass Jonathans Blick prompt wieder nach unten wanderte. »Es ist schier unmöglich, hier telefonieren zu können. Aber dort drüben, wo die Campingwagen stehen, dürftet ihr Glück haben.« Nun streckte er Jonathan die Hand entgegen. »Ich bin Willi.«

Während Jonathan ihm die Hand schüttelte und sich vorstellte, fixierte er Willis Brustbehaarung, die sich ihren Weg durch den V-Kragen nach draußen gebahnt hatte.

Nacheinander begrüßten sie sich.

»Dich kenne ich doch!«, sagte Willi zu Dörte, als er bei ihr angekommen war.

»Sie mich?« Mittlerweile war Dörte so rot wie ein frisch gekochter Hummer. »D... da muss eine Verwechslung vorliegen!«

»Ich glaube nicht.« Willi kratzte sich zwischen den Beinen, dass Sharon die Luft durch die Zähne einsog. »Du bist Mitglied bei diesem Hampelmannverein mit der Schlange und dem angebissenen Apfel auf dem Logo, stimmt's?«

Dörtes Unterlippe bebte. »Woher ... woher ...«

Willi verschränkte die Arme über seinem Bauch und baute sich vor Dörte auf. »Dass die Rechtsabteilung von *Apple* euch noch keine Abmahnung für diese dreiste Nachahmung geschickt hat, ist mir unbegreiflich!«

»Woher kennen Sie unsere Gemeinde?«, presste Dörte hervor.

»Ihr habt vor meiner Kneipe demonstriert«, antwortete Willi so unterkühlt, wie er trotz seines inneren Vulkanausbruchs nur konnte.

»So … so was …« Dörte wusste nicht, wohin mit ihren Händen. »Die Welt ist ein Dorf, nicht? Da wohnen wir in derselben Stadt und machen ausgerechnet beide hier Urlaub.«

»Wieso das denn?«, fragte Micha.

Willi fuhr herum. »Warum ich hier Urlaub mache?«

Micha schüttelte den Kopf. »Wieso hat Dörte bei Ihnen demonstriert?«

»Dämliche Frage!« Mit den Fingern trommelte Willi einen Dreivierteltakt auf seinem Bizeps. »Weil sich in meiner Kneipe Männer mit Männern treffen – das passt den Herrschaften nicht ins heilige Weltbild! Dass ich so eine perverse Aktion erleben muss!«

Kurz dachte Dörte darüber nach, in den Schutz des Waldes zurückzulaufen.

»Euch würde ich alle wiedererkennen!« Willis ausgeprägter Adamsapfel hob und senkte sich. Er sah so aus, als würde er Dörte gleich vor die Füße spucken. »Das ist nicht nur geschäftsschädigend, was ihr euch erlaubt, das ist menschenverachtend! Was ist mit eurer vielgepriesenen Nächstenliebe, gute Frau? Wer gibt euch die Absolution für euren homophoben Dreck, den ihr abzieht?«

Dörte versuchte, etwas zu sagen, doch lediglich ein Schluchzen brach aus ihr heraus. Bitterlich fing sie zu weinen an.

»Verdammich noch eins.« Alles an Willi zitterte, ganz besonders sein gigantischer Glockenstrang, der nun zu pendeln begann, als würde er die Messe einläuten. »Ich kann niemanden weinen sehen.« Er tätschelte Dörtes Wange. »Schon gut, beruhige dich!«

Ein Rotzfaden seilte sich von Dörtes Nasenspitze ab und fiel in den Dreck. »Ich … ich werde es nie wieder tun. Und Dietmar auch nicht, das verspreche ich!«

»Wer ist Dietmar?«, fragte Willi.

»M... mein Mann! Er sagt, ihr wärt verlorene Seelen.«

Perplex schaute Willi Dörte an – dann begann er zu lachen. So schallend, dass Micha nicht verwundert gewesen wäre, wenn Willis bestes Stück einen Looping geschlagen hätte. »Und du? Findest du auch, wir sind verloren?«

Dörte fuhr sich durch das Gesicht. »Nun … bis vor Kurzem schon … aber jetzt, wo ich den Robert kennengelernt habe … und wo selbst mein Neffe und dessen Opa so sind wie …« Sie atmete ein. »Nein. Jetzt glaube ich das nicht mehr!«

»Es ist immer das Gleiche«, sagte Willi. »Sobald das Ungewohnte ins eigene Leben eintritt, verliert es seinen Schrecken.« Er umschloss Dörtes Handgelenk, als wollte er sie über die Straße führen. »Ihr kommt mit zur Bucht! Mein Theo hat was zu trinken in der Kühlbox.«

Micha, Jonathan und Mona wollten sich in Bewegung setzen, als Sharon rief: »Sind Frauen überhaupt willkommen?«

Willi grinste. »Wir werden euch schon nicht betatschen.«

»Also gut.« Während sie sich ihr klebriges Top über den Kopf zog, achtete Sharon darauf, nicht zu zerzausen, was von ihrer malträtierten Frisur noch übrig geblieben war.

»Was tust du?« Am liebsten hätte Jonathan sich in die Faust gebissen.

»Was wohl?«, entgegnete Sharon. »Das ist ein FFK-Platz, da will ich nicht unangenehm auffallen! Außerdem habe ich nicht Tausende von Euro in meinen Körper investiert, damit nur du ihn zu sehen bekommst.«

»*Du* hast investiert?« Nun ballte Jonathan wirklich die Hand zur Faust, doch hielt er sie bloß auf Hüfthöhe, statt sie sich in den Mund zu schieben. »Soweit ich weiß, war ich es, der die Rechnungen von Doktor Glattgold beglichen hat!«

Sharon streifte ihre Hosen mitsamt Slip ab und öffnete zuletzt den Bügel ihres Büstenhalters, um ihre perfekt gearbeiteten Brüste an die frische Luft zu lassen.

Mona ertappte sich dabei, zu prüfen, ob Micha Sharon anstarrte, doch er taxierte die Bucht, als sei gerade Nessi aus dem Wasser aufgetaucht, die sich verschwommen hatte.

Jonathan schnaufte. »Mir bleibt auch nichts erspart.« Er zog sich ebenfalls aus.

Nun musste Micha doch einen Blick wagen: Befriedigt stellte er fest, unten mit seinem Vorgesetzten mithalten zu können.

Mona haderte mit sich. Wenn man als schwuler Mann an einen Ort ging, wo man keine Frau sehen musste, wollte man wahrscheinlich als Letztes eine *ausgezogene* Frau sehen, oder?

Als hätte Willi ihre Gedanken gelesen, sagte er: »Wer sich bei uns nicht tolerant gegenüber allen verhält, kann seine Koffer packen und abreisen.«

»Na dann!« Nun folgte Mona Jonathans Beispiel.

Nach kritischer Betrachtung von Willis Wampe befand Micha, trotz Übergewicht gut genug in Schuss zu sein, um sich nicht schämen zu müssen. Schon hatte er sich aus Shirt und Hose gepellt.

Dörte war sicher, dass ihr letztes Stündlein geschlagen hatte. Sie löste sich von Willis Griff. »Ich ... ich warte lieber draußen.«

»Du bleibst!«, sagte Willi. »Wie du aussiehst, brauchst du nicht nur einen Schluck, sondern auch eine Runde Entspannung auf dem aufblasbaren Gummisessel – mein neuestes Schnäppchen. Und keine Panik, du darfst angezogen bleiben.« Reihum schaute er die anderen an. »Das gilt auch für euch.«

Jonathan – die gefalteten Hände vor seiner intimsten Stelle – verdrehte die Augen. »Keine zehn Pferde bringen mich so schnell in die schwitzigen Klamotten zurück.«

Monas Lider zuckten. »Ist mal … was Anderes. Man soll ja alles ausprobieren, nicht?«

»Ihr seid Wessis, was?« Willi machte eine wegwerfende Geste.

»Sehen wir so aus, als kämen wir aus der Zone?« Erschrocken hielt Sharon den Atem an. Sie war dermaßen dehydriert, dass sie ihre Zunge nicht mehr unter Kontrolle hatte.

»Nicht frech werden!« Mit weit von sich gestrecktem Arm deutete Willi auf Sharon, als sei er ein Schiedsrichter, der einem pöbelnden Spieler die Gelbe Karte zeigte. »Das dachte ich mir schon: Nur Wessis stellen sich so an, wenn es darum geht, blankzuziehen.«

»Wir stellen uns nicht an!« So gut es mit eingezogenem Bauch und splitternackt möglich war, versuchte Micha, selbstbewusst zu wirken. »Ich steige auch nicht in meine Hosen zurück, basta!«

Sharon machte ein Geräusch, als hätte sie die Wollust gepackt: Sie spürte, wie der pochende Schmerz an ihren Füßen, die viel zu lang in den Foltersandalen gesteckt hatten, nachließ. »Wie gut das tut, wenn dich nichts einschnürt!«

»Da sagst du was!« Willi zog sein Shirt aus. »Das hatte ich nur an, weil ich keinen Sonnenbrand bekommen wollte.« Er kroch ins Zelt, dass nur noch sein großer, weißer Hintern in der Sonne strahlte und man glauben konnte, der Mond sei verfrüht aufgegangen. Schon war er wieder zurück: mit einer Tube Sonnenmilch und einem Kistchen aus Holz in den Händen. »Dafür bin ich doch überhaupt zurückgekommen, bevor ihr mir begegnet seid!« Das Kistchen unter den Arm geklemmt schälte er sich an den anderen vorbei und forderte sie auf, ihm auf dem geschlängelten Pfad hinunter zur Bucht zu folgen. »Erschreckt nicht vor den Hunden! Seitdem im vorletzten Jahr eine Gruppe

Halbstarker meinte, hier einfallen zu müssen, um alles kurz und klein zu schlagen – inklusive uns –, bringen viele ihre Tiere mit, damit sie Alarm geben.«

»Ihr wurdet verprügelt?« Dörte zuckte zusammen. »Wie gemein. Wie unfassbar gemein.«

Willi drehte sich zu ihr um. »Die einen lassen die Fäuste sprechen, die anderen halten Schilder mit homophoben Parolen vor der Kneipe in die Höhe. Und das ist sicher: Nichts von beidem geschieht aus Liebe.«

Mit gesenktem Kopf watschelte Dörte ihrem Ziel entgegen. Sie brauchte wirklich etwas zu trinken – am liebsten etwas Hochprozentiges.

34

»Wollt ihr eigentlich heiraten?«

Edwin hoffte, dass sich noch Wasser in seinem Ohr befand und er Niklas deshalb falsch verstanden hatte. »Gut, dass du nicht neugierig bist.«

»Wieso?« Niklas schüttelte seinen Kopf, dass die Tropfen nach allen Seiten spritzten. »Das ist Interesse. Sag schon!«

Robert band die Kordel seiner Badehose zu einer Schleife. »Ja, Edwin, nun sag schon!«

Edwin öffnete den Verschluss der Sonnencreme. »Das ... es ist ... darüber haben wir noch nicht geredet.«

Da waren sie wieder: Roberts Grübchen. »Wir tun es jetzt.«

»Heiraten?« Jay glotzte hinter seinem Handtuch hervor.

»Nee«, sagte Robert, »darüber reden!«

Shhhlötz ... Edwin hatte einen Klecks Creme aus der Tube auf seine Handinnenfläche gedrückt. »Wir ... wir ... so lange kennen wir uns noch nicht.«

»Na und?« Niklas zog sein T-Shirt an – unter keinen Umständen durfte Edwin mitbekommen, wie kalt ihm nach dem Baden war. Er hatte keine Lust, sich zum millionsten Mal eine Predigt darüber anzuhören, dass er mehr Speck auf den Rippen brauchte – als ob er so aussehen wollte wie sein Vater, zumal dieser trotz Mopsfigur eine ebenso große Frostbeule wie er selbst war! »Mona und Micha kannten sich auch erst wenige Monate, als sie zum Standesamt getrabt sind.«

»Und du siehst, wo es hingeführt hat!« Edwin verteilte die Creme auf der Glatze.

Niklas griente von Segelohr zu Segelohr. »He, bin ich etwa kein Spitzenergebnis?«

Mit kreisenden Bewegungen rieb Edwin den Sonnenschutz in die Kopfhaut ein. »Ich bin zu alt, um Kinder zu kriegen.« Er sah Robert an. War dort ein sorgenvolles Flackern in seinen Augen? »Aber ich hätte nichts dagegen, zu heiraten.«

Verlegen wandten die Jungen sich ab, als Robert Edwin schnappte und ihm einen Kuss gab.

»Wir hätten ein Handy mitnehmen sollen.« Jay befreite seine Fußballerwade von einer daran klebenden Alge. »Wer weiß, wie oft unsere Eltern versucht haben, uns zu erreichen.«

Niklas strich Sand von den Fußsohlen. »Es gibt zwei Möglichkeiten: entweder mindestens so oft, wie wir es bei ihnen probiert haben. Oder gar nicht – weil sie schon längst in irgendeinen Sumpf gefahren und abgesoffen sind.«

Edwin setzte seine Brille auf und sah trotz Badeoutfit wieder ganz nach Lehrer aus. »Darüber spaßt man nicht.«

»Ja, Mann«, sagte Jay. »Es wäre voll schade um das schöne Auto.«

Robert griff nach seinem Rucksack und stopfte eine leere Chipstüte hinein, die zu ihnen herübergeweht war, um sie im nächsten Abfalleimer zu entsorgen – niemals würde er das rücksichtslose Verhalten seiner Mitmenschen begreifen. »Machen wir, dass wir schnell nach Hause kommen. Dann werden wir ja sehen, ob sie sich gemeldet haben.«

»Ich könnte ein Pferd aufessen!«, sagte Jay zu Niklas, als er die Villa betrat.

»Das arme Tier.« Robert stellte seine Tasche ab.

Jay klopfte auf seinen Bauch. »Schwimmen macht hungrig.«

»Und richtig gefrühstückt habt ihr auch nicht«, sagte Edwin.

Nun knurrte Jays Magen so laut, dass man es bestimmt bis drüben ins Wellness-Hotel hören konnte. Hoffentlich war der Kühlschrank reichlich gefüllt und es gab nicht nur Gemüsesticks und Tofuwürfel! Als er die Küche ansteuerte, warf er einen Blick durch das geräumige Wohnzimmer zur Terrasse – und blieb stehen. Er hatte etwas Seltsames bemerkt, schlich näher heran ... als Jay erkannte, was vor sich ging, machte er auf dem Absatz kehrt und raste zu den anderen zurück.

»Was ist?« Niklas sah besorgt aus. »Ist dir ein Monster begegnet?«

»Wie man's nimmt«, antwortete Jay.

»Der Junge spricht in Rätseln«, sagte Edwin zu Robert.

»Guckt selbst. Auf der Terrasse geht's ab.« Jay drückte die Hand auf den lautstark nach Nahrung verlangenden Magen. »Ich brauche was zwischen die Zähne«, sagte er, doch Edwin, Robert und Niklas düsten bereits sensationshungrig auf die Terrassentür zu und nahmen keine Notiz mehr von ihm.

»STELLA!«, brüllte Robert.

»Nee, oder?«, rief Niklas.

Edwin lugte hinter den Rücken der beiden Kommentatoren hervor und konnte gerade noch sehen, wie Stella und Colette sich von der überdimensionierten Relax-Liege aufrichteten, die unter dem Sonnenschirm stand.

Stella knöpfte ihre Bluse zu. »Schon zurück, ja?«

Während Colette sich panisch nach ihrem Oberteil umsah, presste sie ihre Arme gegen den Busen. »Wie war das Schwimmen?«

»Nass«, antwortete Niklas.

Edwin schritt über die Schwelle, bückte sich und reichte Colette ihr unter der Liege herausragendes (pinkes) Shirt, das sie dankbar entgegennahm und sich in Blitzgeschwindigkeit überzog. Dass es nicht nur auf links gedreht war, sondern sich zusätzlich der Rücken vorn befand, spielte für sie keine Rolle.

Robert schnalzte mit der Zunge. »Stella, ich … ich dachte, du bist …«

»Hetero?« Stella legte die Hände in den Schoß. »Meistens schon. Aber nach dem Totalausfall Hanno muss ich wirklich nachdenken, warum ich jemals wieder einen Mann an mich ranlassen sollte.«

»Es ist nicht das, wonach es aussieht.« Colette biss sich auf die Lippe.

»Was soll es denn sonst sein?« Jay – an einem XXL-Sandwich mampfend – war zurückgekehrt.

Stella und Colette sahen sich in die Augen – und fingen zeitgleich zu lachen an.

»Die Homos sind in der Überzahl.« Jay nahm einen beherzten Bissen. »Miemeicht mad Mum mauch moch mir Momingmout«, sagte er, was Niklas frei übersetzte mit: »Vielleicht hat Mum auch noch ihr Coming-out.«

Edwin schaute in den Garten. Heute Morgen hatte ein Angestellter die Blumen gegossen, die nun in voller Pracht erstrahlten und in allen erdenklichen Farbnuancen schillerten. »Ich habe den Eindruck, seitdem wir gemeinsam Urlaub machen, treibt die Liebe eine Blüte nach der anderen.«

»Schön gesagt!« Colette wuschelte sich durchs Haar. »Aber ganz so romantisch, wie du es beschreibst, ist es nicht. Ich war nur mal neugierig.« Sie grinste Stella an. »Und Probieren geht über Studieren.«

»Nur fürs Protokoll«, sagte Niklas, »Jay und ich … also …«

»Wir experimentieren nicht, sondern meinen es ernst.« Jay griff Niklas' Hand. »Wir sind schon seit hundertzwölf Tagen zusammen!«

»So genau weißt du das?« Niklas Augen weiteten sich.

»Klar! Und meinetwegen können es jetzt auch alle in der Klasse wissen. Wem's nicht passt, der kriegt aufs Maul!«

Edwin kicherte in sich hinein. Als Pädagoge müsste er inter-venieren; sagen, dass Gewalt keine Lösung ist, bla, bla, bla. Aber als Pensionär und Opa dachte er nur: Recht so, lasst euch nichts gefallen!

Niklas fiel Jay in den Arm, dass dieser sein Sandwich in die Höhe hielt, um sich nicht mit Mayonnaise einzusauen.

Stella tippte Colette an. »Meinetwegen kannst du auch in der Klasse erzählen, dass wir ein bisschen geknutscht haben.«

Colette bekam rote Wangen. »Momentan fühle ich mich wirklich, als würde ich noch die Schulbank drücken und mein Papi hat mich auf frischer Tat ertappt.«

Niklas löste seine Umarmung. »Was wird nur Micha dazu sa-gen, Colette?«

Sie zuckte die Achseln. »Wir sind nicht zusammen. Also kann mir das egal sein.«

Stella stand auf. »Micha ist auch kein Heiliger! Wenn ich ge-wollt hätte, wäre er mir schon ins Netz gegangen. Seht ihr nicht, wie er mich anschmachtet?«

»Benimm dich«, sagte Robert, »hier sind Kinder!«

»Kinder? Wo denn?« Jay ließ den Rest seines Sandwichs im Mund verschwinden.

»Kinder, dass ich nicht lache!« Stella griff nach ihrer Sonnenbrille und setzte sie sich auf die Nase. »Die Jungs sind so taff, dass sie die Wahrheit spielend verkraften können.«

»Können sie das, die *Jungen?*«, fragte Edwin.

Klappe halten, befahl Robert sich selbst, doch sein Mundwerk war schneller. »Hast du meine Tochter gerade indirekt korrigiert, Herr Deutschlehrer?«

Anstatt etwas zu erwidern, schaute Edwin zu Colettes Handy, das auf dem Tisch lag.

»Kein Lebenszeichen«, sagte Colette, ohne dass Edwin sich bei ihr erkundigen musste.

»Das darf doch nicht wahr sein!« Robert vergrub die Hände in den Hosentaschen.

Colette nahm ihr Telefon. »Versuch dreitausendachtundsiebzig.« Sie tippte drauflos, hielt sich das Gerät ans Ohr und sah konzentriert ins Leere. Dann erhellte sich ihre Miene! »Micha? Na endlich! Wir dachten schon, ihr seid von Aliens entführt worden! … Was? … Ja … ja, sie sind wieder da. Genauer gesagt waren die zwei nie weg! … Wie bitte? Der Empfang ist wirklich mies! Wo steckt ihr eigentlich? … Hallo? … Hallo Micha?« Sie ließ das Telefon sinken: Die Verbindung wurde unterbrochen. Noch viermal probierte sie, Micha zu erreichen, doch ohne Erfolg.

»Egal«, sagte Stella. »Sie wissen nun, dass es Jay und Niklas gut geht und wir brauchen nur noch abzuwarten, bis der Suchtrupp wieder da ist.« Damit ließ sie sich zurück auf die Relax-Liege sinken. »Nun lassen wir den lieben Gott einen guten Mann sein!«

»Sollen wir dich und Colette allein lassen?« Jay grinte so breit, dass seine Zahn-Brackets in der Sonne glitzerten.

»Das hier ist doch kein Swinger-Club«, sagte Robert.

Edwin räusperte sich. Konnte man so mit jemanden reden, der noch nicht volljährig war?

»Was ist ein Swinger-Club?«, fragte Jay. »Ein altes Wort für Gangbang?«

Okay, dachte Edwin, *man kann so mit einem noch nicht Volljährigen sprechen – die kennen sich besser aus als er selbst!* Kopfschüttelnd ging er in den Flur, um die nassen Sachen zum Trocknen aufzuhängen.

Robert gesellte sich zu ihm. »Sieh es ein, wir sind zwei alte Säcke, wir verstehen die heutige Jugend nicht mehr.«

»Du vielleicht.« Edwin rollte das Badetuch auseinander und zog seine darin eingewickelte Schwimmhose hervor. »Ich kenne mich immerhin noch darin aus, was die Kids für Musik hören. Das bringt das Lehrerdasein mit sich.«

»Glaubst du?« Robert zog den Reißverschluss des Rucksacks auf und nahm seine Sachen heraus. »Jay hat mir vorhin erzählt, dass er mit Niklas auf ein Konzert will, es aber unmöglich sei, an Karten zu gelangen. Sollen wir ein Quiz starten?«

»Nur zu!«, antwortete Edwin siegessicher. »Du sagst mir die Musikrichtung und ich darf dreimal raten, wer es ist. Wenn ich gewinne, führst du mich zum Essen aus.«

»Und wenn du verlierst?«

Kurz dachte Edwin nach, dann sagte er: »Auch wenn das nie passieren wird: In diesem Fall schmeiße ich die hier weg.« Er hielt seine Schwimmhose in die Höhe. »Das würde dich freuen, nicht? Du behauptest doch immer, eines Tages zu erblinden, wenn du diese grässliche Farbe noch länger an mir sehen musst.«

»Deal!« Robert machte eine Kunstpause. »Drei Versuche, ja?«

»Korrekt.« Edwin reckte das Kinn. »Welche Musikrichtung?«

»Ich verrate noch mehr.« Robert reckte sein Kinn ebenfalls.

So standen sie sich gegenüber. Es herrschte absolute Stille, dass man eine Stecknadel hätte fallen hören können.

»Es ist eine koreanische Rapperin«, sagte Robert schließlich.

»Ach.« Edwin machte die Haustür auf, ging hinaus, öffnete den Deckel der Mülltonne und warf die Badehose hinein. Mit einem Gesicht, als hatte er einen Strafzettel erhalten, kam er zurück, griff den Stockschirm aus dem Ständer und stützte sich darauf. »Gestatten«, sagte er zu Robert mit krächzend-gebrechlicher Stimme. »Mein Name ist Edwin und ich bin achthunderttausend Jahre alt. Jetzt entschuldige mich bitte, ich muss weiter an meinen Memoiren schreiben.«

»Wo bist du stehengeblieben, geliebter Greis?« Robert feixte Edwin an. »An der Stelle, wo du bei Goethe Praktikum gemacht hast?«

Edwin musste lachen. Was für ein erleichterndes Gefühl!

35

»Den Jungs geht es gut!« Die Tränen schossen Micha in die Augen. Plötzlich war er wieder in der Frühchenstation, wo er behutsam durch die Öffnung im Brutkasten fasste. Mit seinem winzigen Händchen, durch dessen Haut die Adern schienen, die ihn an Korallen erinnerten, umklammerte Niklas Michas Zeigefinger, als sei dieser ein rettendes Stück Treibholz auf offener See. In diesem Moment wusste er, dass das Schwerste überstanden war, dass sein wenige Tage alter Sohn durchkommen würde und Micha heute Nacht das erste Mal seit Langem an so etwas wie Schlaf denken konnte. »Sie sind wohlauf zurück!« Er wandte sich von den anderen ab, die befreit aufstöhnten und danach Jubelschreie von sich gaben, dass das Pärchen, welches auf einem schwimmenden Mega-Einhorn auf dem Wasser trieb, neugierig die Hälse reckte und der Golden-Retriever, der am Ufer lag, von seinem Gummihuhn abließ, an dem er bis eben gekaut hatte. Micha sank in die Knie, bis er im Sand zum Sitzen kam.

»Die Rettung naht!« Das war Willis Stimme.

Erschöpft hob Micha seinen Kopf an – und blickte auf Willis Riesendödel, der vor seinem Gesicht baumelte.

Willi ging in die Hocke und reichte Micha eine gekühlte Flasche Sprudel. »Trink das, dann geht es dir besser!«

Dankbar nahm Micha ihm die Flasche ab, öffnete mit letzter Kraft den Schraubverschluss und leerte sie in einem Zug um ein Drittel. »O Mann, das tut gut!«

»Was ist eigentlich los?« Willi zeigte auf Jonathan und die anderen, die noch immer aufgewühlt durcheinanderschnatterten. Jonathan und Mona waren kurz davor, sich in die Arme zu fallen, merkten aber gerade rechtzeitig, dass dies ihrer fehlenden Kleidung wegen nicht die beste Idee war und stoppten mitten in der Bewegung. Die Augen geschlossen reckte Dörte die gefalteten Hände zum Himmel und brabbelte vor sich hin. Sharon wiederum fächelte gegen weitere Tränen an, um ihre gestresste Haut nicht noch mehr zu reizen.

In knappen Worten berichtete Micha Willi von ihrer Suchaktion um die verschollen geglaubten Kinder. Dass Jay und Niklas allem Anschein nach deshalb die Flatter gemacht hatten, weil sie ineinander verliebt waren, sparte er aus. Erstens bezweifelte er, dass es Niklas recht wäre, wenn man mit seinem Intimleben hausieren ginge, zweitens befürchtete Micha, dadurch in ein Wespennest zu stechen und von allen Seiten mit unverlangten Ratschlägen bombardiert zu werden.

»Ja, ja, Kinder bringen einen noch ins Grab!« Willis Adamsapfel tanzte. »Gut, dass meine Töchter längst aus dem Gröbsten raus sind!« Er richtete sich auf und drehte sich um, sodass Micha nun Willis nicht minder gewaltige Kehrseite vor der Nase hatte. »Theo!« Willi winkte einem glatzköpfigen Mann, der am ganzen Körper tätowiert war. »Bring mal was zum Anstoßen her! Es gibt was zu feiern!«

Theo stand von seinem Handtuch auf und wühlte unter den neugierigen Blicken eines Hundes, der wie eine Kreuzung aus Bernhardiner, Bulldogge und Rauhaardackel aussah, in der Kühltasche.

Micha stutzte. Hatte dieser Theo allen Ernstes ein Doppelpiercing da unten? Schon bei dem Gedanken schmerzte es ihn!

»Du ziehst ein Gesicht, als wärst du am Büfett leer ausgegangen!« Mona wollte ihren Slip hochziehen, doch dann fiel ihr ein, dass sie keinen trug.

»Also bitte!« Dörte zuckte – hatte sie gerade etwas am Hintern gestreift? Hoffentlich nur ein Grashalm! »Kann man nicht mal in Ruhe sein Wasser lassen?«

Mona richtete sich auf. »Sagt man das so in eurer Kirchenkommune? Oder habt ihr ein Gebot, das euch Frauen untersagt, in dasselbe Campingklo wie ein Mann zu strullern? Hast du deshalb darauf bestanden, dass wir uns in die Büsche verziehen?«

»Campingtoiletten sind unhygienisch, das weiß jedes Baby!« Dörte zuppelte an ihrer Hose. »Wie du mit mir sprichst! Du bist unmöglich!«

Mona kam hinter dem Geäst hervor. »Immerhin falle ich den anderen nicht negativ auf.«

Nun verließ auch Dörte die Deckung ihres Baumes. »Was mache ich denn?«

»Gar nichts«, antwortete Mona.

»Und wie soll ich dann auffallen?«

»Damit!« Mona machte eine Geste, als wäre sie eine weltbekannte Designerin, die das Model präsentierte, das bei der Fashion-Show zuerst laufen durfte: »Du bist angezogen!«

Dörte richtete den Kragen ihres Shirts. »Sag bloß, es gefällt dir ganz ohne Kleidung!«

Mona drehte sich um die eigene Achse. »Es fühlt sich ... normal an ... wahrscheinlich, weil hier alle nackig sind.« Sie spitzte die Lippen. »Fast alle.«

»Ich muss mich keinem Gruppenzwang unterwerfen!«, sagte Dörte. »Ich fühle mich wohler, wenn ich mich bedeckt halte.«

»Und weshalb ziehst du dann einen Flunsch?« Mona gab Dörte ein Zeichen, ihr zurück zur Bucht zu folgen. »Die Kinder sind wieder da, wir trinken noch ein Schlückchen in netter Gesellschaft, Willi kredenzt uns einen Kanister Benzin, damit wir heimfahren können: Ich weiß wirklich nicht, was dir gerade gegen den Strich geht.«

Dörte fasste sich an ihr Kreuz um den Hals, versuchte, ruhig zu bleiben, sich nicht von dem Gefühl, keine Luft zu bekommen, übermannen zu lassen. »Sie ... sie sind alle so lieb.«

»Warum sollten sie das nicht sein?«, fragte Mona. Man hört doch immer wieder, dass Camper aufgeschlossen sind.«

»Weil ... weil sie ...«

»Ach, daher weht der Wind!« Mona blickte in den Himmel. Sah diese eine Wolke aus wie ein Penis oder war sie einfach reizüberflutet? »Schwesterchen, ich glaube, ich weiß, was dir fehlt.«

»So?« Obwohl es einer der heißesten Tage des Jahres war, zitterte Dörte am ganzen Körper.

Mona tippte ihr auf die Nasenspitze. »Du hast ein schlechtes Gewissen. Und dein verqueres Weltbild gerät ins Wanken.«

Dörte schwieg.

Mona nutzte die Gelegenheit, mit ihrer Schwester Tacheles zu reden. »Du kannst nicht alles glauben, was dir in deiner Gemeinde vorgebetet wird. Du bist doch ein helles Köpfchen! Wenn ich dich daran erinnern darf: Ich war immer eifersüchtig auf deine guten Zeugnisse.«

»Ich habe ja schon gesagt: Inzwischen glaube ich nicht mehr, dass Homosexuelle verlorene Seelen sind.« Dörte brach in Tränen aus. »Aber ... ich schäme mich so, dass ... dass ich ...«

Mona zog Dörte zu sich heran. »Dass du demonstrieren gegangen bist? Dass du ganz vorn dabei warst, als die Klappspaten aus deinem Bibelkreis die Petition *Sexuelle Vielfalt ist kein Unterrichtshema* gestartet haben? Dass ich mit Engelszungen auf dich und deinen Dietmar einreden musste, damit ihr euch mit Edwin an einen Tisch setzt, nachdem er sein Coming-out hatte?«

Dörte hielt sich die Ohren zu und weinte.

»Ich habe kein Taschentuch für dich.« Mona lachte. »Das ist der Nachteil am Nacktsein.«

»Schon gut.« Dörte wischte sich über das Gesicht. »Ab jetzt mache ich einiges anders. Ob es Dietmar passt oder nicht.«

»Recht so!« Mit dem Bein drückte Mona die Schnauze von Tiffy zur Seite, einem Chihuahuamännchen, dessen Stirnfell mit einem rosa Schleifchen hochgebunden war. Unverkennbar hatte der Hund einen Narren an ihr gefressen und sie sogar zum Pullern begleitet. »Dein Mann ist der Letzte, an dem man sich orientieren sollte. Zieht sich am Sonntagmorgen in der Kirche eine Predigt zur Nächstenliebe rein und hetzt nachmittags am Stammtisch gegen jeden, der andere sexuelle Präferenzen hat, als es in der Missionarsstellung mit der Gattin zu treiben – womöglich noch mit Socken an den Füßen. Schizophren ist das!«

Dörte verfiel in ein verzweifeltes Schluchzen, dass Mona beschloss, mit ihr eine Extrarunde zu drehen, bevor sie zu den anderen zurückkehrten. »Schon gut, schon gut.«

»Er ist doch mein Ehemann.« Dörte zog den Rotz hoch.

»Deshalb musst du nicht zu allem Ja und Amen sagen!«

»Mona ...«, sagte Dörte mit erstickter Stimme, »könnten ... wir ab und zu miteinander telefonieren? Ich meine, auch mal zwischendurch? Nicht nur zum Geburtstag oder an Feiertagen? Dann ... dann würde es mir leichter fallen, mich zu ändern.«

Mona lehnte ihre Stirn an Dörtes. »Nur wenn du mir versprichst, jetzt mit mir ein Gläschen zu trinken.«

»Aber ich hatte doch schon eine Dose von diesem Mixgetränk! Bei der Hitze sollte ich nicht noch mehr Alkohol ...«

»Wie hat es dir geschmeckt?« Wieder drückte Mona Tiffy sanft von sich weg.

»Erdbeerig.« Dörte grinste breit. »Ich liebe Erdbeeren.«

Mona gab Dörte einen Kuss. »Dann lass uns schauen, ob es Nachschub gibt.«

36

»Machst du schon schlapp, Micha?« Jonathan beugte sich vor, dass der Schweiß von seiner Stirn in den Sand tropfte.

»Das geht nicht!« Ein junger Mann mit Irokesen-Frisur, den alle Zecki nannten, klemmte den Volleyball unter den Arm, griff Michas Hand und zog ihn vom Boden hoch, auf den er sich gerade fallen gelassen hatte. »Wir sind am Gewinnen, du kannst jetzt nicht sterben!«

Michas hatte das Gefühl, Eisenspäne einzuatmen. »Ihr müsst ohne mich klarkommen!« Hätte er doch vorhin nicht so überschwänglich reagiert, als er gefragt worden war, ob er beim Volleyball mitspielen wollte – aber nachdem er endlich eine Stelle gefunden hatte, an der sein Smartphone eine Netzverbindung aufbauen konnte und er sich von Niklas anhören durfte, wie idiotisch es sei, anzunehmen, sie wären abgehauen, war Micha zumute, als könnte er fliegen.

Auch Jonathan hatte nicht lange gefackelt und die Zwillinge Ronny und Jonny, von denen der eine groß und dick und der andere klein und auch dick war, mit Feuereifer darin unterstützt, die Pfeiler aufzurichten und das Volleyball-Netz dazwischen zu spannen. Die Standpauke, die Jay ihm und Sharon am Telefon verpasst hatte (»Ich habe kein Problem, sondern ihr! … Wenn jemand abhauen müsste, wärt ihr das! … Und so was schimpft sich Erziehungsberechtigte!«) beflügelte ihn in ähnlicher Weise wie Micha.

Micha, noch immer völlig außer Atem, fasste sich an die So-gut-wie-Glatze. »Ich muss aus der Sonne, sonst brenne ich an.«

»Kein Problem!«, sagten sowohl Timur, ein gertenschlanker Typ in den Dreißigern, als auch Yoshi, ein braungebrannter Kerl, der so muskulös war, dass er aussah wie das Michelin-Männchen unmittelbar nach dem Workout. Sie nahmen ihre Schirmmützen ab und hielten sie Micha entgegen.

Micha hätte gelacht, wenn er nicht alle Puste dafür verwenden musste, aufrecht stehenzubleiben. »Welche Farbe steht mir besser?«

»Blau«, sagte einer mit rotblondem Haar, das er mit einem geflochtenen Zopf im Zaum hielt. »Das passt zu deinen Augen.«

Micha setzte Timurs blaue Mütze auf. »Okay, ich spiele weiter. Aber erwartet keine Wunder von mir!«

Zecki balancierte den Volleyball auf seiner Handfläche. »Ich erwarte gar nichts. Aber Wunder gibt es immer wieder!«

»Kein Gesang jetzt!«, sagte Yoshi. »Katja Ebstein ertrage ich nur im Winter.«

Kameradschaftlich klatschte Jonathan mit Micha ab und hielt dessen Hand fest, als wollte er ihn zum Armdrücken herausfordern. »Gut, dass wir zum selben Team gehören.«

»O ja!« Zitternd stellte Micha sich auf das linke Bein: War er in Leberwurst getreten oder weshalb hatte das Bernhardiner-Bulldoggen-Rauhaardackel-Ungetüm so einen Gefallen an seiner rechten Ferse gefunden, dass es keine Gelegenheit ausließ, daran zu lecken? »Es ist besser, wenn wir Partner sind.«

Jonathan umarmte Micha. »Das kannst du immer haben – sogar im Job.«

»Weiter geht's!« Zecki blies in seine Trillerpfeife, dass der Bernhardiner-Bulldoggen-Rauhaardackel-Mix fröhlich bellend auf ihn zulief.

Micha setzte seinen Fuß wieder ab und zwinkerte Jonathan an. »Machen wir sie fertig!«

Mit Gebrüll stürzten er und Jonathan sich ins Getümmel – auch wenn ihre Bewegungen eher an die zweier betagter Seerobben an Land erinnerten.

»Sollten wir eingreifen?« Mit dem Strohhalm rührte Sharon in ihrem Drink und wiegte sich zu der Lounge-Musik, die aus der Boombox tönte.

»Wieso?« Theo starrte zum Spielfeld.

Mona kraulte Tiffy, der es sich neben ihr gemütlich gemacht hatte und döste, zwischen den Ohren. »Sharon befürchtet, ihr Mann und mein Ex stehen kurz vor einem Knockout.«

Jemand namens Nael, auf dessen rechter Brust ein Pelikan mit Zylinder tätowiert war, paffte an seiner Zigarette. »Und wie schlimm wäre das?«

»Was meinst du?«, fragte Sharon.

Nael blies Rauch aus. »Gibt es was Schönes zu erben, Schätzchen?«

Sharon begann so laut zu gackern, dass Jonathan irritiert zu ihr blickte – und prompt den Ball ins Gesicht bekam.

Schuldbewusst zog Nael die Schultern hoch. »Hoppala.« Er reichte Sharon die Zigarettenpackung. »Wir sollten uns zusammenreißen, sonst lenken wir die Extremsportler ab.«

Dankbar zündete Sharon sich eine Zigarette an. So gut wie heute hatte sie sich lange nicht mehr gefühlt. War sie anfangs (Schönheitsoptimierung hin oder her) noch so verlegen, dass sie ihr Bündel Klamotten wie einen Schutzwall vor sich hielt, hatte sie inzwischen keine Scham mehr, sich nackt zu zeigen. Selbst die Pimmelparade auf dem Volleyballfeld hatte irgendwann ihren sonderbaren Reiz verloren.

Auch Mona fragte sich, warum sie nicht eher auf den Geschmack gekommen war: Keine zwickenden Hosen, kein abschnürender BH. Keine Blicke von schmierigen Kerlen, die liebend gern herausfinden wollten, was sich unter der Schicht Kleidung verbarg. Wer bereits nackt war, bot keine Gelegenheit für derartige Fantasien. Sie schloss die Augen und genoss die warmen Sonnenstrahlen auf ihrer Haut. Ja, daran konnte sie sich gewöhnen!

»Machst du uns noch einen?«, fragte Theo Willi.

Willi öffnete das Kistchen, das er vorhin aus dem Zelt geholt und mit zur Bucht gebracht hatte, und fing an, mit den Utensilien, die sich darin befanden, einen Joint zu drehen.

Fasziniert sah Dörte seinen flinken Bewegungen zu. Als sie sich damals zu Abiturzeiten in der Kunst des Bauens probiert hatte, kam nichts weiter dabei heraus als ein wurstiges Etwas, das man unmöglich rauchen konnte.

»Schwitzt du nicht, Kleines?«

Naels Frage holte Dörte aus der Erinnerung zurück. »Es geht schon.«

Er zog an seiner Zigarette. »Versteh mich nicht falsch, dein Oberteil ist mega, nur bei der Hitze, würde ich darin zerfließen.«

»Mega?« Mona öffnete die Augen. »Soweit ich weiß, hing das Shirt bei meinem Schwesterherz schon im Schrank, als sie noch in ihrem Kinderzimmer wohnte.« Innerlich fluchte sie. Hatte sie sich nicht gerade erst vorgenommen, Dörte netter zu behandeln? Verdammt sei ihre scharfe Zunge!

»Eben!«, sagte Nael. »Weißt du, was du im Vintage-Store dafür zahlen musst?« Sein Blick wanderte zu Sharons Sandalen mit den Kork-Absätzen, die neben dem aufblasbaren Sessel in Schweinchenrosa lagen, den Dörte ihr vorhin überlassen hatte. »Natürlich längst nicht so viel wie für diese verschärften Treter!«

»Das war die Fehlinvestition des Monats.« Sharon rutschte auf dem Sessel umher, dass dieser ein Pupsgeräusch machte. »Keinen Meter schmerzfrei laufen kann man in den Horror-Teilen!«

Nael zog ein Grimasse, als habe Sharon ihm mitgeteilt, dass das Interessanteste an einem Schmuddelfilm die Handlung wäre. »In denen bewegt man sich auch nicht, du naives Ding.« Er seufzte. »So abgelatscht, wie die aussehen, sind sie nicht mehr zu retten.« Nun wandte er sich an Dörte. »Im Gegensatz zu deinen Haaren – da besteht noch Hoffnung.«

Dörte sah ihn fragend an.

»Du hast so ein schönes Gesicht«, sagte Nael. »Schade, dass es kaum zur Geltung kommt mit dieser Tortenhauben-Frisur.«

»Nael!« Willi leckte über das Papier und versiegelte den Joint. »Dörte hat dich nicht um deine Meinung gefragt.«

Nael blieb unbeeindruckt. »Die gibt es heute gratis, dafür berechne ich nichts. Weil ich ein gutes Herz habe.«

Dörte hatte das Gefühl, am ganzen Körper rot geworden zu sein. »Wie … wie sollte ich sie denn tragen, meine Haare?«

Nael drückte seine Zigarette aus und sprang so hurtig auf, dass Tiffy aus dem Schlaf schreckte und ihm ein pikiertes Kläffen entwich. »Hast du ein Glück, mich getroffen zu haben, Mäuschen!«

Theo und Willi lachten. »Jetzt ist sie dran.«

»Und ob!« Nael klatschte in die Hände. »Hoch mit dir! Wir gehen zu meinem Wohnmobil.«

»Zu deinem Wohnmobil?« Dörte fächerte sich Luft zu. »Warum?«

Willi hatte den fertigen Joint zur Seite gelegt und bastelte bereits an einem zweiten. »Nael ist Frisör.«

»Maskenbildner!«, sagte Nael.

»Meinetwegen.« Willi zerbröselte Tabak. »Und er geht nie ohne Equipment aus dem Haus.«

»Donnerwetter!« Sharon hob ihren Drink. »Cheers, Dörte! Lass dich verwöhnen!«

Dörte stand auf. »Meint ihr?«

»Und ob!« Theo hielt ihr ein Erdbeer-Mixgetränk entgegen.

»Nein, nein, das wäre schon die dritte Dose!«, sagte sie.

Nael hakte sich bei Dörte ein. »Hat dir deine Mami nur heiße Milch mit Honig erlaubt? Jetzt nimm, was der Onkel dir gibt und dann lass uns verschwinden, es kribbelt schon in meinen Fingern!« Er fuhr ihr durchs Haar. »Ein asymmetrischer Schnitt.« Es hatte den Anschein, als müsste Nael sich gleich übergeben. »Lass mich raten: Der Frisör deines Vertrauens hat dir gesagt, das sei flott. Aber er irrt. Nur vergrämte Lehrerinnen oder Diplom-Psychologinnen ohne Kassenzulassung tragen so ein Ungetüm von Frisur auf dem depressiven Schädel. Meistens in Kombination mit einer neonfarbenen Nerd-Brille auf der

Spitznase und einem Troddel-Poncho über den kantigen Schultern.« Er machte ein tadelndes Geräusch. »Dem Salon, der das verbrochen hat, gehört die Lizenz entzogen.«

Dörte streckte ihren Arm nach der Dose aus, die ihr Theo immer noch hartnäckig entgegenstreckte.

»Heieiei!« Nael zeigte auf das dunkle Büschel Achselhaare, das aus Dörtes Shirt-Ärmel schaute. »Darum kümmern wir uns auch. Du willst doch nicht aussehen wie Nena in ihren wildesten Zeiten!«

»Nena?« Dörte zwirbelte an ihrem Ohrläppchen. »Nee, nee!«

»Hier, Geschenk des Hauses!« Willi gab Nael die beiden Joints. »Habt Spaß, ihr zwei Hübschen!«

»Darauf kannst du einen lassen!« Nael winkte in die Runde. »Einsatz für die Fashion-Polizei!« Kichernd schleifte er eine sichtbar nervöse Dörte hinter sich her.

37

»Ich weiß nicht, wie ich das wieder gutmachen soll, Willi!« Micha steckte die flache Hand zwischen Bauch und dem kneifenden Hosenbund – wer hätte gedacht, dass man die Vorteile des Nacktseins dermaßen schnell zu schätzen lernt!

Willi setzte den Blinker. »Wenn du dich gleich schon wieder bedankst, schmeiße ich dich aus dem Wagen.«

»Bin schon still!« Micha sah aus dem Fenster. Er wagte nicht, Willi zu fragen, ob er sicher war, die richtige Route gewählt zu haben, denn als er ihm beschrieben hatte, wo sie liegengeblieben waren, nickte Willi nur mit Inbrunst der Überzeugung.

»Die Schlaglochstraße.« Willi kicherte. »Manch Dörrpflaume soll die ganz gern befahren, wenn sie untenrum ein wenig Spaß haben möchte!«

Krawomm! Michas Nacken knackte: Soeben war Willi in die besagte Amüsiermeile eingebogen.

»Schade, dass ihr schon gehen müsst.« Willi stellte das Radio leiser, aus dem Cyndi Lauper gerade kreischte, was Mädchen wollen. »Auf angenehme Weise habt ihr alle einen an der Klatsche. Besonders eure keusche Dörte.«

»Dass sie dir sympathisch ist!« Micha drehte sich zu seinem Fahrer: Was für eine kleine Nase er im Profil hatte! Zumindest auf Long-Dong-Willi traf der abgenudelte Spruch »Wie die Nase des Mannes« definitiv nicht zu. »Immerhin hat sie vor deiner Kneipe demonstriert.«

Willi winkte ab. »Dörte wandelt sich gerade von dem grauen Entlein mit vorsintflutlichen Ansichten zum strahlenden Schwan. Was würde es nutzen, wenn ich weiter böse auf sie bin? Sie braucht Zeit zum Reflektieren. Und eine Portion Selbstwertgefühl. Sonst wird das nie was mit der Resilienz.«

»Donnerwetter, sehr scharfsinnig.«

»Ich habe einige Semester Psychologie studiert, mein Lieber.«

Micha kratzte sich am Schienbein. »Wenn wir wiederkommen, erkennen wir Dörte womöglich nicht mehr wieder.«

»So schnell kann man seine Vorurteile nicht über Bord werfen.«

»Aber alte Zöpfe abschneiden.« Micha kratzte heftiger. Ein Sommer ohne Mücken – das wäre ein Träumchen! »Schließlich verpasst Nael ihr gerade eine Typveränderung.«

»A... ach s... s... so, das meinst d... du-u-u«, brachte Willi mühselig hervor – ob schon einmal jemand auf diesem Holperweg seine Zunge versehentlich abgebissen hatte? »Mit ein wenig Farbe und dem richtigen Schnitt erstrahlt die Gute wie neu. Du hast recht, das sind beste Voraussetzungen, ein anderer Mensch zu werden – auch innerlich, meine ich.« Kurz blickte er Micha an, bevor er seine Aufmerksamkeit wieder auf die Straße richtete. »Meine Ex-Frau heißt auch Dörte.«

Micha widmete sich weiter seinem Mückenstich. Er hatte den Eindruck, Willi brauchte gerade einen guten Zuhörer, statt jemanden, der dazwischenquatschte.

»Die ist allerdings ein hoffnungsloser Fall.« Willis Stimme zitterte – wohl eher aufgrund der Schlaglochparade als aus Emotionalität. »Du kannst dir nicht vorstellen, welch Zwergenaufstand sie gemacht hat, als ich ihr sagte, was mit mir los ist. Sogar mit der Bibel ist sie mir gekommen – dabei hat die Dumpfbacke noch nie auch nur eine Zeile daraus gelesen! Die ist schon mit den legasthenikerfreundlichen Dreiwort-Überschriften aus der Bildzeitung überfordert!«

Da Willi nun eine Weile vor sich hin schwieg, hielt Micha den Zeitpunkt für geeignet, eine Frage zu stellen. »Hast du Dörte für einen Mann verlassen?«

Willi nickte heftiger als er wollte, woran die löchrige Straße schuld war.

»Ist dieser Mann Theo?«

Energisch schüttelte Willi den Kopf. »Theo und ich sind nicht zusammen. Also nicht wirklich. Wir sind uns gegenüber zu nichts verpflichtet.«

Micha dachte an Colette. »Kommt mir bekannt vor.«

»Lorenz, der war meine große Liebe.« Willi seufzte. »Aber es hat nicht sollen sein.«

»Was ist g... geschehen?« In Michas Nacken knackte es noch stärker als vorhin – das letzte Schlagloch hatte gesessen.

»Kalte Füße hat er bekommen … konnte sich nicht überwinden, zu mir zu stehen; sich selbst gegenüber ehrlich zu sein. Aus Angst, dass seine Familie nichts mehr von ihm wissen will.

Heute ist er mit einer Frau verheiratet und lebt in einer Doppelhaushälfte neben seinen Schwiegereltern.« Willi verstellte den Radiosender – einen *Careless Whisper* singenden George Michael brauchte er sich wirklich nicht zu geben; der Zeitpunkt, wo *Last Christmas* wieder in Endlosschleife gespielt wurde, bis ihm die Ohren bluteten, kam früh genug. »Jeder ist seines Glückes Schmied.«

Micha starrte auf die scheinbar endlose Holperstraße. Es war schon eigenartig, was man alles machte – oder eben nicht machte. Weil man meinte, das gehörte sich so. Oder weil man befürchtete, ausgeschlossen zu werden. Wie wäre Mamas Reaktion gewesen, wenn sie erfahren hätte, dass ihr Mann sich auf seine alten Tage in Robert verliebt hätte? Micha erinnerte sich daran, wie er als kleiner Junge mit seiner Mutter bei Kakao und Keksen auf der abgewetzten, aber so herrlich gemütlichen Couch gesessen und sich aus *Alice im Wunderland* hatte vorlesen lassen. »Völlig verrückt sind die!«, hatte er vor sich hin gemurmelt, als Alice gegen die Herzkönigin beim Cricketspiel antrat und statt eines Holzschlägers einen Flamingo in die Hand gedrückt bekam.

Seine Mutter ließ das Buch sinken. »Verrückt findest du das nur, weil du es nicht kennst. Vielleicht halten die Wunderlandbewohner uns auch für verrückt, weil unsere Schläger aus Holz sind.«

Sie las weiter, doch Micha gelang es nicht mehr, sich auf die Geschichte zu konzentrieren, denn er dachte über ihre Worte nach.

Als er in der Ferne seinen Wagen am Straßenrand erblickte, lächelte Micha. »Mama würde sich für Edwin freuen.«

»Was?«, fragte Willi.

»Ach, nichts!« Micha schluckte. »Ich habe nur laut gedacht.«

38

»Nackt zu schwimmen ist ein völlig anderes Gefühl, findest du nicht?« Das Wasser umspülte Sharons Füße, als sie an Land watete.

Mona nickte nur, verkniff sich aber die Frage, ob Sharon das positiv oder negativ meinte. Sie für ihren Teil konnte nun mit Sicherheit behaupten, dass es ihr lieber war, wenn sich beim Baden ein Stück Stoff zwischen dem Meer und ihren unteren Körperöffnungen befand, damit kein Fischlein aus Versehen falsch abbog.

Als Tiffy bemerkte, dass Mona und Sharon zu Theo und den anderen zurückkehrten, begrüßte er sie mit aufgeregtem Bellen.

Theo hob Tiffy auf den Arm, dass dieser mit seinen Beinchen strampelte. »Solch eine Abkühlung ist revitalisierender als jede Entschlackungskur.« Er reichte den beiden Handtücher.

Während Mona ihm eines abnahm, starrte sie auf die Gischt zwischen den Felsen am Ufer. »Vor allem macht sie den Kopf klar!« Sie rubbelte sich das Haar trocken. »Das war etwas zu viel Alkohol bei dieser Hitze.«

»Ha!« Sharon wickelte sich ihr Handtuch um die Hüften. »Ich tippe eher auf das Gras, das dich dizzy macht!«

»Apropos dizzy«, Zecki zündete sich einen soeben zu Ende gebauten Joint an, »ihr lasst mich nun aber nicht allein rauchen!«

Als wären sie zwei Klosterschwestern, die mit dem Teufel flirteten, grinsten Mona und Sharon sich an.

Sharon nahm neben Zecki Platz. »Das wäre wenig sozial.«

Mona setzte sich auf die andere Seite, sodass Zecki nun die Butter in einem Konsumenten-Sandwich bildete. Sie griff nach seinem Joint. »Ich sollte wirklich nicht.« Tief inhalierte sie. »Mein Gott, ich fühle mich wie siebzehn!«

Mit den Fingern machte Zecki eine Kreiselbewegung: direkt vor Monas Brustwarze. »Und zwar überall.«

Mona gab ihm einen Klaps auf die Hand. »Mir ist nur kalt vom Schwimmen.«

Zeckis Nasenflügel blähten sich auf. »Mach dir nichts vor: Du bist spitz, Süßes!«

Sharon und Theo kicherten, Tiffy bellte und die Zwillinge Jonny und Ronny kreischten so freudig-laut, dass Jonathan, der sich auf einer der anderen Decken mit einigen Männern eine Wasserpfeife teilte, verwundert zu ihnen schaute.

»Selbst wenn!« Mona grinste breit. »Hier kann mir eh keiner geben, was ich brauche.«

»Ich wüsste jemanden!« Sharon beugte sich über Zeckis Beine zu Mona und flüsterte ihr etwas ins Ohr. Dann nahm sie Mona den Joint ab, zog emsig daran und lachte so lang, dass Jonathan zu ihnen gelaufen kam.

»Darf man erfahren, was so witzig ist?«, fragte er.

»Ich habe Mona ein unmoralisches Angebot gemacht«, sagte Sharon. »Weil du der einzige Hetero weit und breit bist.« Sie reichte Jonathan den Joint.

Er machte eine ablehnende Geste: Vor seinen Augen drehten sich bereits kleine Spiralen – und dabei hatte er gedacht, als Timur vorhin sagte, er habe Gras in die Shisha gepackt, meinte er nichts anderes als eine Geschmacksrichtung wie Melone oder Pfefferminz. »Es ist reizend, dass du meinen Astralkörper freundschaftlich teilen willst, liebe Gattin.« Er blickte auf Mona, die sich gerade von Jonny einen Gin Tonic mixen ließ. »Aber in puncto Damenwahl habe ich auch noch ein Wörtchen mitzureden.«

»Wo bleibst du?«, rief der mit dem geflochtenen Zopf, während er das Mundstück der Wasserpfeife polierte.

Jonathan warf Sharon einen Luftkuss zu. »Mein Typ wird verlangt.« Er machte kehrt.

»Spaßbremse!« Bevor sie ihn Zecki zurückgab, zog Sharon noch einmal am Joint. »Mona, mein Mann kneift.«

»Besser so!« Mona riss Zecki den Joint aus dem Mund, ehe er rauchen konnte, nahm einen tiefen Zug und spülte einen Schluck Gin Tonic hinterher. »Wegen einem Kerl haben sich schon viele Freundinnen die Augen ausgekratzt.«

Zwei Autos bogen in die Auffahrt ein. »Dann musst du mit deinem Ex Vorlieb nehmen!« Sharon zeigte auf Micha, der hinter Willi fuhr. »Bei dem weißt du immerhin noch, wo alles ist.«

Mona rührte in ihrem Drink. »Inzwischen dürfte das meiste allerdings eine Etage tiefer zu finden sein.«

Gleichzeitig fingen sie und Sharon zu kichern an.

Ronny zwirbelte an seinem Bart. »Ihr zwei solltet wirklich nichts mehr trinken.«

»Aber wir sind ja nicht eure Mütter!« Jonny hielt die Gin-Flasche hoch und sah Sharon fragend an. »Auch einen?«

»Gerne«, antwortete sie. »Ich bin heute per Taxi hier. Gestatten, mein Chauffeur!« Huldvoll nickte sie Micha zu, der geparkt hatte und nun auf sie zugelaufen kam.

»Warum bist du angezogen?«, fragte Mona ihn.

Micha kniete sich auf die Decke. »Ohne Hosen die Fahrersitze vollzuschwitzen, fand ich dann doch zu abenteuerlich.«

Willi gesellte sich zu ihnen.

»Tausend Dank!«, sagte Mona zu ihm.

»Was hätten wir ohne deine Hilfe gemacht!«, sagte Sharon.

»Den ADAC angerufen, ist doch klar!« Schnaufend streifte Willi seine Shorts ab und zog sich dann das Shirt über den Kopf. Dann ließ er sich neben Theo plumpsen. Aus der Kühlbox angelte er sich ein Bier. »Was willst du, Micha?«

Als könnte er die Uhrzeit an der Sonne erkennen, sah Micha in den Himmel. »Wir sollten uns aufmachen.«

»Kommt nicht infrage!« Rücklings hatte Mona sich auf die Decke gelegt. »Ein Stündchen bleiben wir noch, ja?«

»Außerdem ist Dörte noch in der Maske«, sagte Sharon. »Sofort los können wir sowieso nicht.«

»Na gut.« Micha befreite sich von seinen Klamotten. »Bleibt nur zu hoffen, dass Nael keine Ewigkeit an Dörte herumschraubt.«

»Wird er nicht!« Wie aufs Stichwort tauchte Nael hinter Micha auf. »Der Meister hat sein Kunstwerk vollendet.«

Mona kam wieder hoch und presste die Augen zusammen, um den Schwindel loszuwerden: Hui, die Bewegung war eindeutig zu schnell! »Und wo ist mein Schwesterherz?«

Nael blickte sich um. »Jetzt komm schon!«

Hinter der Böschung erschien eine Frau mit raspelkurzem Haar in einem smaragdgrünen Seidenkimono. Die Lippen waren blutrot bemalt, auf dem Gesicht war helles Puder verteilt. Die Augenpartie hatte Nael dunkel geschminkt.

Micha formte den Mund zu einem O. Smokey-Eyes nannte man diese Art von Make-up, das wusste er aus einer Modezeitschrift, die er im Wartezimmer seiner urologischen Praxis aus Langeweile gelesen hatte. Doch niemals hätte er gedacht, dass man so verdammt sexy damit aussehen konnte – schon gar nicht seine Ex-Schwägerin Dörte, das biederste Frauenzimmer zwischen Poppendorf und Geilenkirchen.

Torkelnd stand Mona auf. »Wahnsinn! Du erinnerst mich an Annie Lennox!«

»Ist das ein Kompliment?«, fragte Dörte.

»Hallo?« Nael stellte sich vor Dörte in Position und machte eine Scheibenwischer-Geste. »Die ist eine verdammte Göttin!«

»Na dann.« Dörte lächelte. »Besser, als wenn ihr denkt, ich sehe aus wie Maria Hellwig!«

»Nichts gegen die Hellwig!« Willi streckte seine Wampe raus. »Die war eine patente Geschäftsfrau!«

Sharon klatschte in die Hände. »Dörte, wie hinreißend, wirklich zauberhaft!«

Jetzt applaudierten auch alle anderen, einschließlich Jonathans Shisha-Gesellschaft, die Dörte anerkennend zupfiff.

»Bevor du auch nur daran denkst, dir einen Kurzhaarschnitt zu verpassen«, rief Jonatahn Sharon zu, »deine Löwenmähne hat mich ein Vermögen gekostet, die bleibt dran!«

Sharon fasste sich in die Extensions und warf Jonathan Todesblicke entgegen, bevor sie sich an Dörte wandte: »Liebes, die Frisur ist der Knaller! Und was du plötzlich für Wahnsinnsaugen hast!«

Nael griff Dörtes Hand. »Ihr müsst euch die Hübsche natürlich noch mit einer passenden Haarfarbe vorstellen.«

Auf sein Zeichen hin drehte Dörte sich unter Naels Arm, als würden sie gemeinsam tanzen. »Reines Henna soll ich nehmen, meint Nael.«

Nael nickte. »Die Marke schreibe ich dir noch auf. Und mit meinen Youtube-Tutorials kannst du dein Make-up bald im Schlaf auftragen.«

»Smokey-Eyes im Schlaf?« Zecki steckte den Finger in ein Ohr – das half ihm beim Denken. »Man sollte abgeschminkt schlafen – damit die Poren atmen können.«

»Hach!« Schwankend blieb Dörte stehen. »Ich brauche eine Abkühlung, ich muss ins Wasser.«

»O nein!« Theo sprach so laut, dass Tiffy zu knurren begann und der Bernhardiner-Bulldoggen-Rauhaardackel-Mix davon abließ, sich zwischen den Beinen zu lecken und interessiert aufschaute. »Wenn du schwimmst, verschmiert dein schönes Gesichtsgemälde!«

»Bloß nicht!« Mona kramte in ihrer Tasche und zog ihr Handy hervor. Sie wieselte auf Dörte zu. »Los, wir machen ein Selfie! Das glaubt mir sonst kein Mensch!«

»Später!« Dörte löste den Gürtel des Kimonos. »Ich muss zumindest meine Füße abkühlen.« Sie sah Mona an. In ihren Augen flackerte es verheißungsvoll. Dann streifte sie den Kimono ab und stand splitterfasernackt vor den anderen. »Das hättet ihr nicht gedacht, hä? Die dröge Dörte kann auch anders!« Schon drehte sie sich um und lief in Richtung Meer.

»Mamma mia!« Etwas Intelligenteres fiel Micha nicht ein.

»Was ist denn mit der los?«, fragte Sharon.

»Sie ist ein ganz neuer Mensch!« Mona gab Nael einen Kuss auf die Wange. »Deinetwegen!«

Beim letzten Mal, als Nael so tiefrot wurde wie eben, war er zwölf: Damals hatte sein Vater ihn dabei erwischt, wie er im Nachtprogramm des Privatfernsehens den Dirndl-Film *Leg dich in die Mitte von Erna und Brigitte* gesehen hatte. »Nicht der Rede wert, es ist ...«

»Ein Wunder!« Nun küsste Mona ihn auf die andere Wange. »Und dabei dachte ich immer, das mit der schwulen besten Freundin sei nur ein modernes Märchen.«

»Hey«, entgegnete Nael, »in jedem Märchen steckt ein Fünkchen Wahrheit.« Er schob Mona von sich weg. »Aber um dich auf den Boden der Tatsachen zurückzubringen: Ich bin weder Dörtes Freundin noch ist sie ein neuer Mensch geworden, nur weil ich die alte Scheune ein bisschen renoviert und ihr gut zugeredet habe. Ein Maskenbildner ist zwar auch ein prima Therapeut, aber Dörte von rechts auf links zu krempeln schafft nicht einmal Sigmund Freud in so kurzer Zeit.«

Willi rülpste leise. »Ich hab's sofort gesehen!«

»Was?«, fragte Mona.

Theo legte seinen Arm um die Stelle, wo irgendwo zwischen den Speckrollen Willis Taille war. »Deine kleine Schwester ist nicht nur wegen ihrem Schönheitsprogramm so schräg drauf.«

Micha hatte verstanden. »Was Hartes?«, fragte er Nael besorgt – immerhin musste er Dörte noch im Auto transportieren.

Nael winkte ab.

Mona knabberte an ihren Fingernägeln. Sie nickte in Richtung Theo. »Gut, dass du ihnen bloß zwei Joints mitgegeben hast.« Nun spuckte Mona einen abgebissenen Nagel aus. »Und selbst die waren zu viel – vor allem in Kombi mit Alkohol. Das Mauerblümchen verträgt doch nichts!«

Willi und Theo lachten. Willi hoch, Theo tief.

»Nun ja …« Nael bohrte seine Ferse in den Sand. »Der gute Nael hat einen bestens sortierten Salon, verstehst du?«

Mona schnaufte. Sie rannte ihrer Schwester hinterher, die bereits am Wasser angekommen war. Wer wusste schon, was sie alles intus hatte, ob sie nicht dermaßen high war, dass sie meinte, eine Meerjungfrau zu sein und untertauchte, ohne wieder hochzukommen.

Sharon setzte ihre Sonnenbrille auf und genehmigte sich einen Schluck ihres Drinks. »Ihr seid ein wunderbares Volk!«

»Wer ›wir‹?«, fragten Jonny und Ronny zeitgleich.

»Na, wir Schwulen meint sie!« Im Schneidersitz nahm Nael neben Sharon Platz. »Immer bunt, immer fröhlich, ständig feiern und konsumieren.« Er fasste an Sharons Brille und schob sie ihr auf die Nasenspitze, dass er in ihre Augen sehen konnte. »Findest du das nicht ein wenig diskriminierend?«

»Stefan und Pavel da drüben«, sagte Zecki, »die leben absolut drogenfrei. Und dort hinten, der Typ mit dem Sonnenhut – das ist Addi, der ist die Spießigkeit in Person. Wenn es nach dem ginge, wäre hier um achtzehn Uhr Nachtruhe, weshalb er sich am laufenden Band über unsere Musik beschwert. Trotzdem kommt er immer wieder her.«

Theo rieb sich den Arm. »Der kleine Maso!«

Ronny streichelte Tiffy über den Rücken. »Uns kannst du auch nicht in einen Topf werfen. Jonnys letzte Beziehung zum Beispiel – die war mit einer Frau.«

»Und Ronny ist es egal, in wen er sich verliebt«, sagte Jonny.

Zecki nickte. »Ob cis oder trans, ob Schnecke, ob Schwanz.«

»Ich liebe Barbra Streisand!«, sagte Theo.

»Ich kann die nicht leiden!«, sagte Willi. »Die hat eine Stimme wie eine Gießkanne und sieht aus wie Herr von Bödefeld aus der *Sesamstraße*.«

Theo schnappte nach Luft. »Majestätsbeleidigung ist das, jawohl!«

Nael rückte Sharons Brille in die Ausgangsposition zurück. »Pack uns nicht alle in eine Schublade, Liebelein. Das wird ganz schön eng.«

Sharon griff Naels Hand. »Ich müsste es besser wissen. Mit meiner Hautfarbe habe ich auch gegen das eine oder andere Vorurteil zu kämpfen.«

»Nein, wirklich?« Mit gespielter Verwunderung klimperte Nael mit den Wimpern, die er – wie Sharon erst jetzt auffiel – anscheinend vorhin, als er mit Dörte in seinem Wohnmobil war, mit Mascara dunkel gefärbt hatte. »Bist du etwa anders als die anderen deiner Leute?«

Zecki zog die Schultern hoch. »Schwarz ist Schwarz, sind doch alle gleich, wo ist da ein Unterschied?«

»Got it!« Sanft legte Sharon Zecki den Finger auf die Lippen und reichte ihm ihr Glas. »Cheers!«

39

»Cheers!« Zecki saugte so stark am Strohalm, dass seine Wangen zusammenfielen. »Eine Wahnsinnsbude habt ihr, das muss man schon sagen!«

Als wäre er ein Architekt, der die Umsetzung seines Entwurfs inspizierte, wanderte Willis Blick zunächst zur Terrasse der Ferienvilla, dann über den mit bunten Lampions geschmückten Garten zur hell lodernden Feuerschale, vor der Nael und Dörte saßen und sich mit ausschweifenden Bewegungen unterhielten. Dabei hielt Dörte das Päckchen, welches Nael ihr gegeben hatte, in den Armen, als handelte es sich um das Jesuskind, das ins Traumland befördert werden sollte. Es war die Koloration, mit der Dörte sich ihr Haar färben sollte; Nael hatte sie als Überraschung für sie eingekauft. Willi brummte wie ein am Honig sattgefressener Braunbär. »Stimmt, der Schuppen ist ganz nett. Aber mir ist mein Zelt lieber als jede Luxusimmobilie auf dem Planeten. Es geht doch nichts über ein intensives Naturerlebnis: Nur du und dein Zuhause aus Plane. Um dich herum die Wildnis, über dir der Sternenhimmel. Und wenn du morgens den Reißverschluss vom Zelt öffnest, weil dich die Sonnenstrahlen kitzeln, kriechst du nackt heraus und nimmst ein Bad in den Wellen. Wie herrlich das Wasser ist am frühen Morgen!«

»Morgen ist der Spaß wieder vorbei.« Niklas tauchte die Kelle in den Bowlebehälter. »Dann reisen wir ab.«

Micha beugte sich zu seinem Sohn. »Nur ein halbes Glas!«

»Keine Bange, ich hab mich im Griff«, antwortete Niklas. »Du weißt, dass ich mir nichts aus Alkohol mache.«

Willi drehte sich zu ihm um. »Das hört man von jemanden in deinem Alter nicht so oft!«

Mona schälte sich aus der Traube tanzender Gäste und gesellte sich zu Micha. »Alles okay mit euch?«

»Wieso?« Micha vertrieb einen vor seinen Augen flatternden Falter.

Mona wiegte sich im Takt der Musik, die aus den Lautsprechern schallte. »Ihr tanzt nicht, das wirkt verdächtig.« Sie stutzte. »Ach, hallo Willi! Tut mir leid, in Hosen habe ich dich gar nicht erkannt.«

»Das geht vielen so.« Willi nahm sich einen Teller und füllte ihn mit Häppchen vom Büfett. »Die Zeiten, wo ich getanzt habe, sind vorbei. Heute bevorzuge ich es, zu sitzen … in Ausnahmefällen stehe ich durchaus mal.«

»Micha meint, mich belehren zu müssen, wie viel Bowle ich trinken darf«, sagte Niklas zu Mona. »Aber der vertrauensvollste Tutor ist er nicht gerade.«

»Oho!« Micha verschränkte die Arme vor der Brust. »Wie geschwollen du dich ausdrückst!«

Niklas grinste. »Ich kann es auch brachialer formulieren: Als ihr gestern von eurem Roadtrip heimgekommen seid, wart ihr lebende Werbeträger für eine *Keine-Macht-den-Drogen*-Kampagne.«

Peinlich berührt starrte Micha auf den Rasen und ignorierte Zeckis Kichern. »Wir Erwachsenen können unser Limit besser einschätzen.«

»Deshalb bist du also noch gefahren.« Niklas fischte sich eine Weintraube vom Büfett. »Dass du den Torpfosten an der Einfahrt mitgenommen hast, war bestimmt nur der Übermüdung geschuldet.« Er warf die Traube in die Luft und fing sie mit dem Mund auf. »Und außerdem dachte ich immer, man hat sich an geltende Gesetze zu halten … wie war das noch gleich, don't drink and drive? Aber was weiß ich schon, ich habe ja noch keine Fahrerlaubnis!«

Willi lachte, dass sein Bauch wackelte. »Der Kleine könnte Reden schreiben.«

»Micha ist darin auch nicht übel.« Niklas dachte an die lange Ansprache, die ihm sein Vater – einen Eiswürfelbeutel auf seinen Brummschädel gedrückt – heute Morgen gehalten hatte: »Sorry, dass wir angenommen haben, du wärst mit Jay ausgerissen … dachten, ihr seid verzweifelt … hätten anders reagieren sollen … so froh, dass wir falsch lagen … schwierig, die heutige Jugend zu verstehen … kannst immer mit uns reden … lieben dich doch …«

»Du bist ein kleiner Wadenbeißer«, sagte Micha zu Niklas. »Aber ich gebe zu, es war eine saudämliche Aktion von mir.«

Niklas machte ein mürrisches Geräusch. »Schotter haben wie ein Ölscheich, aber sich kein Taxi rufen.«

Willi, der sich gerade beruhigt hatte, biss sich auf die Zunge, um nicht erneut loszulachen. »Wir haben schlechten Handyempfang auf unserem Campingplatz.«

Genau wie Willi riss Micha sich zusammen, damit er durch debiles Kichern seine Vorbildfunktion nicht noch mehr beschädigte als sowieso schon. »Dein alter Herr baut eben auch manchmal Scheiße.«

Niklas streckte sein Kinn vor. »Den Satz merke ich mir. Irgendwann kann ich den gegen dich verwenden.«

Micha machte einen Schmollmund. »Verzeihst du mir, wenn ich dir versichere, dass ich so langsam gewesen bin wie die Hütchenfahrer, die am Sonntag über die Landstraßen schleichen und eine Rolle Klopapier mit einer gehäkelten Mütze drüber im Auto haben?«

»Das muss ich genau bedenken«, antwortete Niklas. »Übrigens hast du die Winkekatze auf dem Armaturenbrett vergessen. Und den Wunderbaum, der am Spiegel hängt.«

»Ist ja nix passiert.« Willi zog seine Hose zurecht. Wenn er wieder hinter dem Tresen seiner Kneipe stand, würde er sich erst langsam daran gewöhnen, wieder bekleidet zu sein. Ob er den Umsatz ankurbelte, wenn er sein Konzept änderte? *Zur fröhlichen Nacktbar* – Arbeitstitel. Das wäre doch ein Knaller, oder? Er bräuchte viel weniger Hemden zu bügeln, denn logischerweise würde er mit gutem Beispiel vorangehen und höchstens eine Schürze tragen, falls dies die Hygieneauflagen vorsahen. Zumindest über einen Naked Friday könnte er nachdenken. »So ein lädierter Pfeiler lässt sich reparieren. Und Autos ohne Beulen sind wie …«, er packte sich eine Hühnerkeule auf seinen Teller, »wie ein Mann ohne Speck auf den Rippen.«

»Hier steckt ihr!« Jay kam auf Niklas zu. »Richtig nice von Robert, dass er so eine geile Abschiedsfeier organisiert hat.«

»Geld müsste man haben!« Zecki schlürfte die letzten Tropfen aus seinem Glas. »Ich würde von morgens bis abends auf der Chaiselongue verbringen und mich von muskelbepackten Hengsten …«

Weiter kam er nicht, denn Willi hatte ihm seine Keule zwischen die Zähne geschoben: »Contenance, hier sind Kinder!«

»Kinder, wo?«, fragte Jay.

Mona zog Micha am T-Shirt. »Wenn du nicht endlich das Tanzbein schwingst, werde ich ungemütlich, mein Schatz.«

Jay stieß Niklas in die Seiten. »Läuft da was zwischen deinen Alten?«

»Neeee!« Niklas rümpfte die Nase. »Wie pervers wäre das denn! Die sind bloß drüber: Mona hat den Pegel erreicht, wo sie schmusig wird. Und Micha muss erst einmal die unangenehme Information verarbeiten, dass Stella nicht an ihm interessiert ist, sondern an der Frau, mit der er eine Freundschaft Plus führt … oder geführt hat.«

Wie krass Niklas analysieren kann, dachte Jay. *Wenn ich nur halb so gut wäre, hätte ich nicht ständig Fünfen in den Klausuren!*

»Ihr seid langweiliger als Physik«, sagte Mona, als sie merkte, dass weder Micha noch jemand anderes auf die Tanzfläche zu bekommen war.

»Unverschämtheit!« Zecki warf Willis Maulsperren-Keule Tiffy vor die Pfoten, der sie sofort in Sicherheit brachte, um sie ungestört zu vertilgen. Er griff Monas Hand. »Los, wir zeigen denen, wie man feiert.« Mona mit sich ziehend tauchte er in die tanzende Menge ein, aus der soeben Jonathan kam.

Hechelnd baute er sich vor Micha auf. »Wasser! Jetzt!«

Micha öffnete ihm eine Flasche Sprudel. »Schalte einen Gang runter! Ein alter Mann ist kein Speedy Gonzales mehr.«

Jonathan nahm das Wasser entgegen. »Wen nennst du hier alt? Ich bin topfit!«

»Wenn das so ist, warum machst du dann nicht beim Betriebssport mit?«, fragte Micha.

»Du meinst die lustige Joggingrunde donnerstags, die von der hyperaktiven Babsi mit der Quietschestimme geleitet wird?« Jonathan nahm einen so großen Schluck, dass die Kohlensäure ihm entgegenschoss und er zu husten begann. »Da habe ich leider, leider eine meiner Sitzungen mit Neubauer und Altmann.« Er wischte sich über den Mund. »Und was ist deine Ausrede?«

»Ich hab Berufsschule«, antwortete Micha. »Sonst gerne.«

Nun fingen sie so laut zu lachen an, dass Tiffy von der Keule abließ und seinen Kopf neugierig unter der Tischdecke des Büfetts hervorstreckte.

»Unsere Dads werden Best Buddys«, flüsterte Jay Niklas zu.

»Genau wie deine Mum und meine.« Niklas kostete von der Bowle – wow, gab es eine Sorte Alk in diesem Universum, die nicht darin enthalten war?

»Bleibt … bleibt nur zu hoffen, dass wir zwei auch noch lange … und uns nicht …«

»Shhh«, machte Niklas. »Denke nicht mal an solch einen Mist!«

Jay legte den Arm um Niklas. »Wenn du das sagst: in Ordnung!«

»Huhu!« Sharon stakste die Stufen der Terrasse nach unten: Mit den Pfennigabsätzen ihrer eisblauen High-Heels konnte sie alles außer laufen. »Wir haben Besuch!«, sagte sie, als sie Niklas und Jay erreicht hatte.

»Wer kommt denn jetzt noch?« Willis Blick wanderte über die Partygesellschaft. »Von uns sind alle da. Bis auf Addi, aber der wollte nicht mit – typisch! Hab ich mich eigentlich schon für die Einladung bedankt?«

»Tausendmal«, erwiderte Micha, bevor er Sharon fragend ansah. »Wer ist es denn? Die Polizei? Sind wir zu laut? Oder hat das Catering was zu liefern vergessen?«

Sharon fasste sich an ihr Dekolleté. »Komm mit rein, Edwin und Robert sind auch da. Edwin sagt, du wirst staunen!«

Micha, dessen Magen ihm den ganzen Tag über keinerlei Probleme bereitet hatte, spürte ein leichtes Rumoren. »Ist es eine freudige Überraschung oder eine böse?«

»Wie man's nimmt. Ich wäre froh, wenn ich meine Großeltern noch einmal sehen könnte.« Kaum wahrnehmbar schickte Sharon ein Lächeln in den sternenklaren Himmel.

Wie auf Kommando starrten Niklas und Micha sich an. Das durfte einfach nicht wahr sein!

»Trudi und Rudi sind hier?« Niklas' Stimme kiekste. »Die zwei kann man keine Woche allein lassen!«

Ich bringe sie um, durchfuhr es Micha, bevor er sich in die Villa schleppte.

40

»Hast du eine Minute?«

Micha bremste ab. In dem hautengen (pinken) Cocktailkleid erinnerte Colette ihn immer an Marilyn Monroe in ihren guten Zeiten – besonders wenn sie ihr Haar mit Wicklern frisiert hatte wie heute.

»Ich ... also eigentlich ...«

»So geht das nicht!« Colette wechselte ihr Weinglas von der rechten in die linke Hand. »Schon den ganzen Tag gehst du mir aus dem Weg, Butzibiber!«

»Nenn mich nicht Butzibiber!« Micha starrte zur Villa. Warum waren seine Großeltern hier? War am Ende etwas daheim passiert? Ein Wohnungsbrand? Ein Wasserschaden?

Colette deutete auf die freie Bank neben dem Efeu-Spalier. »Setzen wir uns.«

Micha stöhnte. »Nur kurz – du glaubst nicht, wer gerade gekommen ist.« Während er mit Colette auf die Bank zusteuerte, berichtete er von Trudis und Rudis Spontanbesuch.

Colette nahm Platz. »Mach dir keine Sorgen. Die beiden haben sich bestimmt wieder gelangweilt.«

Seufzend ließ Mich sich neben Colette fallen. »Wenn andere Greise sich langweilen, lösen sie Kreuzworträtsel in Großdruck-Heftchen.« Er lehnte sich an das Spalier und betrachtete die Sterne. Wie peinlich, außer den Kleinen und Großen Wagen konnte er kein anderes Sternbild ausmachen. »Weißt du, wo der Große Bär ist?«, fragte er Colette.

»Ist das wichtig?«

»Hm.«

»Hör zu ... ich ...« Colette nahm einen Schluck Wein. »Ich hatte nicht vor, dass ich mit Stella ... du weißt schon.«

»Was weiß ich?«

»Tu nicht so! Einer der Kerle hat gesungen. Wenn es nicht Niklas gewesen ist, war es dein Vater, der getratscht hat.« Noch ein Schluck – nun war Colettes Glas leer. »Vielleicht auch Robert, aber der wirkt so seriös.«

»Ich werde dir nicht verraten, wer es war.«

»Das verlangt niemand.« Colette stellte ihr Glas neben sich ab. »Aber immerhin gibst du es zu.«

Micha legte seine Hand auf Colettes Oberschenkel. »Wir sind nicht zusammen. Du kannst rummachen mit wem du willst.«

Colette schmiegte sich an Micha.

So sehr er sich bemühte, Micha konnte weder einen Bären am Himmel noch ein Nilpferd oder einen Grottenolm erkennen. »Ich hätte nicht gedacht, dass du Frauen sexy findest.«

»Ich auch nicht.« Colette lehnte ihren Kopf an Michas Schulter. Wie gut er roch. Trug er etwa das Rasierwasser mit der Sandelholz-Note, das sie ihm zu Weihnachten geschenkt hatte? »Stella ist meine Premiere.« Sie richtete sich auf: Was tat sie bloß? Körperkontakt war gerade unangemessen! »Mehr als küssen geschah aber nicht.«

Micha sagte nichts.

»Es tut mir leid.« Colette klang, als würde sie gleich zu weinen beginnen.

»Das ist albern. Ansonsten bist du es doch, die mich daran erinnert, dass wir zwei nicht …«

»Für dich tut es mir leid!« Colette zog die Nase hoch. »Sogar eine Blindschleiche bemerkt, wie sehr du auf Stella abfährst.«

»Ich?« Micha sprang von der Bank. »Das … das ist doch …«

»Die Wahrheit.« Colette erhob sich ebenfalls. »Du und ich kennen uns zu gut, als dass wir uns etwas vormachen könnten.«

Micha knirschte mit den Zähnen. »Ich gerate immer an die Falschen. Du willst dich nicht binden. Stella macht sich nichts aus mir ...«

»Falls es dir hilft: Sie hat beschlossen, gar keinem Mann mehr näherzukommen.«

Müde blickte Micha Colette an. »Ich fühle mich so viel besser.«

»Schau!« Colette zeigte in den Himmel. »Der Große Bär ist direkt beim Großen Wagen ... genauer gesagt ist der Wagen ein Teil vom Bär.«

Micha kniff die Augen zusammen. »Wirklich?«

»Sie hat recht!«

Er fuhr herum. »Stella ...« Seine Stimme versagte. Heute Abend war sie ihm noch gar nicht begegnet: Stellas offenes Haar umrandete ihr Gesicht wie ein Rahmen ein kostbares Gemälde. Das Trägerkleid war mit Spitze versehen und von so dünnem Stoff, dass jeglicher BH einen Abdruck hinterlassen würde. »Du siehst ... durstig aus, soll ich dir etwas holen?«

Colette zwickte Micha in ein Love-Handle an seiner Hüfte, dass dieser kreischte wie ein Teenager in der Geisterbahn. »Du kannst ruhig zugeben, dass Stella granatenmäßig ausschaut!«

»Nur zu!« Als sie lächelte, präsentierte Stella ihre perfekt gewachsenen Zähne. »Ich bekomme gern Komplimente, sogar von Männern.«

Micha fuhr sich über die Beinah-Glatze – und stellte fest, dass er mal wieder zu schwitzen begonnen hatte. »Stella ... du siehst gut aus, wirklich!« Er linste zu Colette. »Zufrieden?«

»Nicht ganz.« Verführerisch wiegte Colette sich hin und her.

»Du siehst selbstverständlich auch umwerfend aus.« Micha gab ihr einen Kuss. »Und nun lass ich euch allein.« Er machte ein paar Schritte.

»Micha!«

Er drehte sich um.

Stella nestelte am Träger ihres Oberteils. »Ich wollte es dir schon heute Nachmittag sagen – aber wir hatten keine Gelegenheit.« *Weil du alles gegeben hast, um mir auszuweichen,* fügte sie in Gedanken hinzu. »Falls ich dir Hoffnungen gemacht habe … entschuldige bitte.«

Micha spürte, dass er rot wurde. Was sollte er entgegnen?

Es war Colette, die ihn aus der misslichen Lage befreite. »Ich fahre morgen nicht mit nach Hause. Stella will mir zeigen, wo sie lebt.«

Plötzlich waren Michas Beine schwer wie Blei. »Dann … dann ist es was Ernstes?«

Colette biss sich auf die Unterlippe. »Deshalb fahre ich mit. So können wir das herausfinden.« Sie beugte sich zu Michas Ohr. »Ich glaube, ich bin nicht hetero, ich bin …«

»Schon gut!« Fest drückte Micha sie an sich. »Um mich herum sind nur noch Schwule und Lesben – das muss am Trinkwasser liegen.«

»Eben nicht!« Stella löste sich aus seiner Umklammerung. »Ich bin nicht lesbisch!« Sie machte eine abwehrende Geste, als Micha den Mund öffnete, um etwas zu sagen. »Auch nicht bi! Ich habe lange mit Stella gesprochen – und sie könnte recht haben: Vermutlich bin ich pansexuell.«

Michas Magen meldete sich. Du liebe Güte, was sollte das schon wieder sein? Hatte Colette nicht bei Niklas' Geburtstag gesagt, dass sie ebenfalls nicht wusste, was mit diesem Wort gemeint war? Er kannte nur Panflöten. Und die Geschichte von Peter Pan. Beides fand er nicht sonderlich spannend.

»Colette mag mich«, sagte Stella, als hätte sie Michas Hirn beim Arbeiten beobachtet, »unabhängig davon, welches Geschlecht oder welche Geschlechtsidentität ich habe, verstehst du?«

Micha sagte: »Klar verstehe ich!« Er dachte: *Das muss ich mir von Niklas erklären lassen.*

»Kannst du mir einen Gefallen tun?«, fragte Colette.

Micha horchte auf. »Welchen denn? Deiner Kundschaft musst du schon selbst beibringen, dass sie noch etwas mit der Fußverschönerung warten müssen. Oder willst du, dass ich …«

»Unsinn! Du musst keinem fremden Fuß zu nah kommen. Nur … könntest du die Blumen in meiner Wohnung gießen und nach der Post sehen? Momentan macht das die Klawitter, aber ich will sie nicht noch länger beanspruchen, sonst findet Else Kling die Zweite noch mein Versteck mit dem … du weißt schon.«

»Wenn's weiter nichts ist«, sagte Micha. »Und keine Panik: Falls die Klawitter bereits beim Schnüffeln erfolgreich war, wird die debile Kuh deinen Du-weißt-schon für einen Pürierstab halten. Möglich, dass sie damit bereits eine Kürbissuppe zubereitet hat.« Er befand, dies war ein schönes Abschlussbild, welches er in Colettes Hirnwindungen hinterließ, und winkte ihr und Stella zu. »Nun muss ich dringend nach Trudi und Rudi schauen, bevor sie auf die Muppets vom Campingplatz stoßen. Sonst kriegen sie einen Herzkasper und wir haben neben den vielen Koffern auch noch zwei Leichen zu transportieren.«

Colette kicherte. »Die haben die Loveparade überstanden, die wird nichts mehr schocken.«

»Micha.« Nie zuvor hatte Stella so verletzlich ausgesehen. »Robert wird Edwin ein guter Mann sein.«

Schweißtropfen rannten von Michas Schläfen. »Wenn du jetzt auch noch sagst, dass er mir ein guter Vater sein wird, ist das der schnulzige Höhepunkt dieser Geschichte.«

Stella wickelte sich eine Locke um den Finger. »Wer weiß. Vielleicht heiraten unsere Väter noch – und wir werden Stiefgeschwister.«

»Siehst du!« Colette kicherte nicht mehr, sondern lachte. »Noch ein Grund mehr für dich, die Finger von Stella zu lassen!«

Micha deutete eine Verbeugung an. »Bitte bediene dich bei ihr, ich gebe mich geschlagen«, sagte er zu Colette, bevor er loslief.

»Ist er nun sauer?«, fragte Stella.

»Der doch nicht.« Colette zwinkerte Stella zu. »Sag mal … Niklas und Jay schienen es letzte Nacht gemütlich im Gartenhäuschen gehabt zu haben. Wie wäre es, wenn *wir* die Bude heute testen?«

»Meinst du nicht, wir nehmen den beiden Turteltauben den Platz weg?«

»Muss man reservieren? Soweit ich weiß, haben sie kein Exklusivrecht auf die Liebeslaube.«

»Die Liebeslaube. Ich fühle mich plötzlich so jung!« Stella küsste Colette auf den Hals. »Lass uns keine Spielverderber sein und brav im Haus übernachten.«

»Aber … wir könnten jetzt mal einen Ausflug dorthin unternehmen.«

»Das könnten wir.« Stella biss zu – ganz sanft, doch es reichte, dass Colette ein Schauer über den Rücken lief.

Colette griff Stellas Hand. »Dann lass uns die Beine in die Hand nehmen – bevor jemand von den Exhibitionisten uns zuvorkommt.«

»Als ob die sich zurückziehen müssten … weiß doch jeder, wie sie aussehen.«

Schon waren sie auf und davon.

41

Als Micha ins Haus ging, watschelten Trudi und Rudi gerade die Treppe vom ersten Stock nach unten. Edwin folgte ihnen auf dem Fuße.

»Mein Junge!« Trudi übersah die letzte Stufe und fiel Micha direkt in die Arme.

In Michas Rücken knirschte es. Wie praktisch, dass er sowieso bald einen Termin bei seinem Hausarzt zum Rundum-Check hatte.

Rudi schnaufte. »Obacht, Weib!«

»Ruhe!« Trudi kniff Micha in die Wange. »Edwin hat uns unser Schlafzimmer gezeigt. Wie schön ihr es hier habt!«

Rudi versiegelte ein Nasenloch mit seinem Finger. »Viel zu neumodisch. Wie wenn ich auf einem Bahnhof wäre.«

»Als ob du Ahnung hättest von Architektur!« Trudi richtete ihre Brille, die durch den Sturz in Schieflage geraten war.

»Mehr wie du!«, sagte Rudi. »Wer von uns beiden wollte denn diese schrecklichen Küchenstühle haben, auf denen einem nach drei Minuten der Hintern wehtut?«

»Damals in den Siebzigern waren die Stühle der neueste Schrei!«

Rudi bewegte den Finger im Nasenloch, als wollte er Erdbohrungen vornehmen. »Schrei ist gut! Jedes Mal, wenn man aufgestanden ist, musste man sich einen Schmerzenslaut verkneifen.«

»Weil dein Hintern schon damals zu breit war für solch filigranen Möbel!«

»Filigran!« Rudi zog den Finger aus der Nase und betrachtete ihn interessiert. »Wie geschwollen du dich ausdrückst! Das ändert nichts daran, dass die Stühle ...«

»Was macht ihr zwei hier?«, unterbrach Micha Rudi, bevor er Trudi weitere Gründe lieferte, sich wegen einer Küchenausstattung zu streiten, die zwischenzeitlich zweimal komplett ausgetauscht worden war. »Wir reisen doch schon morgen früh wieder ab.« Durch das Fenster blickte er zur Straße, wo diverse Wohnmobile und Autos parkten. »Und wie seid ihr hergekommen? Etwa mit dem Wagen?«

Michas Frage lenkte Rudis Aufmerksamkeit von seinem Finger weg. »Wie denn sonst, Herr von Schlau? Meinst du, deine Oma und ich haben uns aufs Tandem geschwungen?«

Micha fasste sich an die Brust. War er bereits in dem Alter, wo eine erhöhte Gefahr bestand, einen Schlaganfall zu bekommen? »Ihr hättet die Bahn nehmen können!«

»Das hat Eddibär uns auch schon gesagt!« Trudi verzog den Mund, dass ihre Dritten einen guten Tag wünschten. »Was ist los, bekommt ihr Vermittlungsprämien? Damals, da war das problemlos möglich: Man ist an den Schalter gegangen, hat dem Bahnbeamten gesagt, wo man hin möchte und dann seinen Fahrschein erhalten. Aber welcher Senior soll denn durch den Tarifdschungel von heute noch durchsteigen? Flexi-Preis, Flaxi-Scheiß, Strafaufschlag, wenn man lieber sitzen möchte, statt stundenlang im Gang vor dem verstopften Stinkeklo zu stehen.«

Rudi nickte, dass sich sein Doppel- in ein Dreifachkinn verwandelte. »Und hinterm Schalter ist auch niemand mehr. Nur noch Automaten überall – und die sind kaputt!«

Edwin sah seine Eltern an, als wäre er mit seinem Latein am Ende. »In eurem Alter Auto zu fahren!«

Micha hörte sein Herz schlagen. »Ihr seid lebensmüde!«

»Eben nicht!«, sagte Trudi. »Wir haben eine Menge Spaß am Leben. Und deshalb sind wir euch gefolgt. Man kann ja nicht nur daheim sitzen und Kreuzworträtsel lösen.«

»In Großdruck-Heftchen!«, sagte Rudi.

Über Michas Schulter lugte Trudi zur Terrasse. »Hui, wir kommen genau richtig, um mitzufeiern!« Sie humpelte ins Wohnzimmer.

Micha ging ihr nach. »Gerade erst habt ihr Berlin unsicher gemacht und nun ...«

»Nun sind wir hier!«, sagte Rudi, der hinter ihm her wackelte. »Du kennst deine Oma, die hat mehr Pfeffer im Arsch als Elke Sommer.«

So abrupt fuhr Trudi herum, dass Micha fast in sie hineingelaufen wäre. »Hast du den Rekorder programmiert?«

»Ich?«, fragte Micha.

»Quatsch!«, sagte Edwin, der nun hinter Rudis Rücken zum Vorschein kam. »Sie spricht von Vater.«

»Von mir?« Rudi blickte drein, als ob noch jemand anderes im Raum wäre, der gemeint sein könnte.

»Natürlich von dir, du Blitzbirne!« Trudi schob Micha zur Seite, um Rudi tief in die Augen sehen zu können. »Heute Abend nach der Wettervorhersage kommt doch der Film von der Jutta Sanella im Fernsehapparat. Irgendwas mit Dorfpfarrer und Reiterhofmädchen im Titel. Der Film, wo der Verena Ferres die Stiefmutter spielt.«

Rudi leckte sich über die Lippen. »Die Ferres heißt vorne Verona. Und wie oft muss ich dir noch sagen, dass ich mit dieser Technik nicht zurechtkomme, seitdem man keine Videokassetten mehr braucht!«

Trudi wollte auf Rudi losgehen, doch Micha schob sich rechtzeitig dazwischen. »Kein Grund für Gewalt! Wenn ich euch besuche, sehen wir uns den Film in der Mediathek an.«

»Was immer auch für ein Schwachsinn das sein mag!« Vor sich hin schimpfend betrat Trudi die Terrasse.

»Ich dachte schon, ihr kommt gar nicht mehr.« Niklas zog einen Stuhl vom Tisch und gab Trudi zu verstehen, dass sie sich setzen sollte.

Trudi nahm Platz. »Wir wurden aufgehalten. Zuerst hat uns dein Opa Edwin eine Predigt darüber gehalten, wie unvernünftig es ist, dass wir noch mit dem Auto fahren.«

Ächzend flatschte Rudi sich auf den Stuhl, den Niklas soeben für ihn bereitgestellt hatte. »Und dann gab es eine Wiederholung durch deinen Vater. Als wären wir schwer von Kappee! Was feiert ihr eigentlich?«

Trudi zerrte an ihren Fettröllchen – anscheinend drückte sie ihre Unterwäsche. »Du hast einen Kopf wie ein Sieb! Das hat uns Edwin eben gerade erst erklärt, als wir uns das Schlafzimmer angesehen haben. DAS SIND ALLES SCHWULE HIER!«

Ronny, der gerade die Stufen zur Terrasse hinaufging, machte auf dem Absatz kehrt, als er Trudi und Rudi erblickte. Schließlich hatte er Urlaub und musste früh genug wieder im Seniorenheim *Dreifaltigkeit* Bettpfannen leeren und sich von Frau Schaller beim Mau-Mau schlagen lassen!

»Mutter!« Edwin presste den Zeigefinger auf die Lippen.

»Was ist?«, fragte Trudi. »Schwul ist kein Schimpfwort mehr, das darf man sagen!«

»Erstens«, sagte Micha, »nicht alle sind schwul!«

Niklas' Miene verfinsterte sich. »Hashtag *No homo*, was Micha?«

»Und zweitens«, redete Micha unbeeindruckt weiter, zumal er keinen Schimmer hatte, wovon sein Sohn faselte, »die ›Schwulen‹, wie du dich auszudrücken pflegst, haben Namen.«

Trudi lehnte sich zurück. »Ich bedaure, dass ich keinen Blick in die Gästeliste werfen konnte, sonst hätte ich die Namen selbstverständlich auswendig gelernt!«

Micha grinste. »Ich mach dich mal mit Willi und den anderen bekannt.«

Nun rückte Trudi auf die Kante des Stuhls. »Hier auf der Terrasse ist sowieso tote Hose, wir müssen nach vorn, wo getanzt wird, da geht die Post ab!«

»Ich muss nicht nach vorn, ich muss was essen!« Rudi streichelte seinen Bauch.

»Später.« Trudi stand auf. »Jetzt tanzen wir!«

»Auf keinen Fall!« Sanft drückte Edwin Trudi auf den Stuhl zurück. »Ihr stärkt euch erst einmal.«

Trudi nahm ihre Brille ab. »Ich gebe mich geschlagen.« Sie machte eine Bewegung, als wollte sie Hühner in den Stall scheuchen. »Edwin, ich nehme ein Sektchen und dein Vater einen Hagebuttentee!«

»Das täte dir so passen!« Entrüstet wackelte Rudi mit dem Speckschädel. »Sohn! Ein Bier, nicht zu kalt! Und was Schönes vom Büfett! Aber ohne Grünzeug, ich bin kein Karnickel!«

Edwin schwirrte ab.

Micha ging in den Garten, um Willi zu suchen.

Niklas blieb bei Trudi und Rudi.

»Na, mein Hübscher!« Rudi zerwuschelte Niklas' Haar. »Langweilst du dich nicht mit den Mumien um dich?«

Niklas zog seinen Kopf weg. »Nee, ich bin in bester Gesellschaft.« Er lächelte: Wie aufs Zauberwort kam Jay gerade vom Klo zurück und setzte sich, nachdem er Trudi und Rudi begrüßt hatte, auf Niklas' Stuhllehne. Kurz zögerte Niklas: Konnte er seinen Urgroßeltern, die so alt waren, dass sie garantiert die Steinzeit persönlich miterlebt hatten, die Wahrheit sagen? Er schielte nach oben zu Jay, der ihm dezent zunickte.

Na schön, dachte Niklas, *wer auf Schlager-Nacktpartys geht und ohne großes Palaver geschluckt hat, dass der eigene Sohn urplötzlich schwul ist, wird auch damit klarkommen!* Er legte den Arm um Jays Taille. »Jay ist mein Freund! Also nicht nur ein Freund, sondern ...«

Trudi schlug Rudi so heftig auf den Oberschenkel, dass er zu brüllen begann. »Ich habe gewonnen!«

Rudi fielen fast die Augen aus den Höhlen. »Deshalb musst du mir doch nicht das Bein zerschmettern, Weib!«

Trudi griff Niklas' Hand. »Zu hundert Prozent war ich mir sicher, dass du dir nichts aus Mädchen machst! Um ein Essen bei Herrn Fu habe ich mit deinem Opa gewettet!« Sie fuhr über seine lackierten Nägel.

»Deshalb?«, fragte Jay. »Mit Nagellack hat das aber nichts zu tun! Sie müssten mal Leon aus unserer Schule sehen – der hat sogar Röcke an, aber ist total hetero!«

»Hetero?« Rudi sah aus wie ein Abiturient, der mitten im Kolloquium feststellen musste, dass er die falschen Inhalte vorbereitet hatte. »Junge, überfordere einen alten Kerl nicht! Gerade erst habe ich gelernt, dass man nicht mehr das Wort zu Menschen mit deiner Hautfarbe sagt, das man früher noch sagen durfte – und schon kommst du mit einem neuen Fremdwort um die Ecke! Die Welt wird immer schneller, fehlt nur noch, dass eine Frau Kanzlerin werden darf.«

Jay grinste Rudi an. »Hetero ist das, was Sie sind.«

»Seit neunundachtzig Jahren bin ich Skorpion! Und das wird auch die nächsten neunundachtzig Jahre so bleiben!«

Trudi ließ Niklas' Hand los. »Es sei denn, sie ändern die Sternzeichen. Wie damals die Telefonnummern.«

Rudi japste. »Du meinst die Postleitzahlen.«

»Papperlapapp!« Trudi blickte umher. Wie lange brauchte man, um ein Glas mit Sekt zu füllen?

»Hetero«, sagte Niklas, »das ist, wenn Männer mit Frauen schlafen und Frauen mit Männern.«

Nun entspannte sich Rudis Gesicht. »Ach, du meinst ›normal‹, jetzt begreife ich!«

Bevor Niklas Rudi zurechtweisen konnte, sagte Trudi: »Deine Fingernägel haben meine Vermutung lediglich bestärkt, aber ich hätte es auch so gewusst. Eine gute Oma hat es im Gefühl, wenn etwas mit ihrem Urenkel nicht stimmt.«

Jay streichelte Niklas' Knie. »Ich finde, an Niklas stimmt einfach alles.«

Niklas bekam heiße Ohren. »Jetzt wisst ihr jedenfalls Bescheid.«

Rudi trommelte einen wilden Takt auf seiner Wampe. »Von mir aus kannst du hetiro, humu oder hemu sein, Hauptsache ich bekomme gleich etwas zwischen die Zähne, sonst werde ich ungemütlich!«

»Schon da!« Edwin stellte einen voll beladenen Teller vor Rudi ab.

»Und mein Sekt?«, fragte Trudi.

»Bitte sehr!« In bester Kellnermanier servierte Robert Trudi und Rudi ihre Getränke.

Trudi strahlte. »Lassen Sie sich auch endlich blicken!«

»Pardon«, antwortete Robert. »Heute ist ein hektischer Tag.«

»Prost!« Willi, von Micha zur Terrasse begleitet, hatte sich soeben auf den letzten freien Stuhl sinken lassen.

»Das ist Willi!«, sagte Micha.

Trudi nickte ihm zu. »Und Sie sind auch schwul, ja?«

Theo, Nael und Dörte, die hinter Micha in einer Reihe standen, als klebten sie aneinander fest, stöhnten perfekt synchron.

»Seit geraumer Zeit schon«, antwortete Willi. »Mir gehört die Kneipe in der Magnus-Hirschfeld-Allee am Eiermarkt.«

Rudi – im Mund einen frittierten Chicken-Wing – nuschelte etwas, das klang wie »Unser Eiermarkt?«.

Dörte trat vor. »Willi wohnt auch in unserer Stadt.«

Kurz bevor Trudi fragen konnte, mit wem sie das Vergnügen hatte, fiel der Groschen. »Heidewitzka, Dörte! Fast hätte ich dich nicht erkannt! Ganz neue Haare!«

»Nein, nein!«, sagte Nael. »Das sind die alten. Ich habe bloß aus dem Unkraut einen blühenden Garten gezaubert.«

Theo rollte die Augen. »Wie poetisch.«

Rudi schluckte. »Siehst du, meine Taube«, sagte er zu Trudi, »Schwule sind so gut wie immer Frisöre.«

Nael war ganz ruhig, als er sprach: »Ich bin kein Frisör, sondern Maskenbildner.«

»Und ich bin Metzger«, sagte Theo.

»Ist das Fleisch von Ihnen?« Rudi schleckte sich die Finger sauber. »Nicht übel – nur etwas fetter könnte es sein.«

»Was sucht ihr eigentlich hier?« Dörte wollte sich eine Haarsträhne hinter das Ohr klemmen, bis sie sich daran erinnerte, dass es nichts mehr zu klemmen gab. »Wir reisen doch schon morgen wieder ab.«

»Wie oft müssen wir das noch hören?«, fragte Rudi.

»Ihr seid es, die abreisen.« Trudi nahm einen Schluck. »Rudi und ich bleiben. Sonst lohnt sich die lange Fahrt nicht.«

Robert knetete seinen Nacken. »In der Villa können Sie leider nicht länger Urlaub machen. Spätestens am Nachmittag muss alles für die neuen Mieter hergerichtet sein. Aber ich kann Sie gern im Wellness-Hotel unterbringen.«

Mit dem Ärmel wischte Rudi sich die Mayonnaisereste von den Mundwinkeln, die der Kartoffelsalat hinterlassen hatte. »Bäh, da gibt es bestimmt nur Körner und stilles Wasser zum Frühstück, in diesem Welkmess-Hotel!«

»Kommt mit zu uns!«, sagte Willi. »Wir sind nicht weit von hier – mitten in der Natur an einer wunderschönen Badebucht.

Zwei Wochen bleibe ich noch, aber wenn ich dann nicht an den Zapfhahn zurückkehre, zeigen mir meine Aushilfen einen Vogel und brennen endgültig durch.«

»Ich glaube, es hackt!« Micha tänzelte von einem Fuß auf den anderen, als müsste er wohin – dabei verhielt sich sein gereizter Magen momentan erstaunlicherweise friedlich. »Nie im Leben lasse ich euch hier zurück!«

Trudi leerte ihr Glas. »Hast du eine Meise? Wir sind schon groß! Außerdem bleiben wir nicht zurück, sondern machen nur Ferien!« Sie drehte sich zu Willi. »Was für eine Bucht ist das?«

»Eine an unserem Campingplatz. Eigentlich ist der nur für Männer, aber wir machen Ausnahmen.«

Nael lächelte. »Sie können in meinem Wohnmobil schlafen, ich komme schon woanders unter.«

»Was gibt es da zu essen?«, fragte Rudi.

Schallend lachte Theo auf. »Wenn Sie wirklich kommen, lieber Rudi, grillen wir jeden Abend.« Er beugte sich zu ihm. »Jeder Fleischfresser mehr in meinem Revier ist ein Gewinn – die meisten bei uns sind nämlich Veganer.«

»Veganer?« Rudi spießte einen Klops auf die Gabel. »Sind das diese ausgemergelten Gestalten, die nur an Grashalmen und Blumenstängeln knabbern, als wären sie Rindviecher?«

Nael räusperte sich. »Ich bin Veganer!«

Rudi musterte ihn von oben bis unten. »Das erklärt, warum nix dran ist an dir, Bursche! Du musst mal ein ordentliches Stück Fleisch essen, bevor die nächste Windböe dich ergreift!«

»Wie wäre es mit einem saftigen Nackensteak?«, fragte Theo Rudi. »Und danach eine Rostbratwurst?«

»Apropos Bratwurst!« Niklas lehnte seine Stirn an Jays Arm. »Eine Kleinigkeit solltet ihr vielleicht noch wissen, bevor ihr auf den Campingplatz zieht.«

»Niemand zieht auf den Campingplatz!« Michas Stimme überschlug sich. »Die zwei kommen mit nach Hause!« Hilfesuchend sah er Edwin an, doch in dessen Augen zeichnete sich nichts als Resignation ab – was sollte man gegen zwei alte Zirkuspferde wie Trudi und Rudi schon anrichten, wenn sie sich etwas in den Dickschädel gesetzt hatten!

»Es ist ein FKK-Platz«, sprach Niklas weiter.

»Aber ihr müsst euch nicht ausziehen«, sagte Willi. »Bloß darf es euch nicht stören, wenn wir …«

»Ho, ho!«, machte Rudi.

»Hi, hi!«, machte Trudi. »Wir sind doch keine alten Schachteln, immerhin waren wir gerade auf einer Nacktparty in Berlin!«

»Wenn das so ist!« Ohne Unterlass klappte Willi die Armlehnen seines Stuhls hoch und runter, als wäre er ein Kind, das es nicht abwarten konnte, ins festlich geschmückte Zimmer zu gelangen und vom Weihnachtsmann beschert zu werden. »Ich hole euch morgen um elf hier ab, ihr braucht mir bloß hinterherzufahren. Es gibt auch was Besseres als Sekt, wenn ihr wollt: von meiner kleinen Plantage.«

»Eine Plantage?« Trudi horchte auf. »Was bauen Sie an? Erdbeeren?«

»Wenigstens sind sie beaufsichtigt«, flüsterte Edwin Micha ins Ohr, während Willi weiter mit Trudi und Rudi schwatzte.

Micha boxte Edwin in die Seite. »Du hast deine Eltern miserabel erzogen.«

»Tut mir leid.« Edwin boxte zurück. »Ich hoffe immer noch auf Besserung.«

»Wollen wir tanzen?« Robert zeigte seine Grübchen, als er Edwin anlächelte.

Edwin fuhr sich über die Glatze. »Wenn ich umkippe …«

»… macht Robert Mund-zu-Mund-Beatmung.« Micha gab Edwin einen Schubs, dass dieser sich in Bewegung setzte.

»Darf ich bitten?«, fragte Trudi Rudi.

Rudi wischte sich die Finger an seiner Cordhose sauber. »Bei dieser Musik?«

Trudi sah in den Garten, wo eine Horde Männer unter den Lampions zu einem – wie sie es gern bezeichnete – flotten Rhythmus umhersprang. Und das da vorn mussten Jays Eltern sein! Warum hielt seine Mutter denn ihre Schuhe in den Händen, gehörten die nicht an die Füße? Dass die jüngeren Generationen jeden hanebüchenen Modetrend mitmachen mussten! »Tanzen hält lebendig!«, sagte sie zu Rudi. »Und im Gegensatz zur Loveparade ist das, was hier gespielt wird, auf Roger-Whittaker-Niveau!« Sie stand auf. »Los, mein Hasenpups, zeigen wir den anderen, was noch in uns steckt.«

»Und wir?« Theo tippte Willi auf die Schulter. »Willst du hier Wurzeln schlagen oder kommst du mit?«

»Wenn du mich so nett fragst.« Die Lippen geschürzt stand Willi auf und stürzte sich mit Theo ins Getümmel. Er hatte glatt vergessen, dass er nicht mehr tanzte.

»Wartet!« Nael – Dörte im Schlepptau – folgte ihnen.

»Tja«, sagte Micha zu Jay und Niklas. »Jetzt bleiben nur noch wir drei übrig.«

»Tut mir leid, Micha!« Zeitgleich mit Jay stand Niklas auf. »Jay und ich wollen noch den Whirlpool im Hotel ausprobieren, bevor wir abdüsen.«

»Also keine Panik bekommen, wenn ihr uns nicht erreicht!« Jay griff Niklas' Hand.

Niklas winkte Micha. »Wir reißen nicht aus, wir sind nur mal kurz weg!«

Lachend machten sie sich davon.

Micha zog sich Rudis Bierglas heran und trank es aus. »Hier macht jeder, was er will«, sprach er zu sich selbst. »Und ich?« Sein Bauch hob und senkte sich, als er seufzte. »Nun ja … Hauptsache, ich bin gesund!«

42

»Ich bin gesund!« Micha verzog das Gesicht. Er hätte es nicht für möglich gehalten, doch so scheußlich wie heute hatte der Kaffee noch nie geschmeckt. Hatte er irgendwann Kellnerin Rosi unbeabsichtigt gekränkt, dass sie ihm seither ein besonders übles Gebräu zubereitete – serviert aus einer dreckigen Tasse, in die sie vorher noch einen Aschenbecher entleert hatte? »Etwas abnehmen sollte ich, hat der Arzt gesagt, aber das ist ja nichts Neues!«

Edwin nahm ihm die Tasse ab und trank. »Ich weiß nicht, was du hast, der Kaffee ist einwandfrei.« Er goss Sahne hinein. »Es freut mich, dass dein Ü-Vierzig-TÜV so gut gelaufen ist … aber was ist mit deinem Magen?«

Micha schnitt sein Mehrkornbrötchen auf. »Grummelt nur noch ab und an. Der Stress hält sich momentan in Grenzen.«

Edwin nickte einer Dame zu, die an ihm vorbei zum Zeitungsständer ging. Wenn man wie er jeden Mittwoch zum Frühstücken im Café *Singerl* war, kannte man die meisten Gäste mit der Zeit. »Nicht dass du dich langweilst, mein Sohn: Trudi und Rudi sind zu Dauercampern mutiert, seitdem sie sich ihren eigenen Wohnwagen zugelegt haben, Niklas und Jay sind ebenfalls ständig auf Tour … selbst Mona erreicht man nicht mehr.«

»Weil sie und Sharon sich zum Life-Coach für Dörte ernannt haben, um sie bei ihrer Emanzipation zu unterstützen! Es fehlt nicht mehr viel und Dörte setzt Dietmar an die frische Luft!«

Edwin glotzte imponiert. »Und was machst du, wenn du nicht arbeitest?«

»Ach, ich treffe mich öfter mit Jonathan. Es ist vielleicht nicht professionell, Berufliches und Privates zu vermischen, doch wen schert's! Morgen wollen wir Willi in seiner Kneipe überraschen. Und Colette hab ich ja auch noch.« Micha zählte die Flecken auf der Marmortischplatte. »Weißt du zufällig, wann sie wiederkommt?«, fragte er Robert.

Robert lächelte gequält. »Stella hält sich bedeckt. Mir verschweigt sie, wann sie gedenkt, nicht mehr mit Colette aneinanderzukleben wie die Fliege und der Fliegenfänger.«

»Wir werden dumm sterben.« Micha konnte keinen weiteren Fleck mehr ausmachen. Sieben. Es waren sieben Flecke. Er erinnerte sich an das Telefonat von vorgestern. »Hör mal, Colette, ich kann nicht ständig in deiner Wohnung nach dem Rechten sehen! Entweder, du bewegst deinen Hintern wieder hierher oder du musst damit leben, dass deine Blumen eingehen.«

»Butzibiber, gib mir noch etwas Zeit!«

»Nenn mich nicht Butzibiber!« Micha stöhnte. »Zwei Wochen. Höchstens. Weil du es bist. Aber eins sage ich dir, wenn mir demnächst eine deiner Kundinnen über den Weg läuft, werde ich mich verstecken! Ich weiß gar nicht mehr, welche Ausreden ich Frau Schlüter oder Frau Mann noch auftischen soll.«

»Mit der Fußpflege höre ich eh auf! Ich habe recherchiert: Wenn ich mich ganz auf Social Media fokussiere, kann ich fett Kohle machen. Voraussetzung dafür ist bloß …«

»Hallo? Colette? Hallo? Ich kann dich nicht mehr verstehen, die Verbindung, sie ist …« Micha legte auf. Lieber log er Colette an, als dass er sich das tausendste Mal ihre Luftschloss-Geschichte darüber anhören musste, wie sie erfolgreiche Influencerin würde.

Roberts Husten transportierte Micha in die Gegenwart zurück. »Es … es tut mir wirklich leid, dass Stella …« Oje, hoffentlich verfiel er nicht wieder ins Stottern!

»Was?«, fragte Micha. »Dass deine Tochter mir Colette ausgespannt hat?«

Robert wurde blass um die Nase, doch Micha grinste nur. »Alles gut! Du weißt doch: Colette und ich waren nie zusammen. Und wir sind immer noch Freunde – nur eben ohne Plus.«

Er lächelte die Dame an, die sich am Zeitungsständer mit einer Illustrierten eingedeckt hatte und an ihren Tisch zurückging. Micha sah sie regelmäßig hier. Heute noch nicht, aber ganz bestimmt am nächsten Mittwoch würde er sie fragen, ob er sie mal in ein Café einladen darf, wo es schmeckt.

Edwin nippte erneut an Michas Tasse. »Dein Arzt war bestimmt erstaunt, als du ihm gesagt hast, dass es deinem Bauch besser geht, oder?«

»Neugierig war er, woran es liegen könnte.« Micha pulte das Weiche aus seinem Brötchen und rollte es zu einer Kugel. »Wissen wollte er, was in letzter Zeit bei mir los gewesen sei.«

Robert rückte nah an Edwin heran. »Und was hast du geantwortet?«

»Ganz einfach.« Micha grinste. »Ich habe gesagt: Mein Vater hat sich als schwul geoutet, ich hatte einen Urlaub mit meiner durchgeknallten Familie und meinem Chef samt seiner extravaganten Frau – ach, und mit seinem Sohn, der – wie sich herausstellte – mit *meinem* Sohn zusammen ist. Dann habe ich mich im Wald verirrt und bin von nackten Kerlen gefunden worden, die mir gezeigt haben, wo es langgeht. Und zum Schluss musste ich erfahren, dass Colette sich die Frau geangelt hat, die ich …« Schnell schob er die Teigkugel in den Mund, bevor er etwas sagte, das er später bereute. Dabei genoss er den Anblick von Edwin und Robert, die aussahen, als bekämen sie eine Gruselgeschichte am Feuer des Pfadfinderlagers vorgelesen.

Edwin setzte die Tasse ab. »Und wie hat dein Arzt reagiert?«

Micha schaute zu der Dame, die immer wieder hinter ihrer Illustrierten hervorsah und ihn betrachtete. »Dass ich bei diesen Erlebnissen wesentlich schlechtere Werte haben müsste. Die greifen nämlich die Nerven an. Und ich sollte ein Buch über meine Familie schreiben.«

Die Glöckchen der Eingangstür klingelten – herein kamen Jay und Niklas.

»Was macht ihr hier?«, fragte Micha.

Robert runzelte die Stirn. »Jay, warum ist dein Auge so angeschwollen.«

»Wir haben Freistunde«, sagte Niklas zu Micha.

»Und ich bin gegen 'ne Tür gelaufen«, sagte Jay zu Robert.

Nachdem er Michas Tasse durch einen dritten Schluck geleert hatte, fragte Edwin betont langsam: »Wie heißt die Tür?«

Jay nahm die Cappy ab und hielt sie wie ein Schutzschild vor seinen Oberkörper. »Hä?«

Edwin schob die Tasse zu Micha zurück. »Ich war zu lange im Schuldienst, um an solch einen Nonsens wie das Türen-Märchen zu glauben.«

»Nonsens?« Jay verwandelte das Schutzschild in ein Lenkrad, indem er die Cappy zunächst nach links und dann ruckartig nach rechts drehte. »Was soll 'n das sein?«

»Das ist ein Kreidezeitwort für Bullshit«, erwiderte Niklas.

Jay kapitulierte. »Also gut: Ich hab eine in die Fresse bekommen.«

Niklas schüttelte den Kopf. »Eher aufs Auge!«

Jay knurrte. »Weil der dämliche Hubsi uns ›scheiß Schwuchteln‹ hinterhergerufen hat und auf uns los ist.«

Niklas griente so sehr, dass seine Ohren wackelten. »Wenn du wüsstest, wie Hubsi aussieht. Ordentlich verdroschen wurde er!«

»Von dir?« Edwin setzte seinen Lehrerblick auf.

»Nee«, antwortete Jay. »Von Rümeysa, unserer Mitschülerin. So schnell konnte ich sie nicht aufhalten, wie sie sich auf ihn gestürzt hat.«

Niklas hob die Hände. »Ich erst recht nicht. Wenn Rümeysa wütend ist, kann ein Lauch wie ich ihr höchstens gut zureden, damit sie sich beruhigt!«

»Lebt Hubsi noch?«, fragte Robert.

Jay winkte ab »Der kann schon wieder fluchen! Aber man muss sich nicht alles gefallen lassen.«

»Recht so!« Mit der Faust schlug Edwin auf den Tisch, dass etwas von Roberts Orangensaft auf die Platte schwappte: Nun befanden sich acht Flecke auf dem Marmor.

Micha traute seinen Ohren nicht. Saß ihm wirklich sein Vater gegenüber? Wo war der Vorzeigepädagoge hin? *So eine Schnapsidee, ein Buch über meine Familie zu schreiben,* dachte Micha. *Drogen, Prügeleien und viel zu viele nackte Tatsachen! Welcher Verlag hätte den Mut, es zu veröffentlichen?*

»Hier!« Knallend stellte Rosi ein Schnapsglas vor Micha ab, dass sich zu dem achten Fleck ein neunter gesellte.

»Hab ich nicht bestellt!«, sagte Micha.

»Aber die dort.« Rosi schielte zur Dame mit der Illustrierten. Etwas, das man mit viel Kreativität als Anflug von Lächeln deuten konnte, breitete sich in Rosis Gesicht aus. »Sie sagt, du wirkst, als könntest du einen brauchen.«

Großartig! Micha sehnte sich nach einer Kopfmassage. *So nimmt mich also das andere Geschlecht wahr: wie jemanden, der am frühen Morgen allen Grund hat, sich zu besaufen.* Er starrte von Robert zu

Jay, dann zu Niklas und zuletzt ruhte sein Blick lange auf Edwin. Wild um sich fuchtelnd redeten die vier durcheinander, dass niemand Notiz von ihm nahm. Das Schnapsglas in den Händen stand Micha auf und schlenderte zum Tisch, an dem die Dame, die nun ihre Zeitschrift auf dem Schoß ablegte, ihm zu verstehen gab, dass er sich setzen konnte. »Danke für den Schnaps.«

»Ich dachte, er würde Ihnen guttun.« Sie zuckte mit den Schultern. »Albern, oder?«

»Gar nicht.« Micha blickte sich um: Seine Männer diskutieren noch immer miteinander. »Falls Sie heute Abend noch nichts vorhaben, kann ich Ihnen erzählen, warum ein Schnaps gerade genau das Richtige ist. Darf ich fragen, sind Sie lesbisch?«

»Wie bitte?«

»Pansexuell?«

»Was?«

»Schon gut.« Er hob das Glas. »Zum Wohl!«